W0182668

Die Autorin:

Rosa Yassin Hassan, geboren 1974 in Damaskus, gehört zu einer neuen Generation arabischer Schriftstellerinnen. Sie studierte zunächst Architektur an der Universität von Damaskus und arbeitet nun als freie Literaturjournalistin für mehrere syrische und andere arabische Zeitungen und Magazine.

Als Preisträgerin für ihre Kurzgeschichten hat sie sich 1992 und 1993 auch als Schriftstellerin einen Namen gemacht.

Sie ist Aktivistin in der Frauenbewegung und Gründungsmitglied des Vereins „Frauen für Demokratie".

In arabischer Sprache von ihr erschienen: Ein lichtverseuchter Himmel, Kurzgeschichten 2000; Ebenholz, Roman 2004; Negativ – Die Gedächtniskraft der weiblichen politischen Gefangenen, Tatsachenroman 2008.

Das Buch:

Die Protagonistinnen in Ebenholz sind fünf Frauen. Eine Truhe aus Ebenholz begleitet das Leben der Frauen aus fünf Generationen: Urgroßmutter, Großmutter, Mutter und Tochter. Sie waren verträumt, verliebt, rebellisch und gebildet. Dennoch müssen alle den gleichen Kampf in einer patriarchalischen Gesellschaft ausfechten, bedienen sich jedoch unterschiedlicher Mittel.

Der Roman sorgte bei seinem Erscheinen für Aufsehen. Das syrische Kulturministerium hatte ihn zwar mit dem zweiten Preis, dem „Hanna Mina Preis" für junge Romanautoren ausgezeichnet, hat jedoch in der arabischen Ausgabe einige Passagen gestrichen, die sich mit Sexualität befassen.

Alawi Verlag veröffentlicht die Übersetzung des unzensierten Originalmanuskripts.

Titel des arabischen Originals:
Abanos
Damaskus, 2004

Die Übersetzung aus dem Arabischen wurde mit Mitteln des Auswärtigen Amtes unterstützt durch Liptrom – Gesellschaft zur Förderung der Literatur aus Afrika, Asien und Lateinamerika e.V.

1. Taschenbuchausgabe 2014
© Copyright by Alawi Verlag, Köln
Lektorat: Erika Heinemann und Britta B. Hansen,
Kopenhagen .Umschlaggestaltung: Nadim T. Alawi, Kopenhagen
Druck:
ISBN 978-3-941822-31-3

1. deutsche Auflage 2009, Leineneinband mit Prägung
ISBN 978-3-941822-02-3

© Copyright by Alawi Verlag, köln
Alle Rechte vorbehalten
www.alawi-verlag.de

Rosa Yassin Hassan

Ebenholz

Roman

Aus dem Arabischen
von Riem Tisini

ALAWI VERLAG

Kapitel 1

Es war im Jahr 1979 an einem heißen schwülen Tag im August, der so heiß war wie ein jeder Sommertag am Meer. Nichts deutete darauf hin, dass es ein ungewöhnlicher Tag werden würde. Die Stille des Nachmittags legte sich auf den Ort und zwang ihn bis in den letzten Winkel träge und schleppend zur Ruhe.

Die abgegriffene grüne Holztür, deren Bretter sich im Laufe der Zeit losgelöst hatten und deren Farbe abgeblättert war, öffnete sich zu einer alten Gasse hin. Diese Gasse befand sich, seit sie Mitte des letzten Jahrhunderts angelegt wurde, in einem vergessenen Stadtteil. Die alten Häuser ähnelten ineinander geschachtelten, überfüllten Waben. Die Gassen waren nach innen gekehrt, als wollten sie die Außenwelt von sich fernhalten oder die Zeit weit von sich weisen. Im Chaos der modernen Stadt wirkten sie wie die von Adern überzogenen Hände einer schwachen alten Frau, die beim Besuch des öffentlichen Bades darauf besteht, diese mit Henna zu bemalen.

Das Viertel mit dem Namen Al-Scheich Dahir liegt heute im westlichen Teil der Stadt. Nur zwei Straßen und ein steiler Hang, gesäumt von Gebäuden und voller Lärm und Getümmel, trennen es vom Meer. Es herrscht ein Durcheinander und eine Enge, welche der aufsteigenden Meeresbrise kaum Durchlass gewährt. Nur die Feuchtigkeit überzieht den Ort mit ihrer Schwere.

Dieses Viertel birgt eine lange und wechselhafte Geschichte. Jene grüne Holztür hatte Scheich Abu Ibrahim vor fast vierzig Jahren eigenhändig gestrichen. Er wählte damals eine neutrale Farbe, wie sie für die Gewänder von Heiligen verwendet wird. Während er damals voller Eifer beschäftigt war, dachte er ständig daran, wie die Farbe des Heiligen Al Khader seinem Haus zum Segen gereichen würde. Seinem Haus, das so weit von der Grabstätte des Heiligen entfernt war.

Die Tür führt zu einer langen, aufwärts steigenden Treppe, deren dunkles Ende von unten nicht erkennbar ist. Einer Treppe, die allerhand Geschichten in sich birgt. In einer dieser Geschichten hält eine böse Hexe oben auf dem Turm eine junge Frau mit langem Haar gefangen, die ihre Zöpfe herab hängen lässt, damit ihr Geliebter den hohen, geheimnisvollen Ort erklimmen kann. Heute hat sich ihr Haar in dunkles Moos verwandelt, das sich auf der steinigen Wandfläche ausbreitet und sie völlig bedeckt.

Nähert man sich langsam von einer der Gassen des alten Stadtviertels und gelangt über die Treppe bis ganz nach oben, ist man schweißgebadet und bekommt kaum noch Luft. Die Sinne sind erregt vom Gestank der Fäulnis und von der Dunkelheit des kastenförmigen Durchgangs. Oben angekommen, fällt der Blick auf eine merkwürdig anmutende, schwarze Tür. Durch die Schlitze der Türlatten fallen Lichtstrahlen und lassen mitunter Schattierungen von Zeichnungen und Buchstaben zutage treten, die mit einem spitzen Gegenstand eingeritzt wurden. Klopft man an die Tür, öffnet sich im selben Moment das Tor zum Paradies, das in alle Richtungen weist. Sonnenstrahlen legen sich auf die himmelblaue Fläche, als stützten sie sich müde auf den dort befindlichen Springbrunnen. Man könnte sogar gezwungen sein, seine Augen ein wenig zu verengen, während man das Blau der Tauben betrachtet, das die gesamte Bodenfläche kunstvoll bedeckt: Ein Mosaik aus Porzellan, einem Gemälde gleich.

Das Haus gehört Scheich Seliem Al-Dayem, der seit seiner frühen Jugend Abu Ibrahim genannt wird. Der Tag neigt sich dem Ende zu.

Der lange Schatten von Um Ibrahim fiel auf den mit Sommersonne bedeckten Boden des Hofes. Nachdem sie die Treppe erklommen hatte, ging sie schleppenden Schrittes und schwer atmend weiter. Der Klang ihrer Schritte erreichte auch das Ohr des Scheichs, der in seinem Zimmer saß. Erhaben saß er da auf seinem Stuhl und wartete auf sie. Sein weißes Gewand schimmerte leicht lila. Die Sonnenstrahlen schienen durch die Scheibe seines Fensters und verweilten auf den Gegenständen im Raum. Heute Nachmittag wirkte der alte persische Teppich unter seinem weinroten Stuhl noch abgewetzter. Die Feuchte des Meeres, welche die Luft durchdrang, setzte ihm stark zu. Die einzelnen Motive des Teppichmusters wirkten verschwommen und vage. Mit ihrer unerträglichen Schwüle überzog die Augustfeuchtigkeit einfach alles und bedeckte die Haut mit einer ekligen, klebrigen Schicht.

Direkt über dem Stuhl war ein mit goldfarbenem Holz gerahmtes Bild zu sehen, das nahezu die gesamte Fläche der Wand einnahm. Ein Bild, dessen wellenförmiges Glas einen netten jungen bärtigen Mann zeigt, der sein Schwert Zulfiqar zückt. Es zeigt den Imam Ali.

„Guten Abend.“ Leise und matt war ihre Stimme, als sie dem Scheich ihren allabendlichen Gruß entgegen brachte. Sie trug die Müdigkeit des Tages und damit die Härte des Tabakgeruchs mit sich, der wie gewöhnlich von ihr ausging.

Der Scheich erwiderte den Gruß seiner Frau nicht. Er sprach seine persönlichen Gebete leise vor sich hin. Er wiegte den Kopf leicht hin und her, während er sie aus den Augenwinkeln ansah. Dann neigte er seinen Kopf wieder dem Teppich zu, um die Verbindung zu Gott weiter aufrecht zu erhalten. Um Ibrahim blieb nichts anderes übrig, als sich wieder von ihm abzuwenden und den Gang zu ihrem kleinen Zimmer fortzusetzen, das sich direkt neben dem des Scheichs befand. Es ziemte sich nicht, den Scheich durch ihre lästige Anwesenheit von seinen heiligen Gebeten abzulenken. Sie bemühte sich, ihre schweren Beine lautlos fortzutragen und dachte bei sich, dass sein weißes Gebetstuch doch unbedingt gewaschen werden müsse.

Der Ruf des Muezzins von der nahen Al-Ajan Moschee erklang so laut, dass alle anderen Geräusche im Ort übertönt wurden.

Wie angewurzelt blieb Um Ibrahim an der Schwelle ihres Zimmers stehen. Niemand rannte ihr entgegen, um sie zu begrüßen. Denn die Kleinen waren nicht mehr hier, um ihr - kaum dass sie das Haus betrat - schreiend und drängelnd entgegen zu laufen. Sie waren nicht mehr im Haus und ohne die Wärme ihres Herumtollens hatte das Haus jegliche innige Freude verloren.

Die Jahre waren vergangen - wie Tage. Noch vor kurzem erst hatten sie allein am Geruch ihr Kommen gespürt. Der Geruch von Tabak eilte ihr voraus und breitete sich in allen Ecken und Winkeln des Hauses aus. Der Geruch markierte die Dinge und Orte, an denen sie sich immer aufhielt, er bestimmte ihr ganzes Dasein.

Damals war sie eine junge Frau, ihre Schritte waren noch leicht. Heute, wo sie auf die Neunundfünfzig zugeht, würden ihre Kleinen also inzwischen Großen mit Sicherheit darüber lachen, wenn sie sähen, wie sie ihren Körper unter seiner Last umherschleppt, als wäre es der Körper einer Achtzigjährigen. Die Gerüche wären nicht mehr notwendig. Ihr Kommen würde schon allein durch ihre lauten, erschöpften Schritte angekündigt.

Wo sind sie nur gerade? Sie könnten ihren müden Abend mit Gesprächen über den langen Tag und über all die Dinge, die sie ohne sie erlebten, bereichern. Einer schneidet dem Anderen das Wort ab. Sie ringen darum, dass einer von ihnen eine Umarmung in ihrem liebevollen Schoß gewinnt. Sie würde sich schlapp auf ihrem Sofa abstützen, ihre Beine vor sich ausbreiten und ihre sechs Kleinen an dem Ort, der am wärmsten ist, umschlingen: zwischen ihren Schenkeln. Dieser Ort ist jetzt erschöpft, verengt und leer.

Während der langen Stunden, die sie in der Rigi-Tabakfabrik verbringt, einst von den Franzosen gebaut und so benannt, versucht sie zu vergessen, was außerhalb der blassen und toten Fabrikwände geschieht, die einer verlassenen Burg ähneln. Der Lärm der Geräte, dem Schreien der Arbeiterinnen gleich, zieht sie in das Durcheinander hinein. Die mit Tabakstaub gesättigte Luft benebelt ihr Gedächtnis.

Kaum verlässt sie die Fabrik, stößt sie auf den Gemüsemarkt. Dutzende von Holzkarren, übervoll beladen mit den unterschiedlichsten Sorten, umgeben das große Fabrikgebäude. Das Geschrei der Verkäufer und das Gedränge der Leute zieht auch sie in dieses Geschehen hinein. Sie überquert die Al-Uweina Straße, läuft parallel zur Gol-Gamal-Schule und genießt es, die Schüler zu beobachten, wie sie am Abend, am Ende ihres Schultages, das Gebäude verlassen. Und sie erinnert sich an ihre fünf Söhne, die alle hier in dieser Schule gelernt hatten. Während von der Moschee der laute Ruf zum Nachmittagsgebet über den zur Ruhe kommenden Häusern erklingt, geht sie von der Gasse der Al-Ajan Moschee in Richtung ihres Stadtviertels. Im Haus jedoch und ganz besonders hier in ihrem stillen, toten Zimmer, ist die Situation eine völlig andere.

Sie geht zu ihrem kleinen Fernseher in der Hoffnung, mit dessen Lebendigkeit die Stille und Einsamkeit von heute zu vertreiben. Ihre einzige Tochter Mariam, die fünf Brüder hat, brachte ihr erst vor kurzem diesen Fernsehapparat. Um ihn kaufen zu können, musste sie sogar einen Kredit bei der Volksbank aufnehmen und muss diesen jetzt die nächsten drei Jahre lang abbezahlen. Damals, zu Beginn der achtziger Jahre, war ein Fernsehgerät auf diesem Flecken der Erde ein absoluter Luxus.

Bislang hat sich Um Ibrahim nicht an die im Flimmern des Fernsehers herum springenden Personen gewöhnen können. Sie kamen ihr vor wie kleine schwarze und weiße Teufel, die nicht zur Ruhe kommen. Immer wieder fragte sie sich fluchend, wie in aller Welt diese vielen Teufelchen in einen so kleinen Holzkasten gelangen konnten! Jedenfalls war es unterhaltsam und sorgte dafür, dass die Stunden schneller vergingen.

„Um Ibrahim?" schrie der Scheich ungeduldig aus dem Nachbarzimmer. Wie immer war sein Rufen durchdringend. Er verlangte nach seinem verspäteten Abendbrot.

Um Ibrahim verfluchte sich selbst. Ihre albernen Gedanken hatten sie davon abgelenkt, dem Scheich das Essen zu machen. Er hatte, seit sie ihm heute Morgen das Frühstück serviert hatte, schon stundenlang auf sie gewartet.
Denn es ist unangebracht, dass ein Scheich wie er in eine schäbige Küche geht, selbst wenn er sehr hungrig ist. Ganz bestimmt hatte er seine Gebete beendet und spielte nun nervös mit den Perlen seiner blauen Gebetskette.

Sie nahm eine Tabakschachtel aus der Tasche ihres schwarzen Umhangs und versteckte sie im Kommodenkasten bei all den anderen Tabakschachteln, die sie täglich in diesem Kasten sammelte. Beim nächsten Besuch bei ihrer Großmutter Um Riema, die süchtig nach Zigaretten ist, wollte sie dann alle Schachteln mitnehmen.

Die Fabrikverwaltung legte Wert darauf, jeder Arbeiterin am Ende des Arbeitstages eine Schachtel losen Tabak zu schenken. Vor dem Verlassen des Werks ließen die Fabrikwärter die Arbeiterinnen in einer langen Reihe vor dem Ausgangstor anstehen. Peinlichst genau kontrollieren sie dann die Kleidung jeder einzelnen Arbeiterin, damit keine von ihnen mehr als die ihnen zustehende Schachtel stehlen und an einer verborgenen Stelle ihres Körpers verstecken konnte. Sehr oft wurden Arbeiterinnen mit gestohlenen Schachteln erwischt, die sie dann draußen zu einem Vielfachen des Preises hatten verkaufen wollen. Die Schachteln fand man in ihrer Unterwäsche oder in den Strümpfen oder sogar unter ihrer Kopfbedeckung. Diese Frauen wurden dann fristlos entlassen. Andererseits gab es einige Fabrikwächter, die bestimmten Arbeiterinnen mehr Tabakschachteln gaben und sie auch nicht kontrollierten. Das war kein Geheimnis, denn alle wussten, was sich da abspielte und wer diese Auserwählten waren. Keiner traute sich jedoch, offen darüber zu sprechen oder jemanden zur Rechenschaft zu ziehen. Am Ende des Arbeitstages sind alle müde. Die Arbeiterinnen stehen in der Schlange, schauen weg und senken die Köpfe.

Um Ibrahim zog ihren schwarzen Umhang aus und nahm das dicke weiße Kopftuch ab, was ihr bräunliches Gesicht noch dunkler aussehen ließ. Die Augusthitze schien ihr Gehirn beinahe zum Schmelzen zu bringen. Der Schweiß floss ihr klebrig den Rücken herunter. Und dieser verfluchte Umhang umzingelte ihre Seele und ließ sie nicht entkommen. Abu Ibrahim meinte, sie solle ihn immer über ihre Kleidung ziehen, damit sie dem Stadtleben näher beziehungsweise den Frauen in ihrem Viertel ähnlicher sei, die gewohnt waren, dunkle, schwarze Umhänge über ihrer Kleidung zu tragen. Diese Umhänge verdeckten alle Unterschiede oder Konturen ihrer Körper.

Seitdem hatte Um Ibrahim ihre dörflichen Kleider beiseite gelegt. Sie liebte sie wegen ihrer zusammengerafften Taillen und der grellen Rosen, die an Frühlingsfelder erinnerten. Sie hatte sie in ihre mit Muscheln und Silberfäden verzierte schwarze Ebenholztruhe gelegt. Die prächtigen Kleider, an denen auch ihre Tochter Mariam Interesse zeigte und insgeheim hoffte, sie würde sie bei passender Gelegenheit geschenkt bekommen, konnte sie dennoch einfach nicht vergessen. Und somit blieben die für Mariam bestimmten Geschenke zusammengelegt, in einer Plastiktüte, ganz unten in der Truhe liegen bis an Um Ibrahims Lebensende.

Die prächtige Ebenholztruhe war das Erbstück von Um Ibrahims Großmutter, Nazili Khanom. Ihre Großmutter hatte türkische Wurzeln. Eines Tages hatte sie ihr ganzes Vermögen der Familie hinterlassen und floh aus dem luxuriösen Leben, um den späteren Großvater der Familie zu heiraten. Der Großvater war ein ergebener Diener am Hof ihres türkischen Vaters. Er stand der osmanischen Herrschaft sehr nahe. Doch als er sie heiratete, verlor er alle Vorteile, die ihm die Nähe zur osmanischen Macht bislang eingebracht hatte. Am Tag ihrer Flucht nahm Nazili Khanom nichts von den Gütern ihres Vaters mit, außer einigen Erinnerungen und ihrer wertvollen Ebenholztruhe: Ein Geschenk, das ihr aus den fernsten heißen Gegenden Afrikas mitgebracht worden war. Sie lud die Truhe mit großer Mühe auf ihren weißen Schimmel und verließ im Morgengrauen den Ort zusammen mit dem späteren Großvater, der damals noch ein Jüngling voller Männlichkeit und Leidenschaft war. Sie ging und kehrte nie mehr in den Palast ihres Vaters zurück, das einem Märchenschloss sehr ähnlich war. Sie nahm auch einige orientalische Schmuckstücke mit und stopfte sie unter ihr lose sitzendes, weites Kleid.

Jedes Mal, wenn Um Ibrahim diese Truhe betrachtete, dachte sie an das Leben der Nazili Khanom mit dem Großvater, welches sie von einem phantastischen Schloss, das einem König würdig gewesen wäre, in ein heruntergekommenes Haus am Rande eines hoch gelegenen Dorfes geführt hatte.
Hatte sie ihre Schönheit bewahren können?!
Und die Truhe, wie ist es denn zugegangen, dass sie in so kurzer Zeit ganze Epochen hinter sich gelassen hat, um schließlich in der Armseligkeit des großväterlichen Hauses abgestellt zu werden?

Trotz all der langen Jahre, die inzwischen vergangen sind, ist die Ebenholztruhe immer noch wunderschön, noch genauso reizvoll wie ihre ehemals türkische Besitzerin mit dem dunkelroten Haar und der milchweißen Haut. Es war ganz offensichtlich, dass die dunkle Schönheit der Truhe einst für den Luxus von Schlössern gemacht, und die Schlichtheit von Um Ibrahims Zimmer für sie keineswegs standesgemäß war. Als sei diese Truhe dazu verbannt, auf ewig in der Fremde zu leben, weit entfernt von der ihr angemessenen Umgebung.

Trotz ihrer Zerbrechlichkeit hatten sich die feinen Muscheln aus Elfenbein in die Tiefe des Ebenholzes eingegraben und funkelten in ihrer zeitlosen Pracht, als machten sie sich lustig über die Schlichtheit der übrigen Möbel in dem Zimmer mit seiner bäuerlichen Einrichtung. Jedenfalls war die Truhe ein Familienerbstück und dazu bestimmt, an die nächsten weiblichen Generationen vererbt zu werden, unabhängig von den Wohnorten und den Launen der jeweiligen Frauen.

Nachdem Um Ibrahim den Kochtopf auf ihren kleinen, einflammigen Gasherd gestellt hatte, füllte sie einen anderen mit einer Flüssigkeit aus Wasser und Zucker und überprüfte die Pflanzentöpfe, einst Metallkanister für Öl, Käse oder anderes. Die Pflanzen formten sich zu einem herrlichen Gürtel, der den Hof umschloss und ihn mit Düften füllte. Mit einem breiten Zuckerrohr wühlte sie in der Erde eines jeden Behälters, damit Luft an ihr Inneres dringen konnte. Dann begann sie wie gewöhnlich, ihre Pflanzen mit dem Zuckerwasser zu gießen, bis die Tontöpfe überliefen. Die braune Flüssigkeit breitete sich langsam auf dem Boden des Hofes aus. Während sie liebevoll über die Blätter strich, dachte sie bei sich, dass sie diese täglich mit kaltem Wasser abwischen sollte, da ihnen die höllische Augusthitze stark zusetzte.

Lilie, Jasmin, Mohn, gelber Jasmin, Mariams Weihrauch, Basilikum und Thymian…, das sind Um Ibrahims Geheimnisse. Sie hatte es sogar geschafft, in einem alten Blechkanister, der ursprünglich als Wasserbehälter diente, einen Wollmispel-Baum zu züchten. Der gewaltige Baum lehnte in der Ecke an der Wand und spendete einem großen Teil des Hofes seinen Schatten. Die Leute sagten dieser alten Frau einen grünen Daumen nach. Jede Pflanze, die sie berührt, wächst und gedeiht.

Eine Viertelstunde dauerte es, bis das Strohtablett mit den Tellern aus Ton vor dem Scheich stand.
„Lass es dir schmecken, Abu Ibrahim."
„…."
Sie setzte sich ihm gegenüber und beobachtete ihn. Ihr Leben lang hatte sie darauf bestanden, Tonteller zu benutzen. Sie sah in ihnen lebendige Körper und glaubte, dass sich die Seele des Tons leidenschaftlich mit den Speisen vermische, um diesen ihren Segen und ihre Liebe zu spenden. Der Duft von Safran verbreitete sich voller Zauber im ganzen Raum, und der Teller mit dem Fleisch und dem Gemüse war in ein leuchtendes Gelb getaucht. Doch der Scheich roch nicht das Geringste von alledem, da

ihn sein ständiger Schnupfen daran hinderte, auch nur irgendeinen selbst der stärksten Gerüche wahrzunehmen. Die Wirkung des Safrans würde sich jedoch schon bald bemerkbar machen und die durch die andauernde Verstopfung der Nase verursachten Schmerzen lindern.

Der Scheich begann, einzelne Häppchen auszuwählen und sie mit großem Appetit, aber dennoch mit Würde und Gelassenheit zu essen. Heute hatte sie dem Essen kein Oregano beigemischt, obwohl sie ihre Speisen, insbesondere Fleischgerichte, sonst immer reichlich mit seinen Blättern würzte. Der Oregano hat eine magische Wirkung auf die erkrankten Atemwege des Scheichs. Allerdings muss er danach ständig von einem Ende des Hofes zum anderen laufen, um die Toilette aufzusuchen und dort zu verweilen, als wäre er eine Frau im letzten Schwangerschaftsmonat.

Um Ibrahim bestand auch stets darauf, Zwiebeln in großen Mengen zu verarbeiten, insbesondere weil ihnen eine magisch lindernde Wirkung gegen das Erstickungsgefühl im Brustkorb und bei extremer Sensibilität der Nase nachgesagt wird. Sie war stets darum bemüht, neue, geeignete Methoden zu finden, um die Schmerzen des Scheichs zu lindern.

„Abu Ibrahim ... die eingeweichte Pfefferminze ... sie kann heilen wie die Berührung durch die Hand des Propheten, glaub mir!" Sie flüsterte diese Worte, während sie ihm die Tasse zögernd anbot.

Häufig hatte sich der Scheich wie ein stures Kind dagegen gewehrt. Er empfand es wie eine tägliche Strafe, wenn seine Frau ihn dazu zwang, morgens

und abends zwei Tassen davon zu trinken. Dann überlistete sie ihn jedoch dazu, den Dampf der aufgebrühten Pfefferminzblüten zu inhalieren oder den wunderbaren Pfefferminztee zu trinken. Den trank er dann ohne weiteres, obwohl ihn seine Frau darauf hinwies, dass zu viel davon zusätzliche Kopfschmerzen und Unruhe verursache, worunter er ohnedies schon zu leiden hatte. Das Salbeigetränk mit seiner stopfenden Wirkung, seinem bitteren Geschmack und einem Kampfer ähnlichen Geruch, war dem Scheich ganz besonders zuwider, obwohl sie ständig den bekannten Spruch zitierte: „Hast du Salbei im Heim, kommt kein Arzt herein."
Die Kräuter verfehlten zwar nicht ihre Wirkung bei den Allergien und dem Schnupfen des Scheichs, ihre Nebenwirkungen waren allerdings sehr stark. Immer seltener konnte er die von den Pflanzen und Kräutern ausgehenden Gerüche und Düfte wahrnehmen. Die Kräuter nahmen noch den letzten Rest seines geschwächten Geruchsinnes in Anspruch, und es beunruhigte ihn sehr, dass sie ihm schließlich alle irgendwie gleich und fade vorkamen - wie eine einzige blasse Farbe.

Während Um Ibrahim die starken Gerüche der Kräuter in sich aufsog, dachte sie daran, zum Al-Ennaba Markt hinunterzugehen, um ihren Vorrat an Kräutern und magischen Mitteln wieder aufzufüllen. Nur dort konnte sie die Waren, die sie brauchte, zu erschwinglichen Preisen kaufen.
Dort würde sie auch die erfrischende Kühle, die von den Steinen des alten Bazars ausströmt, genießen und das stets wiederkehrende Gefühl der Verzückung

erleben, wenn sie an den mächtigen Gewölben und den niedrigen Torbögen vorbei ging. Der Scheich war indessen immer noch damit beschäftigt, seine Häppchen auszuwählen.
Seine präzise arbeitenden Finger wirkten lang und so hell, als wären sie aus Zucker. Das nicht zu überhörende Geräusch seines Schmatzens ähnelte einer Melodie, die durch sein ununterbrochenes Einatmen erstickt wurde.

Nach einer Weile des Schweigens sagte sie mit ihrem ländlichen Akzent, den auch die dreißig Jahre in der Stadt nicht zu ändern vermocht hatten: „Heute ist es ganz merkwürdig auf der Straße … sie ist vollkommen leer."
„ …"
„In der Fabrik sagen sie, dass der Tag des Jüngsten Gerichts naht, oh Gott, … und dass dann alles aufhört."
„…"
„Soll das der Anfang vom Ende sein, Abu Ibrahim?"
„…"

Sie flehte Gott um Hilfe an und rieb mit den Handflächen über ihr von Trauer gezeichnetes Gesicht. Dann blickte sie kurz auf den Boden und schluckte schließlich ergeben ihren Speichel hinunter, denn der Scheich hatte sich während ihres Gespräches überhaupt nicht gerührt. Er kaute einfach langsam und monoton weiter. Still und unbeweglich, als würde ein weißes Tuch sein Gesicht vor ihr verbergen. Nicht nur sein Gesicht, sondern auch seine Seele.

So verweilten die Gedanken eines jeden in einer anderen Welt. Während der Scheich aß und laute Geräusche aus seinem Mund hervorstieß, starrte Um Ibrahim neben ihm sitzend auf den Boden. Die Stille erfüllte den ganzen Raum und umhüllte die beiden wie gewohnt. Auf der linken Seite des Zimmers steht das hohe Eisenbett des Scheichs. Die vergoldeten Bettseiten sind - ähnlich einer dunklen Hyazinthe - geheimnisvoll ausgeschmückt. Auf der vorderen Seite sind die Koranverse Al-Kursi in vergoldeter Thuluth Schrift eingraviert. Das Bett ist ein Meisterwerk, das nur an die männlichen Mitglieder der Familie des Scheichs vererbt wird. Deren Aufgabe ist es seit der Zeit des Khediven Mohammad Ali bis zum heutigen Tag, das Bett wie den eigenen Augapfel zu hüten. So verlangt es das Vermächtnis. Die Verantwortung für die Umsetzung dessen lastet allerdings allein auf den Schultern von Um Ibrahim. Tagtäglich muss sie alle Teile des Betts mit gefiltertem Zitronenwasser einreiben, um sie vor Rost und Staub zu schützen. Sie muss dafür sorgen, das Bett in ordentlichem Zustand zu bewahren und die beanspruchten Beine von Zeit zu Zeit mit grobem Sandpapier abzureiben. Falls sie dieser Aufgabe nicht voll und ganz nachkäme, würde nur sie allein einen Bruch mit der heiligen Geschichte der Ahnen zu verantworten haben. Sie würde ihr Leben lang für ihre Nachlässigkeiten büßen müssen Der Fluch der ehrwürdigen Scheichs würde sie überall hin verfolgen. Davon war sie überzeugt.

Damals, als Ibrahim Bascha, Sohn des Khediven von Ägypten, Herrscher über Großsyrien war, erhielt einer der angesehenen Vorfahren des Scheichs das Bett als Anerkennung vom ägyptischen Khediven. Das Herrscherhaus des Khediven Mohamad Ali war mit dem Urgroßvater zu jener Zeit äußerst zufrieden. Sie überhäuften ihn mit unvergleichlichen Geschenken. Er lobte seinerseits in seinen religiösen Reden und Festen deren Ehrlichkeit und grenzenlose Gerechtigkeit. Später jedoch grollten sie ihm und seinen Nachkommen. Anlass war ein geringfügiger Fehler in seiner Ausdrucksweise. Auf einer der Feierlichkeiten wurde ein von ihm geäußerter Satz in seiner Bedeutung völlig verdreht. Vielleicht empörten sich die Herrschenden auch aufgrund ihrer Launen, die tatsächlich sehr schnell umschlagen konnten. Es gab fortan keine Sicherheit mehr für ihn. Schließlich kam es sogar soweit, dass sie die meisten Ländereien, die sie dem Großvater einst geschenkt hatten, wieder zurückholten. Die Scheichs dieser Familie mussten von da an - wie alle Scheichs auf dem Lande - von Almosen leben, die sie von der Bevölkerung als Gegenleistung für das Aufsagen der Gebete bei Feierlichkeiten und Totenfeiern erhielten. Nur das Bett aus den alten Freundschaften war den männlichen Erben geblieben sowie einige wenige Dunum Land, die sich allerdings von Jahr zu Jahr in eine immer größer werdende, verwaiste Wüste verwandelten. So blieben das Bett, das öde Land und ein unangemessener Stolz im Verhalten der Nachkommenschaft erhalten. Die Überheblichkeit zeigt sich darin, dass die männlichen Nachfahren aus irgendeinem Grund, den nur sie begreifen, unsäglich stolz sind auf ihre Vergangenheit. Dieser bedeutende Großvater,

Beginn der Familiengeschichte, ist heute auf einer – mit handgezeichnetem Kreis umrahmten - Schwarzweißfotografie zu sehen, die an der Wand aufgehängt ist. Dort war der Stammbaum dieser noblen Familie abgebildet: eine Sammlung der nachfolgenden Scheichs, alle in von Hand gezogenen Kreisen umrahmt. Bilder von bärtigen Männern, deren Umrisse im Laufe der Zeit mehr und mehr verblassten und einander immer ähnlicher wurden.

Der Familienstammbaum war jedoch nicht viel mehr als die Vollendung einer langen Geschichte, die wie eine Fotoausstellung an den Wänden festgehalten wurde. Die Namen der zwölf Imame hoben sich in würdevoller weißer Kufi Schrift auf einer Tafel mit schwarzem Hintergrund ab. Daneben befand sich eine weitere Tafel, auf der ein berühmter Satz in Thuluth Schrift mit ineinander verflochtenen Buchstaben geschrieben stand: „Es gab keinen Gerechteren als Ali und kein Schwert wie das Thul Fuqar Schwert." In der Ecke hing an einem großen Nagel ein langer Zopf, der aus groben, grünen Stoffstreifen geflochten war. Diese stammten von Kleidungsstücken des Heiligen Al Khader, dessen Grab sich im Dorf Alia befand.

Noch nie hatte Um Ibrahim sich auch nur vorgestellt, wie schön es sich anfühlen würde, auf einem solchen Bett wie dem des Scheichs zu schlafen!
Vielleicht war ihr nicht einmal der dunkle Saphir und der Glanz des Goldes aufgefallen. Vielleicht hatte sie nie einen Gedanken daran verschwendet, wie schön allein das Einschlafen auf diesem Bett

sein könnte. Eingebettet in die Jahre und versinkend im Durcheinander der Erinnerungen, um sie mit dem Leben und dem Schicksal derer, die vor ihr existierten, zu vereinen.
Um Ibrahim würde sich weder diese Vorstellung noch dieses Gefühl gestatten, selbst wenn der Gedanke kurz aufflackerte und ein paar Sekunden verweilte. Schließlich ist dies einzig und allein das Bett des Scheichs, und so wird es für immer bleiben. Es wäre eine absolute Verfehlung, wenn es mit dem Schweiß eines anderen Körpers als seines weißen und reinen Körpers in Berührung käme. Daran besteht kein Zweifel.

Minuten vergingen und der Scheich schüttelte seine Hände über den fast leeren Tellern aus. Mit einem weißen Stofftaschentuch putzte er sich die Nase und seinen schimmelgrauen Schnurrbart ab. Anschließend rieb er sich die Fingerkuppen mit einem Gemisch aus Zitronenwasser und Tropfen ausgepresster Tulpen, das neben ihm in einer kupfernen, mit eingravierten Schriftzeichen verzierten Schale stand. Er dankte Gott und erhob sich. Seine hochgewachsene Gestalt kam Um Ibrahim, die neben ihm saß, größer vor, als sie in Wirklichkeit war. Und sein Gesicht erschien noch weißer und starrer: wie eine Säule aus Marmor, die inmitten des Zimmer empor ragt.

Kaum hatte Um Ibrahim das Strohtablett hochgehoben, eilte sie schon in die Küche und aß einige wenige vom Scheich übrig gelassene Happen. Vielleicht scheute er sich, sie zu essen, nachdem er völlig satt geworden war. Vielleicht ließ er sie aber auch absichtlich übrig wie zufällig verstreute Reste. Um Ibrahim, die sich schmatzend über die Reste hermachte, erinnerte sich wieder daran, wie sie andere oft darum beneidet hatte, weil sie Mütter hatten, zwischen deren Beinen sie spielen, schreien und nach Essen verlangen konnten, wie es die Prinzen taten. Dieses Privilegium hatte sie nie erlebt. Ihre Mutter war ein schönes Phantom, ein alter Traum, der nicht wirklich zu fassen war, als käme er aus dem Nichts. Die Großmutter, also die Mutter von Riema … sie hatte diesen Platz eingenommen. Gleichgültig, was die Großmutter auch tat, so blieb sie doch immer ihre Großmutter. Und es war offensichtlich, dass sie sich in dieser ein für allemal festgelegten Rolle nicht wohl fühlte. Außerdem hatte sie keine Geduld und war auch immer recht grob gewesen. In ihrer Erinnerung sah Um Ibrahim ihre Großmutter immer eine selbstgedrehte Zigarette schmauchend, ihre Stirn runzelnd und in Rauschschwaden eingehüllt hustend.

Während sie den letzten Bissen verzehrte und sich daran machte, das Tongeschirr abzuwaschen, wurde Um Ibrahim klar, dass sie in all den letzten Jahren nichts anderes empfunden hatte als die Last des Dankens, die von ihr Besitz ergriffen und sie gefesselt hatte. Und zwar eine Dankbarkeit gegenüber allen, das heißt gegenüber jedem, den sie in ihrem Leben getroffen hatte. Die wenigen Monate aber, die sie mit ihrer Mutter Riema verbracht hatte, hatten in ihrer Erinnerung nichts weiter hinterlassen als deren Geruch, den Duft von Nelken.

Der Scheich blieb allein im Zimmer zurück, zitternd vor Angst. Wie ein leichtes Blatt, das von einem herannahenden Sturm erfasst wird. Was seine Ehefrau gerade gesagt hatte, war ihm schon einmal vor langer Zeit zu Ohren gekommen. Er war angespannt, während er die Nachrichten aus den abendlichen Gesprächsrunden und den langen Diskussionen herausfilterte. Er versuchte die Angst zu unterdrücken, die plötzlich während seiner Fragen an seine Freunde aufkam. Mit Mühe versuchte er, seine zitternden Hände unter Kontrolle zu bringen. Er hatte kein Bedürfnis, die Einzelheiten dieses Themas Um Ibrahim gegenüber zu erläutern. Er befürchtete, dass die Angst in seinen Worten anklingen und sie dies heraushören könnte. Es wäre ihm äußerst unangenehm, wenn seine Frau spüren würde, dass er so ängstlich war wie eine Maus. Außerdem würde sie ohnedies nicht im Geringsten verstehen, was er zu sagen hatte. Schließlich ist der Verstand der Frauen viel zu beschränkt, um die politischen Spielchen und die Wirren der gegeneinander kämpfenden Religionsgemeinschaften zu begreifen. Sie soll sich auch in Zukunft nicht mit diesen Dingen auseinandersetzen und sich lieber mit Küche und Haushalt beschäftigen. Abu Ibrahim hing seinen geringschätzigen Gedanken nach, während er seinen Kopf hin und her wiegte. Er dachte an die Ereignisse, die ausbrechen und die Stadt in Flammen aufgehen lassen würden. Ereignisse, deren Wahnsinn und Gift sich ausweiten würden. Das war aber nicht das eigentliche Problem. Das wahre Dilemma bestand darin, dass er sich genau hier befindet, in diesem alten Viertel, dem Viertel Scheich Dahir, inmitten der

Stadt, wo es so viele Menschen unterschiedlicher Herkunft gab, vor allem Angehörige der anderen Religionsgemeinschaft. Die Mitglieder seiner Religionsgemeinschaft waren weit entfernt, sie hatten sich in den Grenzbezirken der Stadt und in nahe gelegenen oder auch weit entfernten Dörfern niedergelassen.

Der Scheich begann, im Zimmer auf und ab zu gehen. Seine Gedanken drehten sich nur noch im Kreis. Er begann laute Selbstgespräche zu führen, so dass Um Ibrahim ihn trotz Geschirrklapperns und des Geräusches fließenden Wassers hörte. Er verfluchte die schrecklichen Verhältnisse, den verhassten Pöbel und diese Zeit, die sie ihre Geschichte und das früher Verbindende in ihrem Leben vergessen ließen. Diese Übeltäter schüren den Hass im Namen der Religion. Der Glaube hatte mit ihnen und ihren Kriegen nichts zu tun. Feindseligkeit, zum Kotzen, zum Kotzen.

Was ist nun als Erstes zu tun? Er ist hier völlig allein. Allein in einem Viertel, in dem sich Misstrauen und Angst breit gemacht haben. Ein brodelnder Kessel, der jeden Moment explodieren kann.

Je näher der Abend kam, umso mehr verlor der Scheich die Lust am Lesen, eine Lust, die üblicherweise sehr groß war. Er näherte sich keinem seiner alten Bücher, denen der Staub der Jahre schon zugesetzt hatte. Er musterte die Regale seiner Bibliothek, die sich unter der Last der großen Religionsbücher bogen, während das schwache, gelbe Licht der

Lampe ihre Titel nur verschwommen anzeigte. Nicht eines dieser Bücher wollte er öffnen. Doch ein kleines, zwischen den Regalen verwaistes Buch zog seine Aufmerksamkeit auf sich. Die Gedichtsammlung von Badawi Al-Gabal, sein Lieblingsbuch. Er hatte die erste Auflage aufbewahrt, die 1925 gedruckt worden war. Damals war er kaum älter als zehn Jahre gewesen und er glaubte, dass dieses Buch den Geruch der Geschichte in seinen Seiten festhielte und vor dem Vergessen bewahrte.

Er nahm die Gedichtsammlung zur Hand und begann, vielleicht zum hundertsten Mal, darin zu lesen. Vielleicht könnte er damit seine unruhige Seele ein wenig besänftigen. Doch die Buchstaben verschwammen vor seinen Augen, die Landkarten verblassten, er konnte sich einfach nicht konzentrieren.

Nach langem Nachdenken kam er, auf dem hohen Eisenbett sitzend, zu der Feststellung, dass der Aufenthalt an einem Ort wie diesem und unter den gegebenen Umständen eine große Gefahr für ihn und seine Familie darstellte. Da es jedoch unmöglich war, eine endgültige Entscheidung zu treffen, schien ihm eine weitere unruhige Nacht bevorzustehen. Die einzige Lösung war ein Zaubertrank von Um Ibrahim. Er schrie, als würde er aus einem abgrundtiefen Brunnen um Hilfe rufen: „Bring mir etwas, damit ich schlafen kann, Um Ibrahim." Er wälzte sich auf seinem Bett hin und her und kam zu dem Schluss, dass er seine jungen Religionsschüler, die in wenigen Minuten kommen sollten, wieder werde entlassen müssen. Er sah sich außerstande auch nur irgendjemanden - egal wen - zu sehen. Und gerade heute wollte er keine Suren abhören und auch keine wiederholen oder vortragen. Und so murmelte er schließlich vor sich hin, während ihm die Augen zufielen: „Soll doch Um Ibrahim diese unangenehme Aufgabe übernehmen.“

Kapitel 2

Möglicherweise war jener Morgen der eigentliche Anfang für all dessen, was später geschehen sollte: Es war ein Morgen im Februar des Jahres 1900. Vielleicht kein Zufall, dass der Beginn des neuen Jahrhunderts auch mit dem Beginn der ganzen Geschichte zusammenfällt.

Das Wetter war eisig. Es verbreitete allerorts ein Gefühl der Fremde und überzog Tage und Nächte mit seiner schneidenden und tödlichen Kälte. Die Bewohner des Dorfes Alia bereiten sich auf das Herannahen der „Fünfziger des Winters" vor. Die fünfzig Tage, die sie „Saad, der Schlächter" nennen. Grund dieser Benennung ist, dass kaum ein Februar vergeht, ohne einen der Alten im Dorf mit sich zu nehmen. Das Ende des Monats stellt deshalb ein wahres Fest für jeden Alten im Dorf dar, denn nun kann er sicher sein, dass sein Leben bis zum nächsten Februar, also um ein ganzes weiteres Jahr, verlängert würde. Aus diesem Grund nennen die Leute den Monat auch „das Grab der Alten".

Mahmoud Hussain jedoch, der seit seiner Kindheit unter dem Namen Abu Riema bekannt war, war zu jenem Zeitpunkt noch nicht einmal dreißig Jahre alt. Trotz seines jungen Alters fand man ihn - auf dem Gesicht liegend - leblos unter der riesigen Eiche, die am Eingang des Dorfes steht. Sein durchlöcherter Umhang war mit staubigem, noch weichem Schlamm befleckt und lag zusammengeknüllt mehrere Meter von ihm entfernt auf dem Boden.

Die langen, herunterhängenden Strähnen seiner Haare glänzten. Die Dorfbewohner kannten ihn nur mit Haaren so schwarz wie Kohle, so dunkel wie eine Sommernacht, jetzt waren sie völlig weiß wie die Haare eines Greises in den Siebzigern, und sie glänzten wie Silber unter der schwachen Sonne. Es war kein einziger Kratzer an seinem Körper zu finden. Aber er war tot. Eine seit den ersten Morgenstunden lautlos ruhende Leiche. Ein Hauch von Körperwärme war noch zu verspüren. Ahnten bereits alle den Grund seines Todes?! Vielleicht.

Obwohl keiner von ihnen zu diesem Zeitpunkt dabei gewesen war, waren sich alle sicher, dass die Eiche und diejenigen, die sie bevölkerten, Einfluss auf das Geschehen genommen hatten. Wie oft hatten ihn seine Gefährten davor gewarnt, an ihr vorüber zu gehen. Denn der Baum ist allein den Geistern vorbehalten. Kein Eindringling entkommt schadlos, wenn er ihre geliebte Nachtruhe stört. Doch vergebens waren die Warnungen. Abu Riema hatte es also unbedingt mit den Geistern aufnehmen müssen!

„Der Krug geht so lange zum Brunnen, bis er zerbricht“, raunte einer der Bauern, die sich um die Leiche von Abu Riema geschart hatten.

Einer, der neben ihm stand, wollte wohl mit einem ähnlichen Satz antworten. Doch der gellende Schrei einer Frau unterbrach jäh das leise Gespräch. Die Frau warf sich schreiend über die Leiche und beklagte die Jugend des Verstorbenen. Um Riema war damals noch eine junge Frau, nicht älter als achtzehn Jahre und im siebten Monat schwanger. Sie begann, in der Erde zu wühlen und sie sich auf das Gesicht und ihre hüftlangen, kastanienfarbenen Haare zu werfen, die der Wind in alle Richtungen wehte. Sie hatte eine spitze, von Kälte und Weinen gerötete Nase und zwei kleine, kluge Augen. Blass im Gesicht und mit erdgetränkten Tränen verschmiert, welche die Züge ihres verzerrten Gesichts verschmutzten, sah sie aus, als hätte sie den Verstand verloren.

Die Umstehenden schüttelten betrübt die Köpfe und beklagten das Geschehene. Der aufgedunsene Bauch von Um Riema bebte, während ihre Haare über den Boden fegten, der von winterlichen, launischen Sonnenstrahlen bedeckt war.

...

In seiner letzten Nacht war Abu Riema angetrunken von einem geselligen Beisammensein aus dem Nachbardorf zurückgekehrt, nach einem Abend mit zauberhaften Frauen, Schnaps vom Lande und auf heißer Glut gegrilltem Lammfleisch. Viele Monate waren vergangen, ohne dass er den Geschmack des Fleisches hatte kosten können. Noch mehr Monate waren verstrichen, seit er einen weißen Körper wie den der Frauen zu Gesicht bekam, mit denen er nun die Nacht verbrachte. Er ahnte das Unheil der finsteren Nacht und fürchtete die Bestien, die ihn von allen Seiten des Waldes umgaben. Der Winter war schon zur Hälfte vorüber, und es bestand kein Zweifel daran, dass die Tiere nun eine Beute suchten, um ihren Hunger zu stillen. Das Dorf Alia war

ziemlich abseits gelegen. Er spürte einen süßen Rausch vom Schnaps, das Gehirn schwappte in seinem Kopf hin und her.
„Ich muss dort übernachten", sagte sich Abu Riema voller Unbehagen. Es blieb ihm aber nichts anderes übrig. Er musste sich den Tatsachen stellen. Es war nicht vernünftig, wieder umzukehren, wenn er nicht vor den anderen als Feigling dastehen und sich deren Hohn und Spott aussetzen wollte. Es bereitete ihm sogar eine gewisse Lust, sich der Angst zu stellen, die in seinem Inneren verborgen war. Er wollte sich selbst beweisen, dass er mutig war. Stur wie er nun einmal war, zwang er sich, den Weg, der an der mächtigen Eiche vorbeiführte, zu kreuzen. Die Eiche markierte den Nordeingang zum Dorf und ihre hoch gewachsene Krone war von beträchtlicher Größe.
Keiner hatte sich je getraut, in ihrer Nähe ein Haus zu bauen. Noch nicht einmal das sie umgebende Land wurde bestellt. Es hieß, dass ein weiblicher Dämon bevorzugt diesen Baum bewohnte und allen verboten hatte, an dieser Stelle irgendetwas anzufangen. Die Leute versuchten jedoch eher ihre guten Seiten zu beschreiben: ihr zartes Gesicht, ihre elfenbeinfarbene Gestalt, ihre Verführungskünste und wie sie die Männer durch den Beischlaf in den siebten Himmel der Ekstase führte. Gereizt von seiner Vorstellungskraft wollte Abu Riema einen Blick von der blonden Dämonin erhaschen, welche die Krone des hoch gewachsenen Baums bewohnte. Wie so oft dachte Abu Riema daran, dass der Mann dauernd seinen Mut erproben und oft auch ganz unerwartet unter Beweis stellen muss. Doch mit

der Zeit verkümmert der Mut - ähnlich einem lange nicht ausgeübten Handwerk - erst recht in einem trägen, langweiligen Dorf wie Alia. Nur selten klopft hier das Leben an die Tür. Dann lachte er, während er sich auf dem Kopf kratzte. Nur Männer, die vor Angst in die Hosen machen, schlagen einen weiten Boden um die Eiche. Grinsend murmelte er vor sich hin: Ein Mann, dem sich die Möglichkeit bietet, die Schönheit in ihrem viel gepriesenen Zauber zu sehen und die Geheimnisse der Verführung zu erleben, und der dann zitternd von seinem Weg abweicht, ist verrückt, aussichtslos verloren oder feige wie eine Maus. Er ist es nicht wert, auf dieser Erde zu leben. Was wäre denn, wenn die Dämonin Gefallen an ihm fände und ihn dazu brächte, mit ihr in der Besessenheit eines Verliebten den Beischlaf auszuüben, während sie ihm alle Raffinessen und Verführungskünste zeigte, die einem Mann den Verstand raubten?

Es war dieser Gedanke, der die Betäubung des Schnapses wiederkehren ließ und sein Inneres erneut berauschte.

Da erblickte er sie in der Baumkrone, wie er sie in seinem Traum gesehen hatte. In ihrem langen weißen Kleid erschienen ihre Umrisse klar wie die des erleuchteten Mondes. Der Februarwind schien wärmer geworden zu sein. Er wehte die durchsichtigen Zipfel ihres Kleides und die Strähnen ihrer blonden, zerzausten Haare hin und her. Und ihr Lachen, bezaubernd schön wie seine Besitzerin, war überall zu hören.

Abu Riema blieb wie angewurzelt unter der Eiche stehen. Selbst in seiner wildesten Fantasie hatte er sich diese Vollkommenheit nicht vorstellen können. Sie war wunderschön, und ihr Anblick grub sich tief in sein Innerstes ein. Ihre vollen Schenkel, wie aus Marmor, zeichneten sich unter ihrem Gewand ab. Er verspürte einen Funken, der seinen Körper wie ein Blitz durchdrang und ihm einen Nebelschleier auf seine Augen legte. Etwas, das er noch nie erlebt hatte, weder mit seiner eigenen noch mit irgendeiner anderen Frau. Sie näherte sich ihm von oben herab, als würde sie im Raum schweben und dabei immer heller leuchten. Aufreizend öffnete sie die Knöpfe ihres durchsichtigen, weißen Gewandes, entblößte ihren hellen, wohlgeformten Körper – und glich dem Trugbild einer Frau. Etwas in ihm begann rückhaltlos zu beben. Seine Beine krochen zitternd zu ihr.

Bevor sie die Erde berührte, warf sie ihr glitzerndes Kleid weit von sich und flüsterte Abu Riema mit verführerischer Stimme zu. Ihre Stimme klang wie das Rascheln von Eichenblättern: „Du wirst niemals etwas Köstlicheres erleben, als eine Nacht mit mir … komm!"

Er nickte mit dem Kopf wie ein Schlafwandler. Ihre Worte wirkten wie Zauber auf ihn. Noch nie hatte er so etwas zu Gehör bekommen. Eine geheimnisvolle Kraft brachte ihn dazu, sich ihr hechelnd zu nähern, wobei er nicht aufhören konnte, mit seinem Kopf zu nicken. Er nickte unablässig weiter, während er vor Erregung stöhnte, bis er mit seinem ganzen Körper ihre aufregende, schimmernde Erscheinung umschloss.

Eine der Gestalten, die um die Leiche herumstanden, nickte mit dem Kopf: „Gott habe ihn selig. Es war seine Begierde, die ihn tötete." Dann schwieg er. Und gleichzeitig dachte er, dass Abu Riema wahrhaftig von einem Schicksal heimgesucht worden war, auf das man neidisch sein könnte: Er starb im Schoss einer außerirdisch schönen Frau, auch wenn es eine Dämonin war. Um sie zu befriedigen, würde jeder Mann bereitwillig sein Leben opfern. Soll er doch danach sterben. Was soll es? Aber wie ist das überhaupt, es mit einer Dämonin zu treiben. Gewiss kein Vergleich dem Beischlaf der Frauen aus diesem Dorf! Die waren längst zu Eis geworden und verhüllten ihren Körper mit mehreren Schichten dicker Kleidung.

„Die Dämonin tötet jeden, der mit ihr schläft. Hatte Abu Riema das nicht gehört?", rief ein anderer Mann und schwieg dann ebenfalls.

Die Frau von Abu Riema war die Einzige, die, nachdem sie sich etwas beruhigt hatte, mit lauter Stimme redete, so dass es jeder hören musste. Sie sagte so etwas wie, dass man dem Zauber der Dämoninnen nicht widerstehen könne und dass sich eine von ihnen Abu Riema ausgesucht und ihn verführt habe. Gegen seinen Willen habe er sie bestiegen, weil es die göttliche Vorsehung so bestimmt und er keine andere Wahl gehabt habe. Bestimmt und voller Überzeugung fuhr sie fort, ihr Mann habe nie eine andere Frau angeschaut. Wäre er Herr der Lage gewesen und die Dämonin eine normale Menschenfrau und hätte sie nicht diese dämonischen Kräfte besessen… doch offensichtlich gab es keinen Ausweg für ihn. Offensichtlich war es ihr vorbestimmt, dass ihr Mann als einziger im Dorf von der Dämonin ausgesucht worden war, um von ihr getötet zu werden. Ihre letzten Tränen zurückhaltend bedeckte sie das kalte Glied ihres Mannes, das beim Umdrehen der Leiche entblößt wurde und nun wie ein alter, abgenutzter Lappen da lag. Zum ersten Mal bekam sie das Glied ihres Mannes zu sehen. Noch nie vorher hatte sie es betrachten können. Nur flüchtige und genierte Blicke im Dunkeln hatte es gegeben. Heute jedoch verursachte ihr der Anblick regelrechten Ekel. Die Augäpfel von Abu Riema waren weiß, wie sein Haar. Glotzend und wild wirkte der Blick und die blassen Gesichtszüge waren völlig verzerrt. Sein Gesicht war mit Falten überzogen. Die Hose war bis zu den Knien heruntergezogen, mit Schlamm und seinem eingetrockneten Samen befleckt. Um Riema begann vergeblich, die zerstreut herumliegenden Kleidungsstücke ihres Mannes zu ordnen. Dabei drückte sie seine hoch gestreckten und verkrampften Finger zusammen, die, als wollten sie die Brüste einer Frau umfassen, zu einem Kreis geformt waren. Schließlich vergaß sie auch nicht, die Lider über seinen Augen zu schließen, aus denen noch in peinlicher Weise Lust zu sprühen schien.

Den ganzen Vormittag berieten sich die Dorfältesten über den Verstorbenen. Einige meinten, er habe sich das Leben genommen und daher wäre es nicht statthaft, ihm zu Ehren ein Gebet zu sprechen. Andere waren der Ansicht, er wäre ermordet worden und einen Ermordeten dürfe man vor dem Begräbnis nicht waschen. Am Tage der Auferstehung müsse er vor Gott stehen und die Schuld des Mörders noch auf seinen Händen tragen können, ohne dass sie vom Wasser getilgt worden wäre. Die Auseinandersetzungen wollten kein Ende nehmen und wurden immer heftiger. Es gab keinerlei Hinweis für die Todesursache weder für die eine noch die andere Annahme, nur sein schlaff herabhängendes Glied und die Spuren von getrockneten Samen auf seiner Kleidung.

Abu Riemas Leichnam wurde mitten im Zimmer auf einem langen Holztisch, der aus dem Nachbarhaus herangeschafft worden war, aufgebahrt. Die Frauen standen schweigend um ihn herum. Seine Hände waren inzwischen übereinander gelegt worden. Die rechte Hand auf der linken, die ihrerseits auf dem Bauch ruhte. Sein weißes Haar glänzte wie der Kalk an den Wänden. Sein Gesicht strahlte Jugendlichkeit aus, wobei es nach wie vor von Lust ergriffen schien und dementsprechend entstellt war.

Gegen Sonnenuntergang siegte schließlich die dritte Gruppe, die alle anderen davon überzeugen konnte, dass Abu Riema einen göttlichen, unbeschmutzten Tod gestorben war. Das Ende seines Lebens sei von Gott bestimmt worden, und seine Seele sei es wert, das Gebet zu sprechen und die Begräbniszeremonie in vollem Umfang durchzuführen, damit er an seiner letzten Ruhestätte seinen Frieden finden könne.

Am Morgen des darauf folgenden Tages versammelten sich die Dorfbewohner um eine Grube, die aufs Geratewohl unter der Eiche ausgehoben worden war. Der Beschluss, Abu Riema an dem Ort zu begraben, an dem man ihn gefunden hatte, wurde im Einvernehmen der männlichen Familienmitglieder gefällt. Um Riema empfand diesen Beschluss als zusätzliche Demütigung, die ihren Stolz erneut verletzte. Jeder Besuch am Grab ihres Mannes würde die abstoßenden Erinnerungen aufs Neue in ihr hervorrufen. Die gepflückte Myrte auf das Grab niederzulegen, wie es die Pflicht verlangt, würde ihr jedes heilige Fest verderben. Sich jedoch zu diesen Angelegenheiten zu äußern, war ihr verwehrt. Sie hatte, wie alle Frauen, dem Beschluss still und ergeben Folge zu leisten. Nur die Männer hatten zu entscheiden.

Die dunkle, von winterlichen Regengüssen getränkte Erde unter der Eiche ließ die Schaufeln schwer werden, kaum dass die jungen Männer sie halten konnten. Es schien, als schaufelten sie Blei. Schweiß nässte ihre Körper und Kleidung, als wäre es mitten im Sommer. Nachdem die Grube in ihrer endgültigen Form ausgehoben war, kam heftiger Wind auf. Rasend schnell und dreist, als hätte er keinerlei Ehrfurcht vor dem Tod. Während dieses Vorgangs schwiegen alle und lauschten der Rede des Scheichs Abboud. Er war der einzige unter den Dorfältesten, der sich bereit erklärt hatte, für den

Verstorbenen zu beten. Er trug eine staubige Kopfbedeckung. Sein Aussehen ließ die Reste eines Alkoholrausches vermuten, den er seit dem Vorabend hatte. Auch der eklige Geruch von Schweiß, der von ihm ausging, untermauerte diese Vermutung, obwohl der Wind alles verwehte.

Scheich Abboud war über achtzig Jahre alt. In seinem Mund gab es keine Zähne mehr, nur noch schwarze Stümpfe waren zu sehen, die aus seinem nackten Zahnfleisch hervorragten. Er brauche schließlich auch keine Zähne, um Schnaps zu trinken, sagte er lachend, indem er seinen schlaffen Mund öffnete. Als Frauenheld war er allgemein bekannt. Er kauerte sich immer zwischen die hochgewachsenen Kakteen in dem Tal, das sich an der östlichen Seite des Dorfes hinzieht. Dort lauerte er den Frauen auf, die sich im großen Fluss, der das Tal durchkreuzt, wuschen oder sich ins Dickicht zurückzogen, ihre Notdurft zu verrichten. Er war auch der einzige, der die Körper der Frauen im Dorf auswendig kannte, egal ob sie bekleidet oder nackt waren, da er viel Zeit damit verbrachte, sie zu beobachten und dabei zu onanieren. Er war der einzige, auf den die Männer zurückkamen, wenn sie sich über die Körpereigenschaften einer bestimmten Frau im Dorf uneinig waren, sei es die Breite ihrer Hüften, die Form ihrer Brust oder die Farbe ihrer Brustwarzen. Manchmal übertrieb er auch maßlos und beschrieb dann dem jungen Schüler Einzelheiten, wie sich die Haut anfühlte, ob sie zart oder rau war oder gar in Falten herunterhing. Ein einziger Kennerblick auf eine Frau verriet ihm, wie es sich anfühlte, mit der Innenseite seiner Hände über die Wölbungen ihres Körpers zu gleiten.

Nachdem Scheich Abboud stotternd einige Koranverse der Sure Yasin hervorgebracht hatte, bemühten sich die jungen Männer um ihn herum, das Lachen zu unterdrücken. Die Rezitation hörte sich sehr eigenartig an, da er in seinem alkoholisierten Zustand die Worte nur langsam und lallend von sich geben konnte.

Am Ende des Gebets rezitierte der Scheich irgendeinen Vers, der ihm gerade einfiel. Der Vers endete mit: yusabbihun (sie loben Gott und danken ihm). Der Scheich verhaspelte sich und las stattdessen yasbahun was bedeutet „sie schwimmen". Da konnte einer der jungen Männer nicht mehr an sich halten und rief: „Sie schwimmen in einem großen Fluss!" Sogleich brachen die Männer in heftiges Gelächter aus, das dem gekünstelten Ernst des Begräbnisses ein Ende setzte. Das Gebet zu Ehren von Abu Riemas Seele verkehrte sich somit ins Lächerliche und irgendwie schien es auch zu passen, dass ausgerechnet Scheich Mohamad derjenige war, der den Toten am Ende seiner lüsternen Lebensreise verabschiedete. Darin waren sich alle einig.

Um Riema stand nach geltendem Brauch mit den übrigen Frauen weit hinter den Männern und erfuhr somit auch nicht, was die Männer veranlasst hatte, hier so unangebracht zu lachen. Es kränkte sie jedenfalls zutiefst, und es kam ihr so vor, als würde ihr der Verstorbene eine weitere Demütigung entgegen

schleudern. Sie war also die Witwe eines Mannes, dessen Begräbnis die Leute zum Lachen brachte. Keine der anwesenden Frauen ahnte den wahren Grund für ihr plötzliches, herzzerreißendes Schluchzen.
Schließlich endete die einfache Beerdigungszeremonie. Ein großer Stein aus Kalk wurde am Kopfende in Richtung Qiblah aufgestellt, um die Stelle unter der Eiche als Grab zu markieren.

Am Abend, als Um Riema allein zu Hause war, hing der Geruch des Todes noch in den Räumen. Das Bild der Leiche - die weißen Augäpfel, das weiße Haar - tauchte wieder vor ihr auf und füllte die sie umgebende Leere. Sie fütterte den Ofen mit Holzscheiten in der Hoffnung, so auch die Gerüche aus ihrer Erinnerung zu tilgen. Ein beißendes Gefühl der Demütigung durchzog ihren Körper. Sie verfluchte ihren Mann, der sie mit seinen ewigen Liebschaften gequält hatte, und sie - noch über seinen Tod hinaus – für immer dem Gefühl von Kränkungen aussetzen würde. Sie glaubte auf keinen Fall, was sie vorhin vor allen anderen behauptet hatte. Ihr Mann war keineswegs einer, der nicht anders konnte und sich nach der göttlichen Vorsehung hatte richten müssen. Er hatte diese Dämonin begehrt. Und Um Riema war jetzt überzeugter denn je, dass ihr Mann sehr wohl dazu bereit war, im Schoße dieser Hure zu sterben. Gerade in diesem Moment spürte sie den Segen Gottes, der ihr zuteil geworden war. Früher hatte sie immer geglaubt, dass Gott sie strafen wollte und sie deshalb in den letzten vier Jahren nicht hatte schwanger werden können.

Ohne sonderliche Angst, den Fluch der Dämonen auf sich zu ziehen, stieß Um Riema so viele Schimpfwörter und Flüche über Abu Riema und die Dämonin aus, dass sie starke Wehen bekam, die so heftig und plötzlich einsetzten, wie der Tod ihres Mannes eingetreten war. Der kleine Nachbarssohn musste barfuß durch die Gassen des Dorfes laufen, um die weit entfernte Hebamme zu holen. Währenddessen fiel der Schnee. Der Junge musste seine Ohren zuhalten und heftig weinen, während Um Riema bestialisch schrie. Von Stunde zu Stunde wurden die Wehen unerträglicher, und das Schreien der Frau begann den Nachbarn Angst zu machen. Es klang wie das das Schreien von jemandem, der die ganze Nacht lang versuchte, dem Tod zu entkommen.

Die aufgeregte Hebamme versicherte ihr von Minute zu Minute mit zitternder Stimme, dass es ein Sohn sei, während sie ihre Blicke konzentriert zwischen die ausgebreiteten Beine der Gebärenden richtete. Und dabei beschrieb sie ihr die schwarzen Haarsträhnchen und seine rosa Haut, in der Hoffnung, damit die letzten Kraftreserven der Mutter hervor zu holen. Wenn nicht, würde der arme Säugling im Laufe dieser schweren Entbindung ersticken.

Trotz all ihrer Anstrengungen ließen Um Riemas Kräfte allmählich nach. Die schwere Geburt näherte sich erst ihrem Ende, als spät und winterlich der Morgen graute. Wie durch ein Wunder hatte die Mutter überlebt.

Die Hebamme stöhnte voller Bedauern, als sie ein mit Blut überzogenes rosafarbenes Stück Fleisch auffing. Im Schein des Holzofens flüsterte sie: „Ein Mädchen!“ Und fügte noch hinzu: „Sie ist all das Leiden nicht wert. Die arme Mutter... sie ist wirklich zu bemitleiden. An einem einzigen Tag ist sie gleich von zwei Katastrophen heimgesucht worden. Allmächtiger Gott!“

Die Neugeborene, die von ihrem Onkel den Namen Riema bekam, so wie es sich ihr Vater bei der Geburt einer Tochter gewünscht hätte, war nach der sehr schweren Geburt - allen Erwartungen zum Trotz – gesund und wohlbehalten auf die Welt gekommen. Nachdem die Hebamme sie gewaschen und abgenabelt hatte, sagte sie der Mutter voller Trost, dass sie noch nie in ihrem Leben ein Baby von solcher Schönheit gesehen habe – sie, die ja bei sämtlichen Geburten im Dorf in all den Jahren dabei gewesen war. Oh Gott, Allmächtiger! Eine feine, glänzende Haut. Sogar das, was sich darunter befand, war für den Betrachter ganz deutlich zu sehen. Während sie die Kleine der Mutter an die Brust legte, fügte die Hebamme noch hinzu, dass ein im siebten Monat früh geborenes Kind sehr klug sei und ihre Altersgenossen stets übertreffen würde. Dann wünschte sie Um Riema, die ihr gerade das Entgelt in Form von zwei Eiern und etwas geschlagener Butter in die Tasche steckte, dass der klugen und hübschen Kleinen ein ausgezeichneter Bräutigam geschickt würde, um das gebrochene Herz der Mutter schließlich zu erfreuen.

Bevor sie die schäbige Tür leise hinter sich schloss, kam die Hebamme noch einmal zurück, um zu bestätigen, dass dieses Kind gar nicht wie ein Neugeborenes aussah. Neugeborene sähen eher wie blinde, frisch geborene Springmäuse aus. „Sie jedoch, Gott Allmächtiger, hat ein straffes weißes Gesicht wie die Haut stehen gelassener Milch. Ihre Augen sind so groß, wie die einer Gazelle. Allah stehe der armen Frau mit diesem Mädchen bei."

....

Nachdem die Woche der Beileidsbekundungen vorüber war, beschloss Um Riema, die Trauer, die ihr den Mann ohnedies nicht zurück bringen konnte, zu beenden. Ihre Trauer würde die Frauen nicht vom Getratsche abhalten und auch ihre tiefempfundene Schande nicht verringern.
Ab dem heutigen Tag würde sie dieses Gerede, ihr verstorbener Mann habe sie allein zurückgelassen und er sei mit vor Speichel triefender Zunge dem Zauber der Dämonin verfallen, nicht mehr hören und ertragen müssen. Sie musste sich aus dieser misslichen Lage befreien!

„Von den Männern ist nichts Gutes zu erwarten. Sie führen sich auf, als seien sie von einer Tarantel gestochen - so groß ist ihre Lust und der Freudentaumel, dass sie alles andere hinter sich lassen."

Irgendeinen Weg musste sie finden, selbst für ihr Kind aufzukommen, um nicht von den Almosen und dem Mitleid der Leute leben zu müssen.
Am Morgen des folgenden Tages stand sie in aller

Frühe auf und ging zu ihrer schwarzen mit Muscheln und Silberfäden verzierte Ebenholztruhe, das einzige Erbstück, das ihr von ihrer türkischen Großmutter, Nazili Khanom, hinterlassen worden war. „Diese Verrückte!", schrie sie, als sie sich an die Geschichte der türkischen Schönheit erinnerte. Was in aller Welt hatte Gott ausgerechnet ihrem Mann gegeben, das sie dazu bewegt hatte, ihm blind zu folgen! Seinetwegen musste sie ihr Leben lassen, als sie unter die wütenden Hufe eines Pferdes geriet. So ergeht es jeder Frau, die an einen Mann glaubt. Das männliche Geschlecht ist trügerisch, man darf ihm nicht vertrauen.

Die prächtige Ebenholztruhe würde eines Tages an ihre Tochter übergehen und danach an ihre Enkelin und immer so weiter. Dem Testament nach soll sie ständig weitervererbt werden. Aus diesem Grund kann sie die kostbare Truhe leider nicht verkaufen. Doch letzten Endes ist sie nur ein immer wiederkehrender Fluch, nichts anderes.

Sie hatte alle Kleidungsstücke aufbewahrt, die sie am Tag ihrer Hochzeit mit Abu Riema geschenkt bekommen hatte: ein weinrotes Samtkleid, zwei lange, langärmlige Wollunterhemden, ein Kleid aus Satin und ein weiteres grünes Seidenkleid der Marke Sitt Rosa Beznar mit weißer Spitze. Kein einziges Mädchen im Dorf hatte von solchen Kleidern auch nur jemals geträumt. Keine von ihnen hatte solche Kleider überhaupt je zu Gesicht bekommen. Abu Riema hatte sie von einer Reise nach Beirut mitgebracht, wo ein gut situierter Onkel von ihm lebte. Auch mehrere rote Dessous waren darunter. In all der Zeit und bis zum letzten ihrer gemeinsamen Tage hatte sie sich geschämt diese anzuziehen und hatte sie gleich in einen Stoffbeutel gestopft und zuunterst in die Truhe verbannt. Jetzt, da sie darin herumwühlte, erblickte sie den Beutel und errötete erneut vor Scham.

Damals hatte Abu Riema ihr erzählt, dass die ehrbaren Frauen in Beirut ähnliche Unterwäsche tragen würden.

Woher hatte er das eigentlich wissen können? Noch nie hatte sie sich diese Frage gestellt, erst heute. Die ehrbaren Frauen in Beirut! Hat denn überhaupt eine von ihnen Abu Riema, diesen Bettler, eines Blickes gewürdigt? Sie musste sich jedoch eingestehen, dass das jugendliche Aussehen ihres Mannes sehr anziehend wirkte. Vielleicht hatte ihm eine der Beiruter Frauen tatsächlich die Möglichkeit gegeben, ihre Unterwäsche zu erspähen und vielleicht noch mehr. Hatte ihn die Dämonin etwa mit ihrer roten Unterwäsche verführt und ihm möglicherweise damit alle Sinne geraubt?!

Sie war es leid, auch nur einen weiteren Gedanken daran zu verschwenden und nach Antworten zu suchen.

Um Riema sammelte alle Kleidungsstücke aus der Truhe zusammen. Sie legte auch die Schuhe aus echtem Leder dazu, die in einer luxuriösen Schachtel aufbewahrt waren und deren Geruch sich bis heute gehalten hatte. Ein Geschenk, das ihr nur ein vermögender Onkel wie der des Verstorbenen hatte machen können. Zum Schluss legte sie nur zwei Kleider beiseite, nicht mehr - ein wollenes Winterkleid mit Zopfmuster, das andere aus leichtem Taft für den Sommer sowie zwei Kopftücher. Da sie aus ihrer leeren Truhe irgendeinen Nutzen ziehen wollte, legte sie ein buntes Tuch darüber und machte aus der kostbaren Ebenholztruhe einen kleinen Tisch, den sie mitten in das Wohnzimmer stellte.

Sie dachte gar nicht daran, alles einer anderen Frau zu überlassen, da es keiner außer ihr zustand. Sie raffte diese Habseligkeiten zusammen und legte sie im Innenhof ihres Hauses auf einen Haufen. Dann schüttete sie den Inhalt einer Öllampe darüber und warf Glut darauf, die sie unter dem Kochtopf hervorgeholt hatte. Eine riesige Flamme schoss nach oben und loderte, bis nur noch Asche übrig war.

Um den hitzigen Zungen zuvorzukommen, hatte sich Um Riema hoch und heilig und mit tausend Eiden geschworen, dass sie nie wieder heiraten würde. Sie würde es zeitlebens keinem Mann erlauben, sie auch nur zu berühren. Ihr Körper musste standhaft sein und durfte ihren geheimen Wünschen nicht nachgeben. Denn die Männer sind alle Betrüger. Sie sind doch alle gleich. Mit ihrem Wehklagen übertönte sie das Prasseln des Feuers.

Nachdem sie so ihre Erinnerungen ausgelöscht hatte, lag am nächsten Morgen noch immer ein verbrannter Geruch in der Luft. Anstelle ihres Mannes wollte nun sie zu den Tabakfeldern gehen, die Attia Aga gehörten. Sie musste fortan so fleißig sein wie ein richtiger Mann, wenn nicht noch mehr. Ein Mann kann sich ja auf seine Männlichkeit berufen. Aber worauf stützt sich eine Frau, wenn sie ihren Aufgaben nicht ordentlich nachkommen kann? Doch auf diese Weise konnte sie sich einen Platz in diesem Universum sichern und ohne Almosen der Familie auskommen. Nur so konnte sie, ohne eines Mannes zu bedürfen, Herrin ihrer selbst sein. Da ihr kastanienfarbenes, bis zur Hüfte reichende Haar sie an Dinge erinnerte, die sie vergessen wollte, entschied sie eines Abends kurzerhand, ihren langen, dicken Zopf mit einem scharfen Messer abzutrennen. Mit eben diesem Messer würde sie später die Tabakblätter zerhacken und fortan auch dem Tabak verfallen sein. Sie spürte, wie die Lust ihren Körper durchströmte, während sie ihre feuchte Zungenspitze an der gedrehten Zigarette entlang strich.

Der Verkauf ihres Zopfes an einen vorbeiziehenden Händler brachte genug ein, um einen ordentlichen Beutel feinen Mehls zu erstehen. Da sie damit sehr sparsam umging, hielt er sich über Wochen. Ihr wunderschöner Zopf schmückte von nun an als geliehenes Haar den Kopf einer reichen Städterin.

Den ganzen Tag über blieb Riema in ihre Windeln eingepackt. Da sie auf dem Rücken ihrer Mutter festgebunden war, bebte sie mit jedem seiner Bewegungen, als wäre sie ein fügsamer Seidenkokon. Sie schlief fast immer, was darauf zurückzuführen war, dass ihr die Mutter ein besonderes Gemisch in die Nase gestopft hatte, eine Mischung aus Mohn und Weintraubensirup, mit dem man normalerweise den Gaumen eines Säuglings einrieb. Damit konnte man selbst einen gewaltigen Stier in stundenlangen Schlaf versetzen und ihn zähmen wie ein Schaf. Als Um Riema sich entschloss, ihre Tochter mit fast einem Jahr abzustillen, zeigte es sich, dass ihre Menstruation unwiederbringlich versiegt war. Da war sie noch nicht einmal zwanzig Jahre alt. Es schien, als sei die kleine Rothaarige von Geburt an vom Pech verfolgt. Der Tod ihres Vaters und das Ende der Weiblichkeit ihrer Mutter waren nur der Anfang. Das Pech würde sie begleiten bis zu ihrem schrecklichen Ende, das sie noch in der Blüte ihrer Jugend ereilen sollte. Dieses Pech würde alle ihre Lebenswege bestimmen, ganz gleich wo sie sie sich befand. Erstes Anzeichen dafür war schon die Aura ihres feuerroten Haares, das ihren schönen Kopf schmückte, als wäre es der lichte Morgen. Das rote Haar hatte sie von ihrer schönen türkischen Großmutter, Nazili Khanom, geerbt, wie alle immer wieder bestätigten. Das Leben der Großmutter hatte wegen ihres roten Haares unter den wütenden Beinen eines Pferdes ein schreckliches Ende genommen.

Um Riema versuchte aber, sich immer wieder selbst einzureden, dass die engelsgleiche Schönheit ihrer Tochter und ihre Klugheit als Frühgeborene im siebten Monat ganz bestimmt dazu beitragen würden, sich dem Schicksal zu widersetzen. Sie versuchte zu verdrängen, woran sie die Dorffrauen ständig erinnern wollten, dass Schönheit und Klugheit die deutlichsten Anzeichen für bevorstehendes Unglück seien.

Kapitel 3

Wie an jedem Morgen im Sommer stand Angela vor ihren Großeltern auf. Die alles durchdringende Morgendämmerung hatte sich bislang noch nicht aus den Gassen zurückgezogen. Sie rutschte von Um Ibrahims Bett herunter, zog ihre Hausschuhe an und versuchte, ja kein Geräusch zu verursachen, das lauter wäre als das Schnarchen der Großmutter. Denn würde sie wach werden, und dazu war es fast an der Zeit, könnte sie unmöglich ins Viertel hinausgehen. Ihre Großmutter würde sie eindringlich vor den schlecht erzogenen Jungen warnen, mit denen sich Angela einließ. Hin und wieder wurden auch ihre Eltern von den Beschimpfungen der Großmutter nicht verschont, die schließlich einen kleinen Teufel hinterlassen hatten, den die Großmutter offensichtlich nicht zu bändigen in der Lage war.

Unten lungerten die Jungen bereits herum. Nachdem sich alle eingefunden hatten, waren sie bereit für einen neuen Tag voller Abenteuer. Ohne Hektik streifte Angela ihre Schuhe über, um dann an die Kellertür zu klopfen und die junge Nachbarin Sanaa zu begrüßen.

Die Untermieterin lebte seit kurzem alleine unter der Wohnung ihres Großvaters, des Scheichs. Angela freute sich jeden Morgen auf das liebenswürdige Lächeln und den Geruch, der aus ihrem Zimmer strömte, sobald sie die Tür öffnete. Ein Geruch, ähnlich dem ersten Regenguss im Herbst, der sich nach langer Dürrezeit auf den Staub des alten Viertels legt. Noch bedeutsamer war ihr aber der Zauber des Geheimnisses, mit dem sie sich Sanaa zu erkennen gab: drei Klopfzeichen hintereinander, dann ein weiteres. Ohne dieses Geheimzeichen würde Sanaa die Tür nicht mit einem Lächeln öffnen. Angela glaubte, Sanaa würde nie schlafen, immer wach und bereit sein für das Klopfen an ihrer Tür... eine sonderbare Frau.

Angela konnte die plötzliche Änderung im Verhalten der Großmutter nicht verstehen. Noch vor kurzem hatte sie nichts dagegen gehabt, wenn sie zum Spielen runter ging, auch wenn sie es mit Sorge betrachtete und ihr täglich neue Ermahnungen mit auf den Weg gab. Ein anständiges Mädchen sollte sich ihrer Meinung nach nicht wie ein streunender Hund mit den Halbstarken des Viertels herumtreiben. Angela wusste nicht, was plötzlich im Herzen ihrer Großmutter vor sich ging. Die Jungs aus der Gegend gehörten aufgrund ihrer Herkunft anderen Religionsgemeinschaften an. Diese begannen in der Vorstellung der Großmutter, die in letzter Zeit so gar nicht ausgeglichen war, Angst und Schrecken zu verbreiten. Sie betete darum, dass die Sommerferien ganz schnell und friedlich vorübergehen würden.

Anfangs war sie den Jungen des Viertels ständig auf die Nerven gegangen!
Ein dummes, merkwürdiges Mädchen mit roten Haaren, das in ihre Welt einzudringen versuchte. Die anderen Mädchen zeigten auf sie und tuschelten hinter vorgehaltener Hand. Doch im Laufe der

Zeit waren die Jungen davon überzeugt, dass sie zu ihnen gehörte und auch nicht mehr verlegen, in ihrer Anwesenheit offen über alle möglichen interessanten Themen zu sprechen. Angela wurde also Teil der Gruppe. Die anderen Mädchen waren nicht länger an ihr interessiert und fortan mit anderen Dingen beschäftigt. Sie hörten auf, hinter vorgehaltener Hand über sie zu tuscheln und auf sie zu zeigen. Angela wurde allmählich zu einem vertrauten Anblick im Viertel.

Diese Methode würde sie immer wieder in ihrem Leben anwenden, denn schon früh war es ihr gelungen, ein zentrales Rätsel zu lösen: Die Menschen gewöhnen sich an alles, egal wie fremdartig es anfangs erscheinen mag. Es geht also nicht darum, die Köpfe der Menschen zu verändern, sondern ihre Fähigkeit zu stärken, geduldig zu sein. Nicht mehr und nicht weniger.

Heute musste Angela sich nicht beeilen, nach Hause zu kommen. Großmutter Um Ibrahim würde später in die Tabakfabrik gehen, da sie heute Spätschicht hatte. Und der Großvater würde wie immer außerhalb der Tagesereignisse schweben, mit seinen Büchern und endlosen Gebeten beschäftigt sein.

Angela wartete, bis die Sonne ihren Zenit überschritten hatte, die Augusthitze am Nachmittag nicht mehr so stark brannte, und es weniger drückend war. Als wäre es die Eröffnungszeremonie einer Feier, wusch sie sich mit den Jungen gemeinsam unter einer Dachrinne, aus der das trübe Wasser auf den Boden der Gasse lief. Vollgesogen vom Wasser, das seinen Schmutz auf ihren Gesichtern und ihrer Kleidung hinterließ, gingen sie erfrischt und nass wie sie waren, ihrer täglichen Beschäftigung nach: Khalil Al-Khangi, dem einäugigen Besitzer der Pension, hinterher zu spähen.

Die Pension ist ein Gebäude, das sich am Ende des Viertels befindet. Das untere Geschoss beherbergt einen Stall, der zum Innenhof hin fünf Tore aufweist, so groß, dass eine ganze Herde von Wildochsen hinein marschieren könnte. Das Obergeschoss diente früher als Herberge für Reisende und Wanderer. Die Bauern kamen dorthin zum Viehmarkt und warteten für gewöhnlich mit ihren Tieren in der Pension. Tagelang harrten sie dort in der Hoffnung aus, ihr Vieh verkaufen und mit gefüllten Taschen zurückkehren zu können. Einst war das Obergeschoss bewohnt, heute jedoch pfiff nur noch ein unheimlicher Wind durch die Räume. Früher war der Stall voller Tiere: Esel, Maultiere, Schafe, einige Pferde und hochmütige Stuten. Jetzt, zu Beginn der achtziger Jahre, schlief in diesem Gasthof nur noch ein schäbiger Esel, der, während er faul sein Stroh kaute, von seinem Besitzer im Hof fast vergessen wurde.

„Lang ist's her, du Hurensohn!", schrie der Besitzer jedes Mal von drinnen, wenn er sich daran erinnerte, wozu der Gasthof inzwischen verkommen war.

„Jetzt stehlen uns schon die ekligen Ratten unser Essen. Lang ist's her, du verdammter Hundesohn!"

Damit meinte er die unzähligen Kleinbusse, die Esel und Pferde als Transportmittel verdrängt hatten und die mit ihrem Gestank den Himmel über der Stadt verpesteten. Dies ist nicht die Zeit lebendiger Geschöpfe, sondern die unbeseelter Maschinen. Der Gasthof war in völlige Bedeutungslosigkeit versunken, nachdem die Stadtverwaltung den Bazar in ein großes Parkhaus verwandelt hatte. Die mit Sternen ausgezeichneten Hotels hatten inzwischen die Gasthöfe und die Gerüche der Tiere verdrängt.

Die Zeit, die Khalil einst mit dem Geblöke der Tiere, dem Maulen und dem Geschwätz der Gäste im Gasthof zugebracht hatte, war nun einer leeren und beängstigenden Stille gewichen. Selbst der köstlichste Schluck Arak vermag es nicht, das Rad jener trägen und beklemmenden Zeit zurückzudrehen.

Heute war Angela mit dem Ausspähen an der Reihe.

Ein Junge ließ sie auf seine Schultern klettern, so dass sie mit ihrer kleinen Gestalt gerade an den Fenstersims heranreichte, das auf den Innenhof des Gasthauses zeigte.
„Was siehst du?"
„Nichts. Da ist nur ein Esel."
„Ein Esel? Schau genau hin. Ist es wirklich ein Esel? Es könnte auch eine Eselin sein. Das kann nicht sein, dass der Gastwirt sich mit männlichen Eseln

abgibt! Kannst du ihn nicht irgendwo sehen?"
„Nein."
„Du Einfaltspinsel!"
„..."
Angela rutschte von den Schultern des verärgerten Jungen herunter, damit die Anderen nach und nach auf seine Schultern steigen konnten. Außer dem faulen Esel war jedoch niemand im Hof zu entdecken. Die Leute im Viertel waren sich alle sicher, weshalb der Gasthofbesitzer nur noch ein Auge hatte.
Es war ein ganz dreistes Auge, mit roten Adern überzogen. Das ständig wandernde Auge eines Säufers. Auch wenn keiner dem Ereignis persönlich beigewohnt hatte, waren sich doch alle einig und bestanden darauf, dass es sich wirklich so zugetragen hatte, dass es einer Eselin wohl zu viel geworden war. Als er sich wie jede Nacht an ihr vergreifen wollte, wartete sie, bis er sich ausgezogen hatte und daran machte, sie zu besteigen. Dann versetzte sie ihm einen solchen Schlag mit ihrer Hufe, dass das Blut aus seinem linken Auge hervor schoss und seine Kleidung durchtränkte. Bis heute ist das ihm verbliebene Auge Zeugnis für den Racheakt.

Da der Hof leer war, wagten sich die Jungen bis zu einem der hinteren Zimmer des Gasthofes vor. Bestimmt hat er wieder ein dickes Schaf oder eine beleibte Eselin dorthin geführt, um vor neugierigen Blicken wie den ihren sicher zu sein.

Für die Durchführung der Aufgabe wählten sie den Kleinsten unter ihnen aus. Sie warteten auf ihn und vor lauter Neugier wurde ihnen schon ganz heiß.

Er blieb jedoch nicht lange weg und kam atemlos zurück: „Nein, nein, es ist keiner in seinem Zimmer. Aber ich habe ihn dort auf dem Hof gesehen."
„Und was macht er?"
„Er trinkt Schnaps aus seiner kleinen Flasche."
„Dummkopf!"
Keiner von ihnen wusste so recht, warum sie das eigentlich taten. Warum unternahmen sie alles, um das Geheimnis vor ihren Eltern zu verheimlichen? Warum verschwendeten sie ihre Tage damit, einen betrunkenen, verwahrlosten und eigenartigen Mann wie den Gasthofbesitzer Khalil Al-Khangi zu beobachteten? Jeder erneute Anlauf endete mit einer echten Enttäuschung. Langsam begannen sie an der Geschichte zu zweifeln. Was der Junge einst gesagt hatte, war vielleicht gar nicht wahr, obwohl er doch geschworen hatte, dass er mit eigenen Augen gesehen hatte, wie der Gasthofbesitzer eine weiße und lahme Eselin bestiegen hatte. Könnte das, was er gesagt hatte, nur seiner Phantasie entsprungen sein? War der Gasthofbesitzer wirklich dieser Mann? Dieses Rätsel und der Reiz des Ausspionierens zog sie immer stärker zu ihm hin.

Das Verharren in dieser Situation führte dazu, dass Angela noch jahrelang in wachem wie auch schlafendem Zustand vom Gasthofbesitzer heimgesucht wurde. Als dann später ihre sexuellen Phantasien ihre gesamte Zeit beherrschten, tauchte immer wieder sein Schatten vor ihr auf: ein begieriger, dickleibiger Mann, mit einem gigantischen, stets steifen Glied. Bis jetzt, an der Schwelle ihres zehnten Lebensjahres, hat sie noch nie ein männliches Glied zu sehen bekommen. Die einzige Ausnahme war ein Stück rosafarbenes Fleisch, das wie ein herunter hängender Lappen zwischen den Beinen eines Jungen baumelte und das er hielt, während er in einer Ecke des Viertels pinkelte. Was der Junge da hatte, war etwas Zusätzliches, etwas, das von seinem Körper abstand. Ihr Körper besaß stattdessen eine nackte und dunkle Schlucht. Vielleicht war das ein Makel?

Der Scheich war ganz allein zu Hause und wie gewöhnlich in Gedanken versunken.
Stets predigte er, dass die Zusammenrottung der Religionsgemeinschaften wie verstoßene Kolonien wären oder vielleicht wie heruntergekommene Viehfarmen, die nichts außer Ignoranz und Engstirnigkeit hervorbringen würden. Der Angehörige der Religionsgemeinschaft sei jemand, dessen Gehirn man in eine Flasche gesperrt habe und dessen Augen mit den Scheuklappen der Maultiere verdeckt worden seien. Seinen berühmten Satz wiederholte er bei jeder Versammlung und nach jeder Religionsstunde bekamen ihn seine Schüler mit auf den Weg:

„Ich liebe die Freiheit. Deshalb bin ich hier und bin nicht bei den Meinem geblieben."

Er liebt die Freiheit! Obwohl er, im Gegensatz zu dem, was er sagte, auf vielen Bräuchen seiner Familie bestand, genauer gesagt sogar auf allen. Obwohl es der Brauch der Religionsgemeinschaft so wollte, dass jeder Mann jeweils ein Fest der insgesamt zwölf durchzuführenden Feste ausrichtet, ließ der

Scheich sogar an zwei Festen, dem Qawzala-Fest im Winter und dem Farash-Fest zu Beginn der wärmeren Jahreszeit Tiere schlachten. Hinzu kamen die zahlreichen Opferfeste und die Gelübde die - kaum dass sie vorüber waren - wieder von neuem begannen. Die Frauen in der Familie hatten am meisten unter seiner Strenge zu leiden. Denn Gott, so wiederholte der Scheich mit Nachdruck, hat die Männer geschaffen, damit sie den Frauen überlegen sind. Jegliche Nachsicht in dieser Angelegenheit würde die Männer in ein endloses Dilemma stürzen. Als stellten sie ihren Fuß in ein Feld voller Treibsand, in dem der Mann langsam und unaufhaltsam nach unten gezogen wird. Nichts hält den Sand auf – bis der Mann auf dem Grund angelangt ist.
„So sind die Frauen ... wie Treibsand."
Da er so sehr von dieser Weisheit überzeugt war, bestand er auch darauf, die Frauen seines Hauses von den religiösen Angelegenheiten auszuschließen. Sie seien minderwertige und unvollkommene Geschöpfe und würden das göttliche Wesen nicht verstehen. Wehe, du überlässt einer Frau deine Religion oder dein Geld. Beides würde sie falsch und verantwortungslos verwalten. Das war ein Ratschlag, den er jedem Religionsschüler unentgeltlich als Quintessenz seiner Überzeugungen mit auf den Weg gab.

Aus Angst davor, dass seine einzige Tochter Mariam ihr Erbe nicht an ihre fünf Brüder abtreten würde, verkaufte er seine bescheidenen Besitztümer formal an seine Söhne, damit sie auf deren Namen überschrieben wurden. Nach dem Brauch seiner Familie schloss er seine Tochter von allem aus, was sie eventuell besitzen könnte, denn den Frauen stehe kein Besitz zu.

Es gab einen Gedanken, von dem der Scheich, trotz all der Probleme im alten Viertel, selbstzufrieden beseelt war: er sah sich als Hüter der Religion seiner Sippe und ging in der Mission auf, diese Religion auf Erden zu verbreiten. Diese Rechtfertigungen hielten einige jedoch nicht davon ab, ihn zu verleumden. Der Scheich hätte wohl kaum seine Sippe und sein Dorf verlassen und sich in der Stadt inmitten von Fremden niedergelassen, wenn er wirklich der Lehre und Gebote seiner Religion mächtig wäre. Er fürchtete vielleicht, dass die Gelehrten seiner Sippe ihn entlarven würden, stünde er ihnen gegenüber. Sie würden seine Unwissenheit leicht aufdecken, würde er sie dazu herausfordern.

Gleichgültig warum sich der Scheich in der Fremde, weit weg von seiner Sippe niedergelassen hatte, jetzt war er jedoch allein an diesem Ort, einem brodelnden Kessel, der jede Sekunde explodieren konnte. Und mittlerweile war er davon überzeugt, dass dies noch an diesem Abend eintreten würde!

Es war jedoch so, dass Um Ibrahim entgegen Angelas Erwartungen heute früher zurückkam! Bevor sie ins Viertel ging, um ihre Enkelin an den Haaren nach Hause zu ziehen, hatte sie noch schnell die einschläfernde Mischung für den Scheich zubereitet. Denn an diesem schwülen Nachmittag war er unruhiger denn je. Wie gewöhnlich spürte sie, was in seinem Inneren vorging. An Schlaf war angesichts der drohenden Ereignisse und bei dem Durcheinander seiner Gedanken nicht zu denken.

Der Scheich war dabei, seine Gebete vor sich herzusagen. Seine Augenlider waren wegen des wenigen Schlafs geschwollen. Stunden vergingen, in denen er völlig benommen auf dem Bett lag, als hätte eine fremde Hand seinem Körper alle Kraft entzogen.

Die Augusthitze hatte noch das standhafteste Veilchen zerstört. Nicht ein einziges war übrig geblieben, aus dem Um Ibrahim hätte Nutzen ziehen können, um die Unruhe des Scheichs zu dämpfen. Die wirksamste Alternative zum Veilchen ist der Mohn und der weiße Mohn die einzige Lösung. Bereits gestern hatte sie die Kapsel aufgebrochen, die kleinen Samen entnommen und mit ihrem kegelförmigen Mörser aus Granit zerstoßen. Noch nie hatte sie einen anderen für ihre Zauberkünste benutzt. Sie war davon überzeugt, dass Mohn die besondere Fähigkeit besaß, eine wirkungsvolle Heilung herbeizuführen. Das Öl, das aus den Samen heraus gequollen war und das Gefäß befleckte, hatte sie gestern Abend in den Hof zum Trocknen gestellt. Heute würde sie es benutzen, um ihrem Scheich den schleichenden Tod zu erleichtern.

Keine andere Methode war so erfolgreich. Sie hatte in den vergangenen Tagen vieles ausprobiert. Sie hatte eine halbe Muskatnuss zermahlen, diese eine Viertelstunde lang in einem Glas mit kochendem Wasser ziehen lassen und ihm zu trinken gegeben.

Seine Unruhe hielt dennoch an und lag wie ein Koloss auf seiner Nacht. Sie hatte das Öl der übrig gebliebenen Nusshälfte auf seine Stirn gerieben und ihn gezwungen, ein Glas Grapefruitsaft mit Bienenhonig zu trinken. Alles war umsonst gewesen. Gestern hatte sie seine schneeweißen Füße, die schon sehr bald die Schwelle zum fünfundsechzigsten Lebensjahr überschreiten sollten, mehr als zehn Minuten lang in warmes Wasser gestellt und die hervortretenden Adern seiner Füße ertastet. Sie trocknete ihm die Füße und rieb sie noch lange, bevor sie mit einer Tasse Joghurt, vermischt mit Knoblauch und Salz, zu ihm eilte, womit sich sonst selbst die größte Unruhe besänftigen ließ. Der Scheich, völlig anders als üblich, beugte sich ganz den Experimenten seiner Frau. Doch der Morgen graute bereits, und er hatte noch immer kein einziges Auge zugetan.

Irgendwie kam Um Ibrahim der Geschmack von Mohn sehr vertraut! Und doch kann sie sich nicht erinnern, dass sie ihn jemals gekostet hätte. Bei keinem Mitglied ihrer Familie hatte sie ihn vorher angewandt. Flüsterte etwa ihre weit zurückliegende Kindheit ihr davon ins Ohr? Unsinn. Wie sollte sie sich an einen Geschmack erinnern, den sie noch in Windeln liegend gekostet hatte? Vielleicht waren es nur die Erzählungen ihrer Großmutter und nicht ihr eigenes Erinnerungsvermögen. Ihre Großmutter Um Riema hatte, wie es bei den Frauen im Dorf Brauch war, ihren Gaumen und den ihrer Mutter damit eingerieben. Sie beschafften sich Mohn und Weinsirup und verarbeiteten ihn zu einem süßen Brei, mit dem sie die Mundhöhlen der Kleinen ausstrichen. Diese fielen daraufhin in einen tiefen Schlaf, so tief, als wäre es ein vorgezogener Tod. Nur dann hatte eine Mutter genügend Zeit, die zahlreichen Aufgaben, die auf sie warteten, in Ruhe und ohne das ständige Geschrei der Kinder zu erledigen. Häufig starben die Kleinen an einer Überdosis von Sirup und Mohn, das man ihnen in die Münder gestopft hatte.

Um Ibrahim hatte es immer abgelehnt, die Gaumen ihrer Kinder damit einzureiben. Sie mochte den Gedanken nicht, sie ständig in Schlaf zu versetzen, nicht einmal als Säuglinge. Als sie an diesem Tag Abu Ibrahim einen solchen Brei verabreichte, überkam sie ein ähnliches Gefühl. Ihr kam es vor, als würde sie das restliche Leben des Scheichs vergeuden, wenn sie ihm zur Beruhigung dieses Gemisch in seinen weit geöffneten Mund stopfte. Als würde sie das Letzte, was sein Leben noch bereithielt, ohne Gewissensbisse und mit tödlicher Rücksichtslosigkeit tilgen. Während sie den Scheich so betrachtete, füllten sich ihre Augen mit Tränen, als wäre er, wenn sie ihn seinem Schicksal überließe, ein kleines sterbendes Kind. Sie wäre die Einzige, der man einen Vorwurf machen müsste. Denn sie war es, die ihn mit diesem Gift vertraut gemacht hatte. Nachdem er die schleimige Mischung mit seinen Lippen festgehalten hatte, fiel er wie ein Kind in tiefen Schlaf. Seine eiskalte Macht war von ihm gewichen.

Noch bevor er einschlief, flüsterte sie ihm zu: „Du hast es mehr als einmal eingenommen. Ich habe nur Angst um dich."

„…"
„Obwohl es lediglich eine kleine Menge ist, könntest du dich daran gewöhnen. Es könnte aber auch Verstopfung oder Übelkeit verursachen."
„…"
Er atmete ein und versuchte zu widersprechen, dann murmelte er etwas, bevor er in tiefen Schlaf versank.

Instinktiv wusste Um Ibrahim, dass sich die Wirkung des Mohns nicht so schnell in seinem Körper ausbreiten könnte, vor allem weil es eine ganz geringe Menge war. Es war eine Einbildung des Scheichs, nichts weiter, nur eine Abhilfe, um sich sicher zu fühlen.

Bevor sie auf Zehenspitzen hinaus schlich und sich auf den Weg machte, schwor sie sich, dass sie ihm dieses Gemisch nicht noch einmal geben würde. Aber es erschien ihr, in Anbetracht der schwierigen Situation, dennoch angemessen. Wegen der schlaflosen und nicht enden wollenden Nächte, die den Scheich sehr anstrengten. Eine derartige magische Abhilfe erfordert kein Geld. Sie ist in den Büschen des Dorfes ganz umsonst zu haben. Ihre Augen waren in der Lage, auch das kleinste, übersehene und versteckte Bergkraut in einem Meer von Büschen, die sie bestens kannte, zu entdecken. Selbst die straff organisierte Regierungskampagne und die Spezialkräfte, die die Berge zur Bekämpfung des Mohnanbaus durchstreift hatten, waren nicht in der Lage, es in diesem Bereich mit ihr aufzunehmen.

Als sie das Zimmer verließ, war sie von einem dunklen Nebel und bitteren Gerüchen umgeben. Der Scheich versank in den Zauber des Schlafes, während er vor sich hin murmelte, dass er dieses Haus niemals verlassen würde, egal was passierte.

Abu Ibrahim war sich in letzter Zeit selbst sehr fremd, er wusste weder ein noch aus. Bislang hatte er sich noch nie außerhalb der genauen, vorgezeichneten Bahn bewegt. Diese außergewöhnliche Situation gab er keineswegs zu, nicht einmal sich selbst gegenüber. Er hatte beschlossen, dass er, was immer ihm auf seinem vorgezeichneten Weg in die Quere kommen sollte, Scheich Salim Dayem bleiben würde, der alles fest im Griff hätte – in privaten Angelegenheiten ebenso wie in Bezug auf die Religion oder im Falle eines Problems, das nur er und sonst keiner zu lösen imstande war. Er war sich, ehrlich gesagt, völlig sicher, dass genau dies sein Auftrag und seine Berufung war.

Bereits bei seiner Geburt hatte sein Vater einen Namen gewählt, der dem Titel eines Scheichs würdig ist. Einen Namen, der ihm immer vorauseilen sollte und den er von den männlichen Mitgliedern seiner noblen Familie geerbt hatte. Allmählich hatte sich aus seiner Anrede und der sie begleitenden Notwendigkeiten eine Lebensweise entwickelt, die er tief verinnerlicht hatte. Er konnte und mochte diese nicht voneinander trennen. Er genoss die wertschätzenden Blicke der Männer, auch der Älteren unter ihnen, die im Alter seines Großvaters waren. Aus diesem Grund bestand er darauf, so zu leben, koste es was es wolle. Wollte er die Wertschätzung, die man ihm zollte, aufrechterhalten, durfte er in seinem Benehmen oder seiner Lebensweise keinerlei Widersprüche erkennen lassen. Selbst wenn er vor Hunger nicht mehr könnte, würde er keinesfalls eine Küche betreten. Und wenn ihn die schwüle Hitze plagte, würde er niemals seinen hellen Gilbab ausziehen und seine gehäkelte weiße Kopfbedeckung abnehmen. Selbst wenn ihn die Liebe zu einem seiner Söhne überwältigte, wehe, er würde von seinen Gewohnheiten abweichen! Denn würde er seiner Liebe Ausdruck verleihen, büßte er seine Würde als Scheich ein.

Salim Al-Dayem, später Abu Ibrahim genannt, war nie ein richtiges Kind gewesen: Nie hatte er in den Gassen gespielt. Nie hätte es ihm, wie seinen Altersgenossen, Spaß gemacht im Dreck zu spielen. Er wusste überhaupt nicht, wie reizvoll die Felder Anfang April sein konnten. Nie wäre er auf die Idee gekommen, die Frösche während der Paarungszeit in den Sümpfen zu jagen und genussvoll zu zittern, wenn man die in einander verkeilten Körper mit Zuckerrohrstöcken zu trennen versuchte oder sie mit einem Stein bewarf, so dass sie voneinander abließen und ins Wasser sprangen. Nie würde er seinen schmalen Körper in einen langen, hellen Gilbab hüllen, wenn dieser von einem vorbei flatternden Schmetterling beschmutzt worden wäre. Auf sein Haupt setzte er eine gehäkelte Kopfbedekkung, die genauso sauber war wie sein Gilbab.
Scheich zu sein bedeutet, die dich umgebende weiße Fassade mit keinem einzigen noch so winzigen Fleck zu beschmutzen.

Mit noch nicht einmal zehn Jahren musste er voller Ernst und Ehrfurcht heranreifen. Die Ehrfurcht, so wiederholte sein Vater stets aufs Neue, wird von Kindesbeinen an gebildet und wächst mit, bis sie alle Verästelungen der Existenz ausgefüllt hat. Die Ehrfurcht allein verschaffe ihm den guten Ruf und die Achtung der Anderen. Ohne Ehrfurcht sei er nicht in der Lage, der Allgemeinheit Ehre zu erweisen und sie, wenn er herangewachsen ist, gebührend zu achten. Sicherlich würde sich immer jemand finden, der beispielsweise während eines geselligen Abends hinter vorgehaltener Hand über diesen ehrwürdigen Scheich tuscheln würde, dass er vor wenigen Jahren noch grün hinter den Ohren gewesen war.

Der Scheich war als Vater sehr stolz auf den Körperbau seines Sohnes Salim und auf seine sonderbare Ausgeglichenheit, die ihn ebenfalls dazu berechtigte, den Titel eines Scheichs zu tragen. Als habe ihn Gott, obgleich er noch in Windeln gewickelt war, unter Seinesgleichen für seine Dienste auserwählt.

Kapitel 4

An einem Freitagmorgen war eine junge Frau ins Viertel gekommen. Sie schien Anfang dreißig zu sein, wirkte jedoch wie eine alte, erschöpfte Frau. Sie klopfte an die halb angelehnte Tür des Hauses und grüßte Um Ibrahim, die gerade mit ihren Pflanzen beschäftigt war. Die junge Frau zögerte nicht einen Moment, sondern trug unvermittelt einen eigenartigen Wunsch vor, der die alte Frau sehr überraschte. Sie wollte den Keller mieten, der sich unter dem Haus des Scheichs befand.
„Der Keller ist nicht zu vermieten. Ohne Miete zu zahlen, sind Sie uns aber als Gast herzlich willkommen", entgegnete ihr Um Ibrahim mit einem höflichen Lächeln, wobei sie ein Messer, mit dem sie gerade die Kräuter beschnitt, und einen Beutel mit Düngemittel in den Händen hielt.

Die junge Frau hieß Sanaa Mohamad. Nachdem sie inständig darauf bestanden hatte – gleich einer Ertrinkenden, die sich an einen Strohhalm klammert – willigte Um Ibrahim schließlich darauf ein, ihr den vernachlässigten Keller gegen ein geringes Entgelt zu vermieten. Die Tränen der jungen Frau hatten ihr Herz erweicht. Anschließend versuchte sie, den Scheich davon zu überzeugen, dass die junge Frau ihnen auf irgendeine Weise nahe stünde: „Sie stammt von einem der Bergdörfer vor der Stadt. Ach, Scheich, sie wird Geselligkeit und Zuversicht in meinen Alltag bringen. Ich brauche in diesem Viertel wirklich eine solche Nachbarin, die derselben Religionsgemeinschaft angehört wie wir. Du kannst

dir vorstellen, das gibt mir das Gefühl, als hätte ich unser Dorf Alia nie verlassen."
„ ..."
„Außerdem wird sie im Keller die Ratten vertreiben, die mich jeden Abend fast verrückt machen, wenn sie am Fundament des Hauses kratzen."
Der Scheich erwiderte kein einziges Wort. Er schaute nur kurz in das gerötete und aufgeregte Gesicht seiner Frau, dann klopfte er mit den Fingern auf sein Buch. Für Um Ibrahim bedeutete das die ersehnte Antwort.
„Ihre Augen gleichen denen einer gehetzten Gazelle, die befürchtet, eingesperrt zu werden."
Am Abend vertraute sie sich ihrer Tochter Mariam an und rechtfertigte sich dafür, dass sie so schnell eingewilligt hatte, an die junge Frau zu vermieten. Ihre Tochter lächelte sie augenzwinkernd an: „Sie erinnert dich also an deine Lieben. Du siehst aber auch in den Augen einer jeden jungen Frau deine Gazelle."
„...."
Plötzlich verschwand das Lächeln wieder aus dem Gesicht der Mutter. Irgendwie war Sanaa Muhamad keine Frau, die besonders beruhigend auf sie wirkte. Ihre Antworten wirkten stets rätselhaft und irritierend. Um Ibrahim erkundigte sich immer wieder voller Interesse nach ihrem Leben. Doch sie schien weder Familie und noch Geschichte zu haben. Keiner klopfte an ihre Tür, abgesehen von dem bärtigen Mann, der von Zeit zu Zeit bei ihr vorbeischaute. Wiederholt betonte sie, dass es ihr Ehemann wäre, der gerade seinen Militärdienst in der nahe gelegenen Marinekaserne ableistete, weshalb sie ihn nur

gelegentlich sehen könnte.
Die junge Frau verließ nur selten ihren Keller und auch dann nur mit verhülltem Mund.
„Mir erscheint die Situation etwas beunruhigend."
Die ganze Angelegenheit trieb Um Ibrahim mächtig um. Die Mädchen vom Lande verschleierten sich nie auf solche Art und Weise, die sie wie Großmütter aussehen ließen. Eigentlich wollte sie den Scheich über ihre Sorge in Kenntnis setzen, schwieg dann aber doch. Mit solchen Bagatellen wollte sie ihn nicht behelligen. Sie hatte ihm auch nicht erzählt, was sie eines Morgens von Sanaa erfahren hatte, als sie mit einem Glas heißer Melisse in der Hand nach unten ging und dabei den Dampf wie eine Wolke hinter sich her zog. Aufgebrühte Melisse und Sellerieblätter sind ein wirksames Mittel gegen chronische Angst und depressive Zustände, die nach Um Ibrahims Ansicht bei der jungen Frau ganz deutlich zu erkennen waren.

An diesem Morgen, nachdem sie von der stark duftenden, süßen Sellerie gekostet hatte, schüttete ihr die junge Frau ihr Herz aus. Sie hatte sich während des ganzen Besuchs beide Nasenlöcher mit Daumen und Zeigefinger zugehalten. Sie ekelte sich vor dem Duft des Aufgebrühten, der sich im ganzen Zimmer ausdehnte.
„Ach, Tante, wenn du wüsstest, wie feindselig und hasserfüllt meine Familie mir gegenüber ist!!"
„..."
„Bei Gott, wenn meine Brüder wüssten, wo ich mich verstecke, sie hätten mich bereits eigenhändig mit dem Messer abgeschlachtet."

„…“

„Ich… ich bin mit meinem Geliebten weggelaufen. Jahrelang wollten sie unsere Heirat verhindern… deshalb sind wir geflohen… aber wir haben geheiratet… und bei Gott, wir haben nach dem Gebot des Propheten geheiratet.“

„….“

„Und weißt du, Tante, die Stadt Latakia, in der wir uns vor ihnen verstecken können, ist wirklich eine große Stadt.“

Irgendetwas veranlasste Um Ibrahim dazu, diese honigfarbenen Augen zu lieben. Sie ähnelten den Augen der Gazelle, mit der sie aufgewachsen war und mit der sie über viele Jahre im Haus ihrer Großmutter Um Riema gelebt hatte.

Sanaas dünne Gestalt und ihr Lächeln, das ihr Gesicht wie ein zerknittertes Blatt aussehen ließ, und die verwaschene Jeanshose, die ihre Lenden und schmalen Hüften kaum zusammenhalten konnte – es war wohl eine Reihe solcher Eindrücke, die den Alltag von Um Ibrahim mit einer ihr gewidmeten Liebe durchdrangen. Zu ihrem eigenen Erstaunen teilte sie jedem, der sich nach der jungen Frau erkundigte, in beiläufigem Ton mit: „Sie ist die Tochter meiner Schwester und ist vom Dorf gekommen, um sich hier niederzulassen.“

Die junge Frau beflügelte die ausufernde Phantasie der alten Frau. Hartnäckig machte sie sich daran, die neue Situation wenigstens einigermaßen zu untersuchen. Einigermaßen auch nur, weil ihre Tochter

Mariam sie gerade mit dem Zerhacken des Senfgewächs beschäftigt hielt. Um Ibrahim wollte verschiedene Speisen damit anreichern, auch wenn der Senfgeschmack dem betreffenden Rezept eigentlich widersprach. Wie oft hatte Um Ibrahim bereits Zwiebeln und Knoblauch geschält und Sanaa genötigt, diese zu essen. Es waren übereifrige Versuche, den verloren gegangenen Appetit zurückzuholen. Traurig betrachtete Um Ibrahim Sanaas zarten Körper und ihre blasse Haut, die sie an die Zeit mit Mariam erinnerten. Es schien ihr, als liefere Sanaa die Fortsetzung der gleichen Umstände. Deshalb musste sie die Teller mit in Olivenöl gekochter Brennnessel und Löwenzahn unbedingt leer essen; waren diese doch ein geeignetes Mittel, Blutarmut zu bekämpfen.

„Die Arme, sie sieht aus wie eine Vogelscheuche", murmelte sie kopfschüttelnd, als sie mit dem leeren Teller den dunklen Keller verließ.

Anfangs tat sich Sanaa schwer, sich an die Art der alten Nachbarin und deren merkwürdiges Verhalten zu gewöhnen. Sie klopfte oft unerwartet an die Tür, insbesondere in den frühen Morgenstunden, nur um ein Schwätzchen zu halten oder ihr unheilvolle Nachrichten zu überbringen. Schon am frühen Morgen schien sie zu ahnen, was der Tag bringen würde. Und stets trug sie eine Tasse bei sich, aus welcher der Geruch eines ekligen Gebräus aufstieg. Oder sie hatte einen Tonteller in der Hand, der mit den merkwürdigsten Kräutern gefüllt war. Wann hatte sie eigentlich Zeit für all das, da sie doch bereits im Morgengrauen zur Arbeit ging und nicht vor Sonnenuntergang zurückkehrte?!

Jedes Mal, wenn Um Ibrahim lautstark anklopfte, kam es Sanaa vor, als würde ihr das Herz stehen bleiben und in die Hosen fallen. Um Ibrahim schlug so heftig an die Tür, als gälte es, ein riesiges Stadttor zu erstürmen. Da sich die Situation also auf diese Weise festgefahren hatte, musste sie sich mit ihr unterhalten und mutig genug sein, dieses Thema anzugehen. Diese liebevoll gemeinte Aufmerksamkeit empfand Sanna wie einen schweren Stein, der sie zu erdrücken drohte.

Eines frühen Morgens bat sie Um Ibrahim darum, auf eine ganz bestimmte Art und Weise anzuklopfen, so dass sie, versunken in ihre verwirrten Gedanken, es sofort erkennen könne. Es sollte ein leises, zartes Klopfen sein.
„Wie du weißt... habe ich Angst vor meinen Brüdern."
Um Ibrahim war sofort damit einverstanden.
Die junge Frau fügte hinzu, dass ihr Ehemann - drei Mal lang und einmal kurz - leise anklopfe und sie ihm nur dann unbesorgt die Tür öffne. Um Ibrahim könne sich ein eigenes Klopfzeichen ausdenken, wenn sie wolle. Ihr wäre allerdings lieber, wenn es das gleiche Klopfzeichen wäre, damit sie es als ein sicheres Zeichen deuten könnte. Wieder stimmte ihr die alte Frau zu, wobei sie bereits, übereifrig wie immer, darüber nachsann, welchen Genuss es ihr bereiten würde, an Sanaas Tür zu klopfen. Hastig ergriff sie die Gelegenheit, um ihr ausführlich einen Vorfall zu schildern, über den die

Scheichs, die Freunde ihres Mannes, neulich geredet hatten. Ein Vorfall, der sich in der Artillerie ereignet hatte.
„Sie sagen, es seien viele dabei gestorben und auch viele schlimm verletzt worden ... oh Gott, bewahre."
„Ja, Tante, ich weiß, das ist schon über zwei Monate her."
„Zwei Monate? Gott bewahre... Gott steh' uns bei. Ich weiß nicht, was in die Menschen gefahren ist! Gott weise ihnen den richtigen Weg... als hätten sie sich in Ungeheuer verwandelt..."
„... "

Nachdem Um Ibrahim gegangen war, heftete Sanaa ihre Ohren wieder an das Radio. Es war ein großes Dilemma, hier in diesem Haus zu wohnen. Andauernd klopfte es an ihrer Tür, man brachte ihr eklige Speisen, wertvolle Teller und auch noch alte Nachrichten, die ihre Befürchtungen von neuem aufflammen ließen. Auch die verfluchten Ratten waren nicht davon zu überzeugen, dass sie nun an deren Stelle den Platz im Keller eingenommen hatte. Andauernd lugte eine herein, als wollte sie ihr drohen, was ihr die Angst in die Glieder fahren ließ.

Das alte Radio überschlug sich jedes Mal mit Nachrichten über die iranisch-islamische Revolution, den Schah und die Demonstrationen von schwarz gekleideten Frauen, als wären sie Gespenster auf den Straßen von Teheran. Die wichtigere Nachricht, die mit ihrer ganzen Ungeheuerlichkeit nach wie vor auf allen Sendern und Kanälen dominierte, handelte von den letzten Entwicklungen des Camp-David

Abkommens. Da Sanaa keinen Fernseher besaß, konnte sie auch nicht die Szene im staatlichen Fernsehkanal verfolgen, wo Anwar Sadat und Menachem Begin an einem Tisch stehend in die Kameras lächelten. Doch allein das tägliche, dutzendfache Anhören der Meldung reichte schon aus, die Angelegenheit zu einer Lawine voller Sorge und Hoffnungslosigkeit anwachsen zu lassen, die sie zu überrollen drohte. Und das schon allein durch das Hörensagen. Was wäre, wenn auch noch Bilder hinzukämen!

Die wenige Luft im Zimmer war zwar noch nicht ganz aufgebraucht, wurde aber deutlich spärlicher. Sanaa spürte, wie sehr die Luft von Wasser getränkt war. Die hohe Feuchtigkeit lastete auf ihrer Seele und schnürte ihr fast die Kehle zu. Das einzige, kleine Fenster direkt unter der Zimmerdecke zeigte lediglich hinaus auf den Platz des alten Viertels. Ein Platz, der gepflastert war mit grauen Steinen, die das Echo der klappernden Schuhe verstärkten. Dieser stets ähnliche Klang war das einzige Geräusch, das im Zimmer widerhallte. Sanaa beobachtete die Passanten, die an ihrem Fenster vorüber gingen, eigentlich waren es nur die Beine der Passanten, also nur die untere Hälfte der Vorübergehenden. In stillen Momenten versuchte sie, von der Art des Schrittes, von der Form der Schuhe oder der Stärke des Klapperns auf die Gestalt der jeweiligen Person zu schließen.

Das kleine Fenster eröffnete ihr den Blick auf eine große, weite Welt, während das kleine, zusammengeschrumpfte Zimmer in ihr einen Gedanken wachsen ließ, der sie von Tag zu Tag immer wahnsinniger machte. Die Vorstellung, dass sie über Felder rennt, ohne sich umzusehen, die Gerüche des Morgens von ihr Besitz ergreifen und sie erfüllen, während sie sich sachte und zart von der Sonne verführen lässt.

Sie sah sich über Steine hüpfen und fliegend Schluchten überqueren. Der Wind breitet sich in ihr aus, als sei er ein Strom von Wellen, und sie rennt und rennt... wie ein Zicklein zwischen knospendem Wüstengestrüpp.

Das kleine Zimmer veranlasste sie, sich an den Himmel zu erinnern, dessen wahre Farbe sie bereits zu vergessen begann. Sie dachte darüber nach, dass der Himmel nicht nur eine einzige Farbe besitzt, sondern ein bezauberndes, eigenartiges Gemisch an Farben aufweist, das kaum auf eine einzige Farbe reduziert werden kann.

Es war ein einfaches, schäbiges Zimmer, so dass sie selbst die kleinste Kleinigkeit außerhalb seiner Wände, gleichgültig wie banal oder schön sie auch sein mochte, verklärte.
Eine Etage höher hüpfte Um Ibrahim, sobald sie ihr Gespräch mit Sanaa beendet hatte, wie eine leichtfüßige, junge Frau zu ihrem kleinen, grauen Fernsehapparat. Als sie darin den Tisch im Blitzlichtgewitter der Fotographen aufleuchten sah, starrte sie auf das schwarz-weiße Fernsehbild und richtete all ihre Flüche und Beschimpfungen gegen

Sadat. Sie bezeichnete ihn als einen Verräter, ohne die Sachlage wirklich zu verstehen oder länger darüber nachzudenken. Sie wiederholte lediglich das, was sie von ihrem Schwiegersohn und ihrer Tochter Mariam aufgeschnappt hatte, als diese die Szene im Fernsehen verfolgten. Es schien ihr sehr gelegen zu kommen, Sadat auf dem Bildschirm zu sehen, um ihrer ganzen Wut und ihrer Kunst zu Fluchen, freien Lauf zu lassen.

Um dem Ganzen eine persönliche Note zu verleihen, fügte Um Ibrahim zum Schluss wütend hinzu: „Ha… was ist auch schon von einem schwarzen Sklaven zu erwarten?!"

Kapitel 5

Weder die Feuchtigkeit noch die Dunkelheit des Saales deuteten auf etwas Ungewöhnliches hin. Die Anwesenden starrten einander an und musterten sich gegenseitig wie Diebe. Zusammengekauert saß die zwanzigjährige Mariam auf dem Bambusstuhl am Ende des Saales. Neben ihr die zwei Jahre ältere Hayat, die mehr als die Hälfte ihres schmalen Körpers bedeckt hielt.

„Ich schäme mich, hier zu sein", flüsterte Mariam ihrer Freundin aufgeregt zu. Die andere antwortete mit unterdrücktem Gelächter: „Du bist eben wie du bist, du hast dich nie verändert. Du führst dich auf, ohne dass es einen erkennbaren Grund dafür gibt. Warum sind wir denn von so weit hierher gekommen, wenn du dir gar nicht sicher bist?"

„Um mein Glück zu versuchen."

„ ..."

„Wenn Hazem wüsste, dass ich hier bin, würde er bestimmt ausrasten. Ein ausgesprochen weltlicher Mann, dessen Geliebte zu den Wahrsagern und Sterndeutern geht?!"

„Er, der ungläubige Hazem, und du, die abergläubische Mariam. Eine schöne Verbindung!"

Beide schwiegen eine Weile, als Mariam plötzlich anfing, lauthals über die spöttische Bemerkung ihrer Freundin zu lachen. Worauf die Wartenden sie vorwurfsvoll anschauten.

„Ich weiß nicht, was ich dir sagen soll. Vielleicht kommt es ja nur darauf an, was du willst. Aber was willst du überhaupt?", fragte Hayat.

„Ich weiß es nicht." Erneut begann Mariam zu lachen,

so dass ihre Freundin sogar noch lauter mitlachen musste.

„So bin ich eben, ich kann mich nicht einfach selbst aufgeben und blindlings den Überzeugungen von Hazem folgen, gleich welche es sind. Ich möchte jedenfalls kein Ebenbild von ihm werden. Das lehne ich ab."

„ ..."

„Außerdem bin ich fest davon überzeugt, dass es Kräfte gibt, die diesen Kosmos lenken, wie immer man sie nennen mag. Der Kosmos ist vollkommen, und jeder seiner Teile wird von einem anderen Teil beeinflusst. Auch der Mensch ist ein Teil davon. Alles hängt zusammen wie die Glieder einer Kette, die einen geheimnisvollen Kern besitzt, und den keiner erkennt, bevor er nicht dessen Zeichen lesen gelernt hat. Das Geheimnisvolle ist das Schönste, was ein Mensch erleben kann."

„...."

„Es muss doch nicht alles erspürt, erkannt und vollständig erklärt oder eines Tages von der Wissenschaft erforscht werden. Wie hart muss ein Leben sein, wenn weder Fantasie noch Geheimnis darin Platz haben. Es würde jegliche Lust und jeglichen Zauber verlieren."

„Wenn alle so denken würden wie du, würden wir immer noch in der Steinzeit leben. Mit einer solchen Einstellung lassen wir uns weiterhin von den ganzen Mythen und Legenden bestimmen, die uns in der Vergangenheit festhalten."

„Wieso denn das? Denkst du, es ist allein der Materialismus von dir und Hazem, der uns aus der Unterentwicklung herausholen kann? So wie ihr euch das Leben vorstellt, mit lauter Belehrungen und wissenschaftlichen Untersuchungen, werden wir keinen Deut weiterkommen … mein Gott!"

Hayat schüttelte ironisch den Kopf. Dann lachte sie wieder laut und anhaltend. Die Wartenden schauten auf die Beine der jungen Frauen, die in der Dunkelheit des Saales schimmerten. Beide trugen bunte Miniröcke. Einigen Männern lief beim Anblick der beiden Frauen das Wasser im Mund zusammen. Bevor sie an die Reihe kamen, erzählte Mariam ihrer Freundin von dem Traum, den sie gestern hatte. Hazem trug darin einen gestreiften Schlafanzug und saß auf einem hölzernen Stuhl im Innenhof des Hauses. Er trank Tee, rauchte und las, als wäre er Teil der Familie.

„Und was soll das bedeuten?"

„Es bedeutet natürlich, dass wir heiraten werden. Das hat mir der Traum sagen wollen."

„Wenn du so sehr davon überzeugt bist, warum sind wir dann hierher gekommen?"

Von innen wirkte das Zimmer fast wie ein Tempel, beengt und fensterlos. Ein purpurfarbenes Licht mischte sich mit dem Geruch von schwindel- und übelkeitserregendem Weihrauch, der die Luft mit seinem dicken Nebel schwängerte. Der sechzigjährige Scheich bestand darauf, dass die Fragestellerin alleine, ohne Begleitung eintreten sollte. Vor sich sah sie einen alten Mann mit dicker Brille, die seine Augen völlig verbarg. Er trug ein Gewand aus altem Leinen. Er blieb auf seiner Holzbank sitzen; vor sich auf dem niedrigen Tisch hatte er eine

Menge Fotos, Gefäße und bunte Flaschen angesammelt.

Mit heiserer und zitternder Stimme erzählte ihm Mariam ihre Geschichte, während sie die Fotos betrachtete, die vor ihr auf dem Tisch ausgebreitet waren. Jeder Besucher brachte aus ganz unterschiedlichen, persönlichen Gründen ein Foto mit. Wie verschieden die Geschichten doch sind, die sich hinter diesen Fotos verbergen. Als sie ihre Ausführungen schließlich beendet hatte, war sie vor Wachsamkeit völlig angespannt. Anschließend verlangte der alte Mann, der ständig den Kopf hin und her gewiegt hatte, ihren Ring. Er warf ihn in ein kupfernes Gefäß. Mit ausgestreckter Hand ließ er das Gefäß kreisen, wobei der Ring immer lauter klang. Gleichzeitig schrie er und verfluchte die Schattengebilde, die – wie es Mariam erschien - nun im Zimmer umherschwebten. Mit der anderen Hand vertrieb er die Geister, die nun um Mariam kreisten.

Nach dem Ende seiner Zeremonie teilte er ihr mit, dass ein böser Geist ihr Glück bedrohte. Dieser habe sich in ihrer Wohnung eingenistet, um ihren Vater davon abzubringen, seine Einwilligung zu ihrer Hochzeit zu geben. Der alte Scheich beruhigte sie aber sogleich und versprach ihr, sie mit einem Schutzmantel zu versehen, der sie vor den zahlreichen, drohenden Gefahren bewahren werde. Für seine Kriegsführung benötige er die Schwanzfeder eines schwarzen Hahnes, die Feder eines Raben, ein Kleidungsstück ihres Vaters, etwas von ihrem Freund und schließlich eine Strähne ihres Haares.

Seine Worte waren so befremdend, dass sie sich ernsthaft fragte, weshalb sie überhaupt hierher gekommen war. Doch zu ihrer eigenen Verwunderung blieb sie und ließ sich immer mehr auf seine Fragen und Nachforschungen ein.

Plötzlich überraschte er sie mit der Frage: „Schläfst du mit deinem Freund?"
Mariam wurde ganz blass. Sie wollte nicht antworten und sofort den Raum verlassen, doch die Blicke des alten Mannes durchdrangen sie, und der Geruch des Weihrauchs und der purpurne Farbton in diesem Raum ließen sie erstarren. Sie nickte bejahend. Als der Scheich sie mit erhabener Selbstverständlichkeit aufforderte, sich zu entkleiden, damit er ihren Körper betrachten könnte, folgte sie dieser Aufforderung wie eine Schlafwandlerin. Sie folgte jedem seiner Befehle bis in alle Einzelheiten und zog ihre baumwollene Bluse und ihren Minirock aus. Sie stand mitten im dunklen Zimmer, ihre weiße Unterwäsche leuchtete auf ihrem dunklen, zarten Körper. Lange prüfte der alte Mann sie mit begierigen Blicken. Dann stand er zitternd vor Erregung auf und ging zu einer kleinen, mit bunten Steinen verzierten Schachtel. Er entnahm ihr ein wenig Fett und öffnete seine Hose, aus der sein nacktes Glied heraushing, wie ein abgenutzter Lappen. Er fettete es ein und rief sie zu sich. Sie stand noch immer aufrecht, beinahe nackt, mitten in diesem verräucherten Zimmers. Auf sein Geheiß leckte sie das Fett von seinem Glied. Das soll die bösen Geister vertreiben helfen.

Mariam verharrte unter der Wucht der Ereignisse, während dieser alte Mann seine sterbende Männlichkeit preisgab. Er keuchend, während er versuchte, sein Glied zum Stehen zu bringen. Sie, hier an diesem Ort. Es war ein einziger Albtraum.
Hayat war überrascht, als sie ihre Freundin mit blassem Gesicht und ungeordneter Kleidung heraus stürzen sah. Sie musste ein ganzes Stück hinter ihr herlaufen, bevor sie Mariam endlich einholte und verunsichert fragen konnte, ob ihr der alte Mann etwas Schlimmes angetan hatte. Erschöpft setzten sich die beiden Mädchen auf eine Steinbank im Park. Es vergingen mehrere Minuten, bis Mariams Zittern nachließ und sie sich wieder gefangen hatte. Anstatt zu erklären, was geschehen war, lachte sie lauthals los, bis sich auch ihre Freundin anstecken ließ. Beide hatten einen Lachanfall.

Seit jener Zeit und in all den langen Jahren ihrer Ehe war es Hazem nie gelungen, Mariam aus ihren Zuständen geistiger Abwesenheit herauszulösen. Sie wiederum schaffte es nicht, die Leidenschaft ihrer Spiritualität in seine materialistisch geprägte Welt hineinzutragen. Trotzdem blieb eine eigenartige Liebe zwischen diesen gegensätzlichen Welten bestehen, die es beiden ermöglichte, über den Dingen zu stehen, die diese Welten hätten trüben können.

Für gewöhnlich quittierte Hazem die Verhaltensweisen von Mariam lediglich mit einem ironischen Lächeln. Er war davon überzeugt, dass seine Versuche, sie zu verändern keinen Erfolg haben würden. Mariam blieb Mariam. Manchmal dachte er, dass es ihn vielleicht sogar traurig machen würde, wenn es ihm tatsächlich gelänge, einige ihrer sonderbaren Gedanken zu ändern. Er liebte sie nun einmal, wie sie war. Vielleicht würde etwas in seinem Inneren aus den Fugen geraten, wenn Mariam eine verzerrte Kopie seiner selbst wäre. Also beließ er es bei einem ironischen Lächeln, wenn Mariam beispielsweise darauf bestand, mitten im Zimmer einen blauen Stein gegen den bösen Blick aufzuhängen, oder wenn sie beim Anblick eines umgedrehten Schuhs abergläubisch den ganzen Tag lang auf das Unglück wartete, das ihr der Schuh angekündigt hatte. Und wenn sie im Zimmer Weihrauchkörner verteilte, um böse Geister zu vertreiben, brachte sie ihn damit fast zum Ersticken. Was ihn aber wirklich an Mariam störte, war ihre Angewohnheit, sich ihre Laune von ihren jeweiligen Träumen vorschreiben zu lassen. Obwohl auch er im Laufe der Jahre immer mehr zu der Überzeugung gelangt war, dass die Träume seiner Frau tatsächlich Ereignisse ankündigen konnten.

Wie eh und je schaute sich Hazem an jedem Wochenende einen dieser romantischen Kinofilme an. Mariam lagen diese Filme schon immer sehr, während er sie als außerordentlich langweilig empfand. Deshalb schlief er im überfüllten Saal gegen Ende des Films grundsätzlich auf seinem Sitz ein, bis Mariam ihn von Tränen überströmt weckte. An einem Wochenende im Kino Dunja, am anderen im Kino Al-Ahram oder auch mal im Al-Schark. Zu seinem Pech gab es damals in der kleinen Stadt unzählige Kinos, die Schwarzweißfilme, begleitet von tränenreichem Geschluchze, zeigten ... ein Phänomen der sechziger Jahre.

Heute hat sich die Zahl der Kinos verringert. Noch bevor deren Zahl zunehmen konnte, waren die meisten schon wieder aufgegeben worden. Die romantische Welle, welche die Generation der sechziger Jahre aus ihrem Alltag lockte, wird heute von den nachfolgenden Generationen nur spöttisch belächelt. Sie haben das Geschluchze in den Kinos und das Flüstern aus den Radios durch das Geschrei der Fernsehapparate ersetzt.

Immer wieder hatte Hazem versucht, die Frage aus seinem Kopf zu verbannen, die ihm jahrelang Schlaflosigkeit bereitete: Hatte Mariam sich wirklich bemüht, seine Welt zu akzeptieren und mit der ihren in Einklang zu bringen, so wie er es tat?

Höchstwahrscheinlich würde ihm die Antwort gar nicht gefallen, doch im Laufe der Jahre würde sie ohnehin zutage treten. Er wollte wahrscheinlich gar keine Antwort darauf haben, auch wenn ihn diese Frage sehr belastete.

Das Radio war Hazems einziger Freund. Nie wird er die Monate vergessen, in denen er sich unablässig mit den Nachrichten über die Studentenaufstände in Amerika, Mexiko und Polen beschäftigte. Aus den kleinen Lausprechern des Radios drangen Worte zu ihm, die ihn weit weg in andere und ihm fremde Welten führten. Er erinnert sich noch lebhaft an die Nächte, die er weinend vor dem Radio zubrachte, als über die Studentenrevolte von 1968 berichtet wurde, die dann das Ende der Ära de Gaulles bedeutete. Er hatte geweint, weil er hier am Ende der Welt, in seinem trostlosen Zimmer, auf seinem schäbigen Bett, saß und sein Ohr an das alte Radio gepresst hielt. Er konnte nichts ausrichten, denn die Männer vom Geheimdienst waren überall im Einsatz, und seine Armut zwang ihn dazu, passiv zuzusehen, um überleben zu können. Eigentlich hätte er auf die Strasse gehen und mit der Jugend Europas und Lateinamerikas demonstrieren müssen. Er hätte fliehen müssen vor den Schlägen der Polizei und den Einsatzkräften, die zur Unruhebekämpfung bereit gestellt waren. Solange der Studentenaufstand immer wieder aufflammte, begegnete man dessen Anführern in Amerika, Italien und anderen Ländern mit unvergleichlicher Brutalität und anhaltender Folter.

Hazem wäre in diesem kleinen, unbedeutenden Zimmer fast kaputt gegangen. Ihm blieb nur die Wahl, seinen Stift – statt sich selbst - zum Leben zu erwecken und ihm wie ein getreuer Anhänger Folge zu leisten. Es blieb ihm nichts anderes übrig, fortan darauf zu bestehen, mit dem Namen Hazem Al-Karmati bezeichnet zu werden. Als ob dieses Pseudonym es ihm erleichtern würde, die Geheimnisse seines Herzens zu lüften und seine Gedanken frei zu äußern. Er wurde also in einer Zeit mit Al-Karmati bezeichnet, als solch ein Attribut eher Spott als Stolz hervorrief. Die schreibende Zunft wurde Schritt für Schritt in den Abgrund gedrängt, ganz im Gegensatz zu früher, als dem Schreiben noch eine gewisse Aura anhaftete. Leidenschaftlich, absichtlich, ganz bewusst und fest entschlossen lief Hazem in diesen Abgrund.

An jenem Tag, als Mariam ohne sich umzusehen aus dem Zimmer des Wahrsagers geflohen war, kamen abends Hazem und sein Vater, um um ihre Hand anzuhalten. Es war bereits das dritte Mal. Und auch an diesem dritten Mal jagte Scheich Abu Ibrahim sie aus seinem Zimmer hinaus. Doch dieses Mal provozierte ihn Hazem, als er zum ersten Mal seine extremistischen Ansichten zum Ausdruck brachte. Der Scheich schrie noch hinter ihnen her: „Ein abtrünniger Ketzer, und so einer will, dass ich ihm meine Tochter zur Frau gebe!"

„Er ist doch ein netter, junger Mann, Scheich, er möchte einfach nur deine Tochter haben." Es kam wirklich selten vor, dass sich seine Frau irgendetwas zu sagen traute. Doch dieses Mal wagte sie es, weil Mariam so herzzerreißend schluchzte. Mariam dachte nicht einmal im Traum daran, mit dem Scheich direkt zu sprechen, oder ihm ihre Meinung und ihren innigsten Wunsch zu offenbaren. Schon allein der Gedanke daran schien ihr unmöglich. Sie dachte nicht daran, dass es etwas geben könne, das sie mit dem Scheich in Verbindung brächte, nicht einmal ein einziges Gespräch in ihrem ganzen Leben.

Sie hatte einfach Angst vor ihm oder vielleicht war er ihr auch nur fremd.
„Soll ihn doch der Todesengel Azrael holen, so Gott will..."

„Ach, Scheich, zwinge deine Kinder nicht dazu, deinen moralischen Vorsätzen zu folgen! Sie sind in eine andere Zeit hinein geboren. Sind das nicht die Worte unseres gelobten Herrn Ali?“
„Und du willst auch etwas von Religion verstehen? Oh Gott, möge er dafür sorgen, dass du schweigst und nie wieder sprichst.“
„ …“
Die alte Frau schluckte voller Unbehagen ihre Spucke herunter. Denn sie mochte diesen netten, jungen Mann, der ihre Tochter liebte und anbetete. Sie konnte die Liebe an seinen kleinen Augen ablesen, seitdem sie diese zum ersten Mal gesehen hatte. Damals, als sie Mariam zur Tabakfabrik mitgenommen hatte, um sie einander bekannt zu machen. Sie fand ihn ansprechend und vertrauenswürdig. Sie glaubte, dass er ihrer Tochter als liebevoller Ehemann ein wunderschönes Leben bieten könnte. Warum sollte Mariam nicht ausprobieren, was ihre Mutter niemals gekostet hatte?

Aufgeregt erzählte Um Ibrahim eines Abends die ganze Geschichte ihrer Großmutter Um Riema. Letztere wirkte desinteressiert und verzehrte langsam den restlichen, mit Knoblauch angereicherten Brennnesselsalat, den ihre Enkeltochter für sie zubereitet hatte, in dem Glauben, es würde einer Zuckerkranken gut tun. Um Riema drehte Gedanken verloren ihre Zigaretten, die so dick und fest waren wie ihre Stimme, dabei ließ sie die feuchte Zungenspitze am weißen Papier entlang gleiten. Dann schnalzte sie seufzend nach jedem Satz mit ihrer Zunge.

Noch bevor Um Ibrahim ihre Schilderung zu Ende bringen konnte, schrie Um Riema jähzornig auf und unterbrach ihre Enkelin. Ihre kleinen, blinden Augen verengten sich noch mehr im Dickicht unzähliger Falten, in die sie eingebettet waren. Sie mochte der Stimme von Um Ibrahim nicht mehr folgen. Sie kam ihr gekünstelt vor und schien sie beeinflussen zu wollen.

„Die Männer sind doch alle gleich. Ohne Ausnahme! Der Verrat nistet schon zwischen ihren Rippen, ihre Seelen sind für die Treulosigkeit geschaffen und ihre Körper können der Verführung nicht widerstehen … Es sind widerwärtige Wesen. Und du verteidigst einen von denen und bezeichnest ihn auch noch als vertrauenswürdig!"

Dann schwieg Um Riema eine Weile und fügte schließlich hinzu, dass sie sich gewünscht habe, Mariam sei bei all ihrer Klugheit doch etwas weiser. Sie sollte nicht denselben Fehler wie alle anderen Frauen machen und heiraten.

„Wozu den Männern hinterher rennen?", stieß Um Riema zwischen ihren Zähnen hervor, die das weiße Zigarettenpapier festhielten. „Die Frau wird in seinem Haus nur Dienerin und Gefangene sein. Ihr eigener Wille wird ihr entzogen, während ihr Mann weiterhin in vollen Zügen sein Glück außerhalb des Hauses sucht."

„Weißt du eigentlich, was mit mir und deiner Mutter geschah, als wir unseren Männern folgten?" Um Riema hob absichtlich ihre Stimme, damit auch Scheich Abu Ibrahim ihre Worte zu Gehör kamen. Er schaute die verwirrte Um Ibrahim mit verzerrter Mine an, worauf sie auf der Stelle verstummte, als hätte man ihr die Zunge an ihrer Wurzel herausgerissen. Vielleicht wünschte sie sich das sogar, und zwar bevor sie dieses Gespräch mit der Großmutter angefangen hatte.

Um Riema beendete unter Husten das Gespräch und sagte: „Die Männer – und zwar alle Männer – soll man behandeln wie Schuhe. Die Frau sucht solange, bis sie die passenden findet, trägt sie bis sie ausgedient haben und wirft sie dann weg. Schließlich wären sie nutzlos und würden lediglich die Schmerzen vergrößern und das Gehen behindern."

Einige Tage später stand Mariam vor dem Eingang zur Universität, eine kleine schwarze Tasche in der Hand. Sie trug eine Jeans im Charleston-Stil, eine leichte Baumwollbluse, die ihren dünnen Körper durchschimmern ließ, und eine kurze Kette mit kleinen gebrannten Holzstücken und gefärbten Olivensteinen, ein Geschenk, das ihr Hazem in einer der einsamen Winternächte gebastelt hatte.

Ihr gerundeter Bauch war kaum zu erkennen. Er umschloss die Frucht ihrer Liebe, die nun fast zwei Monate alt war. Sie hakte sich bei Hazem unter, der auf sie gewartet hatte, und sie gingen geradewegs zum Gerichtsgebäude, um ganz allein ihre Heirat zu registrieren. Trotz Einspruchs des Richters einigten sie sich auf ein Brautgeld von lediglich einem syrischen

Pfund. Der Richter murmelte schimpfend vor sich hin und beklagte sich über diese verdorbene Generation, die sich dafür nicht einmal schämte. Hazem steigerte noch dessen Ärger, als er den Spruch des Propheten Mohamad, dass der Ring auch aus Eisen sein könne und trotzdem einen Wert besitze, gleichgültig herunterleierte.
Nachdem die Ehe registriert worden war, wählten sie eine weitere Pfundnote und jeder von ihnen schrieb darauf einige Worte zur Erinnerung. Mariam schrieb mit ihrer schönen und klaren Schrift: Das ist mein Brautgeld … der Anfang einer Geschichte. Mit seiner krakeligen Schrift schrieb Hazem: Dein Brautgeld ist mein Herz, meine Geschichte und meine zukünftige Hölle.

Anschließend notierten sie unter den beiden Sätzen das Datum. Der Monat April des Jahres 1970 neigte sich allmählich seinem Ende zu. Mariam ließ das Papier in ihre Handtasche gleiten, und um zu feiern, nahmen sie in der Asafiri-Cafeteria am Strand eine Kleinigkeit zu sich.
An jenem Tag saßen sie am offenen Fenster, während die Meeresbrise des Aprils über ihre Gesichter strich und an den Felsen zerschellte.

„Ich hatte schon immer von einer solchen Heirat geträumt, ohne muffige Traditionen, ohne diese abscheulichen und widerwärtigen Zeremonien über mich ergehen lassen zu müssen." Mariam sah blass aus.

Ihre Freude wurde von den ständig wiederkehrenden Gedanken, was sie diese Nacht zu Hause erwartete, überschattet. Trotz Hazems Versuch, das Gespräch in eine romantische Richtung zu lenken, blieb die Aufregung bei beiden bestehen. Doch plötzlich nahm das Gespräch wie so oft eine drastische Wendung. Es war Mariam, die damit angefangen hatte, als das Radio in der Cafeteria die Nachricht über den ehrenvollen Rücktritt des ägyptischen Staatspräsidenten Gamal Abdel Nasser bekannt gab. Begründete wurde dieser Schritt mit dem Rückschlag von 1967. Hazem hingegen sparte nicht mit seinem Spott und wiederholte Mariam gegenüber, womit Gamal Abdel Nasser stets bezeichnet wurde, als der absolute Diktator.

Solche Streitgespräche waren endlos und brachen immer wieder zwischen ihnen aus. Am Ende der fruchtlosen Auseinandersetzung fügte Mariam hinzu, sie würde nie jenen Tag vergessen, an dem Gamal Abdel Nasser in die syrische Stadt Latakia gekommen war. Damals war sie noch ein kleines Mädchen und hatte als Darstellerin in einem Theaterstück auf der Bühne der Schule mitgewirkt. In der Vorführung hatte sie die Rolle Ägyptens eingenommen, während ihre Freundin die Rolle Syriens spielte. Gamal Abdel Nasser hatte ihr höchst persönlich eine wunderschöne Büchse bunter Holzmalstifte geschenkt, die sie bis heute aufbewahrt hat. Auf ihre Wange hatte er ihr einen innigen Kuss gedrückt.

„Du hast noch vergessen zu erzählen, dass dein Vater, der Scheich, geweint hatte. Diese Geschichte hast du mir schon hundert Mal erzählt", unterbrach Hazem sie ironisch und fuhr etwas ernsthafter fort: „Ich wundere mich wirklich, dass es junge

Menschen gibt wie dich, die es vorziehen, unterdrückt zu werden und die Demokratie abzuschaffen."

Doch Mariam begann allmählich unruhig zu werden. Ihre Gedanken waren bereits im Hause des Scheichs. Hazem versuchte, das Thema zu wechseln und begann ausführlich und ohne Umschweife über das Erstbeste zu sprechen, was ihm gerade einfiel: die karmatische Gesellschaft, die es schon vor mehr als tausend Jahren geschafft hatte, die Probleme der Vielehe, des Hejab, des Erbes usw. zu lösen. Dann erzählte er erneut davon, dass durch das Anbeten einer einzelnen Person oder einzigen Partei der Mensch dazu verführt würde, wie ein blindes Tier dorthin zu gehen, wohin es gezerrt würde.

Wieder hatte es Hazem nicht geschafft, die sentimentalen Gefühle Mariams zu teilen, die sich mit ihrem Älterwerden sogar noch steigerten. Als sie am Abend nach Hause zurückkehrten, erfuhr der Scheich, was geschehen war, und zog sich schweigend in sein Zimmer zurück. Sie konnten weder sein Gesicht noch dessen Ausdruck sehen. Er schloss die Tür hinter sich und blieb im Zimmer. Keiner traute sich, und schon gar nicht seine Ehefrau, seine Zurückgezogenheit zu stören. Sein Stolz war zutiefst gekränkt worden, als man ihn vor vollendete Tatsachen gestellt hatte.

Er überlegte, ob er nicht seinen Sohn Ibrahim aus dem Dorf zu sich zu bestellen sollte, damit er seine ungehorsame kleine Schwester bestrafte. Oder gleich alle fünf Söhne. Die Hochzeit war jedenfalls vollzogen, und es gab keinen anderen Ausweg. Er

musste seine Einwilligung geben, damit die Fatiha, die Eröffnungssure im Koran, gelesen und die heiligen, religiösen Vermählungszeremonien durchgeführt werden konnte. Und das mit einem so liederlichen, bedeutungslosen Mann wie Hazems Vater! Er sah sich gezwungen, die Bräuche noch in dieser Nacht und auf beste Weise ausführen, als wäre alles nach seinem alleinigen Wunsch geschehen, wollte er nicht sein Gesicht unter Missbilligung der Scheichs und der Öffentlichkeit verlieren. Die üble Nachrede, dass seine jüngste und einzige Tochter trotz der Weigerung ihres ehrenwerten Vaters in Schande geheiratet habe, musste er unterbinden.
Zwei Stunden später trat der Scheich aus seinem Zimmer, um Hazem in strengem Ton und ohne in sein Gesicht zu blicken zu befehlen, dass er auf der Stelle mit seinem Vater hierher kommen solle. Die Augen von Um Ibrahim spiegelten seit dem Eintreffen von Mariam und Hazem eine eigenartige Mischung aus Genugtuung und Erschöpfung, Freude und Verwirrung wieder. Sie beobachtete Mariam, wie sie mit gesenktem Kopf da saß und auf den Scheich wartete. Ihr Gesicht war verschlossen, wie damals, als sie außer Atem von den Demonstrationen heim kam, während Um Riema unruhig auf dem Balkon gesessen und auf sie gewartet hatte.
Wie in jenen Tagen hatte sie auch heute auf ihre Tochter gewartet. Und während sie auf dem Balkon stand, spürte sie, wie die Unruhe sie gefangen nahm. Sie hatte das Gefühl, dass irgendetwas passieren würde, ahnte aber nicht was. Etwas Besonderes, das ihr eintöniges Leben verändern würde.

Bevor Um Ibrahim ihrer Tochter von den Verführungen in der Hochzeitsnacht erzählte, blickte sie Mariam verlegen an und sie dachte darüber nach, wie rasch doch die Zeit vergangen war. Alles verging so schnell und eigenartig, ganz anders, als sie es beide erwartet hatten. Sie hätte ihrer Tochter gerne das Wenige, das sie wusste, vermittelt. Sie wünschte, sie hätte viel mehr mit ihr geredet. Als sie ihren bräunlichen, makellosen und zarten Körper nach dem Bad im Hammam des Bazars beobachtet hatte, hatte sie ihr noch mehr Ratschläge geben wollen. In all den Jahren hatte sie daran gedacht, und mit einem Male war es zu spät. Nie hatte sie über diese oder ähnliche Themen geredet, selbst dann nicht, als Mariam zum ersten Mal ihre Menstruation bekam. Sie hatte ihr gar nichts davon erzählt. Es war ein furchtbarer Schock für sie, als ihre einzige Tochter weinend angerannt kam und die mit Blut befleckte Unterhose in den Händen hielt. An diesem Tag machte sich Um Ibrahim große Vorwürfe. Die Reue konnte ihre Aufregung jedoch nicht beschwichtigen und veranlasste sie auch nicht dazu, derlei Themen anzusprechen. Sie vermochte Mariam nicht viel mehr zu sagen, als dass dieses Blut sie ungefähr jeden Monat heimsuchen würde, bis sie alt werde. Dann küsste sie segnend ihre Tochter und schwieg. Unfähig, mehr darüber zu sagen, weder an jenem Tag noch in der darauf folgenden Zeit. Das einzige, worüber sie mit ihrer Tochter reden konnte, waren die Stimmungen der Pflanzen und die Art und Weise, wie man Speisen segnen könnte. Um Ibrahim verging förmlich vor Scham, wenn die anderen Frauen ihre intimen Gespräche führten.

Der weibliche Körper sollte immer und ewig ein großes, unantastbares Geheimnis bleiben. Vielleicht würde ein offenes Gespräch darüber dazu führen, dass Mariam die Anstandsregeln in Zukunft missachten und diese Themen mit jedermann ohne Scham besprechen würde.
Ihre Mutter war von dieser Meinung überzeugt. Deshalb war es besser, wenn Mariam diese geheimen Dinge selbst in Erfahrung brächte, unter dem Schleier der Verschwiegenheit und in äußerster Diskretion.
Endlich trat der Scheich aus seinem Zimmer. Um Ibrahim stieß mit ihrer Zunge so laute Freudentriller aus, dass die Nachbarn vor lauter Neugier auf die Balkone traten. Ihr Mann versuchte, sie zornig murmelnd zum Schweigen zu bringen. Aber ihre Freude war stärker, als dass sie diese hätte unterdrücken können. Ausgelassen wiederholte sie die Freudentriller.

Am Ende der religiösen Zeremonien, gleich nachdem Scheich Abu Ibrahim seine Hand der rauen Hand von Hazems Vater entzogen hatte, schwor er, dass er Mariam nie wieder erlauben werde, über die Schwelle seines Hauses zu treten. Sollte sie und dieser Niemand doch gehen! Sie hat hier fortan kein zu Hause mehr.
Anschließend kehrte er in sein Zimmer zurück, ohne sich von ihr zu verabschieden oder einen Blick auf ihr tränenüberströmtes Gesicht zu werfen. Von da an sagte er immer wieder, er habe nie eine Tochter gezeugt und sie gänzlich aus seinem Leben gestrichen. Wie einen Fehler, den er aus seinem

sauber geschriebenen Tagebuch ausradiert habe. Später, während seiner langen, einsamen und zurückgezogenen Stunden, sann er darüber nach, dass er tatsächlich richtig gehandelt hatte, als er seine Hinterlassenschaft nur an seine Söhne verteilt hatte, bevor dieser Fremde sich einen Teil des Unterhalts hätte nehmen können. Sein Gewissen durfte ihn auf keinen Fall quälen, denn die Frauen blieben stets das, was sie tatsächlich waren, Wesen ohne Religion und ohne Vernunft. Ganz gewiss ohne Vernunft, denn schließlich war es erst ein paar Tage her, dass er Mariam die Geschichte von der Schlange erzählt hatte, die das Heiligtum des Dorfes Alia bewohnte. Er hatte von der Tochter des noch lebenden Scheichs dieses Heiligtums erzählt. Sie war ein hübsches, verwöhntes Mädchen, doch eine Belastung für ihren ehrwürdigen Vater. Sie hatte sich seinem Wunsch widersetzt und war mit einem lüsternen, jungen Mann davon gelaufen, genau wie jetzt Mariam. Daraufhin verwandelte Gott sie in eine Schlange, um sie für ihr schändliches Verhalten zu bestrafen. Heute kauert sie in einer Ecke des Heiligtums und schaut den Scheich mit reumütigen Blicken an.

An jenem Tag war sich Abu Ibrahim noch sicher, dass Mariam aus dieser traurigen Geschichte gelernt habe. Er war voller Zuversicht, dass sie nicht ähnlich leichtsinnig handeln würde und sie verstanden habe, worum es ging, denn an Klugheit schien es ihr ja nicht zu fehlen. Aber es ist eben eine verdorbene Generation, die sich von den Moralvorstellungen und Traditionen abgewandt hat, um sich andere Gedanken anzueignen. Gott bewahre!

Der gekränkte Scheich versuchte, seine Gedanken zu verscheuchen. Er war zornig und beleidigt und hatte beschlossen, Mariam all das, was sie ihm, einem wahrhaft aufrichtigen Mann, heute an Erniedrigung zugefügt hatte, auf keinen Fall zu verzeihen. Doch trotz all dieser brodelnden Gedanken konnte sich Abu Ibrahim seine schöne Tochter keineswegs als geächtete Schlange in einer Eckes des Hauses vorstellen.
Als er sich auf seinen Stuhl setzte, murmelte er: „Mariam, du Schlange! ... Schlange, du meine Tochter!

Der Abend begann wie jeder andere mit den Liedern der libanesischen Sängerin Fayruz. Auch die jungen Frauen, die um die flachen Tische herumtanzten, stimmten - gleich unmusikalischen Katzen - mit ein. Unharmonisch und ohne musikalisches Gehör begannen sie wie üblich zu miauen, bis sich das Lied in lärmendes Gegröle verwandelte.
Drei bis vier Lieder von Fayruz folgten nacheinander. Wie üblich war das letzte Lied „Ach, Mühle, dreh' dich mit uns", das mit ihren bekannten Worten endete: „Wenn sie auch erwachsen geworden sind, so blieben wir doch Kinder." Ein schöner Satz, ein wirklich schöner Satz, den die stille Angela als völlig normal empfand. Da er so oft wiederholt wurde, konnte sie sich gar nicht mehr über ihn wundern.
Nach den enthusiastischen Beiträgen des libanesischen Sängers Marcel Khalife, setzte die Musik des ägyptischen Sängers und Komponisten Scheich Imam ein. Die Stimmen klangen nun ungehemmter. In den Melodien und Stimmen war auf allen Ebenen

eine gewisse Dissonanz zu vernehmen. Der arme Scheich, dachte Angela, wenn er wüsste, welch Unrecht unsere Stimmen seinen Liedern antun, würde er für immer mit dem Spiel seiner Laute aufhören. Es war eine kleine Abendgesellschaft, zu der Angela eingeladen worden war. Sie hatte schon lange nicht mehr an solch einer abendlichen Veranstaltung teilgenommen, weder mit dieser noch mit einer anderen Gruppe. Ihre Mutter hatte begonnen, sie immer stärker einzuengen, obwohl sie schon zur Universität ging. Sie musste ihr über alle ihre Unternehmungen ausführlich Bericht erstatten, wann sie kam, wann sie ging, mit wem sie vorhatte zu sprechen ... usw.!

„Ich muss mich sehr wundern, dass du dein sonst so gutes Gedächtnis so plötzlich verloren hast", sagte sie zu ihrer Mutter.
Als diese schwieg, fuhr Angela fort, dass Mariam offensichtlich vergessen hat, wie ihr eigenes Leben verlaufen war, als sie in ihrem Alter war. Was sie damals alles gemacht hatte, wie beispielsweise das rebellische Aufbegehren gegen die Macht ihres Vaters, Scheich Abu Ibrahim.
„Ich wünschte mir, du würdest die Rolle meiner Großmutter spielen. Ist diese nicht besser als die des Scheichs?"
Mariam schwieg weiterhin.

„Mutter, hattest du denn keine Freunde? Hattest du nicht meinen Vater geliebt und ihn, obwohl alle dagegen waren, geheiratet? Willst du jetzt mir gegenüber die gleiche Rolle einnehmen wie damals der Scheich? Hast du vergessen, dass wir uns dem

Ende dieses Jahrhunderts nähern? ... wir befinden uns in den neunziger Jahren!"
„Meine Zeit war aber anders."
„Wie denn anders?"
„Die Menschen waren einfach anders damals. Sie wollten Gutes tun und sie waren nicht wie heute menschliche Wölfe, die nur auf eine Gelegenheit warten, um jemanden zu verraten und zu verletzen."
Diese Argumente hört man ja von allen Eltern. Wahrscheinlich hatte die Großmutter genau diesen Satz auch ihrer Tochter Mariam gesagt. So muss es wohl gewesen sein. Alle Frauen, egal zu welcher Zeit, predigen ihren Töchtern diesen Satz. Ein Argument, welches das Gegenüber zum Schweigen bringt, da die andere Seite ja bestens informiert ist und über den Kern der Gesellschaft Bescheid weiß, und ob das Wesen des Menschen gut ist oder nicht. Angela schwieg und ging mit gesenktem Kopf auf ihr Zimmer. Sie dachte insgeheim, dass solche Gespräche sinnlos wären. Der Dialog war völlig abgebrochen.
Von dieser abendlichen Zusammenkunft hatte sich Angela eine Unterbrechung ihres Alltags versprochen, der ihr bedeutungslos erschien. Es stellte sich jedoch heraus, dass dieser Abend lediglich eine schäbige Kopie der vorangegangenen Abende und wahrscheinlich auch der zukünftigen sein sollte.
Das kleine Zimmer war vom Rauch der kurzen Zigaretten der Marke Hamra ausgefüllt und durchsetzt von säuerlichen Gerüchen und denen von Verwesung. Der Schnaps wurde wie üblich in kleinen Gläsern serviert, die eigentlich für Tee vorgesehen waren. Die dürftigen Happen bestanden aus

geschnittenen Gurken- und Möhrenstücken sowie stark gesalzenen Nüssen, die auf zahlreichen Tellern gereicht wurden. Man hörte immer dieselben Lieder und dieselben Melodien der arabischen Laute, sogar die Kommentare, das rhythmische Seufzen und die Intonationen waren identisch. Angela hätte den Anwesenden am liebsten ins Gesicht geschrien: „Ich langweile mich. Leute, ich langweile mich. Ihr habt es fertig gebracht, mir meine liebsten Lieder und Menschen zu vermiesen. Das ist euch wirklich gelungen!“

Aber es kam kein einziger Ton aus ihrer Kehle. Sie blieb stumm und verfolgte teilnahmslos das Geschehen. Die Schnapsgläser wurden herum gereicht, die Blicke der Anwesenden verschwammen und verloren sich in der Phantasie.

„Mit dem fünften Glas singen wir ein Lied der Sängerin Nagat Al Saghira“, verkündete der Lautenspieler, worauf Beifall ausbrach. Ich langweile mich wirklich, dachte Angela, während sie sich auf den Rückzug vorbereitete. Ein enthusiastischer junger Mann, der vor Trunkenheit hin und her schwankte, bestand jedoch darauf, sie nach Hause zu bringen. Gott bewahre mich vor dem Satan, dachte Angela bei sich, als sie mit ihrem torkelnden Begleiter die Abendgesellschaft verließ. Sie dachte, dass wohl sie es sein würde, die den jungen Mann nach Hause bringen musste und nicht umgekehrt.

Die Straßen in Latakia waren trostlos und verlassen, wie die Gassen eines entlegenen Dorfes um Mitternacht, obwohl es Anfang der neunziger Jahre war. Nur einige streunende Hunde und die Polizeipatrouillen in Militärjeeps waren zu sehen. Es war erst kurz nach Mitternacht. Angelas angeregter Begleiter hatte, seitdem sie auf die Straße getreten waren, ununterbrochen geredet. Die Stimmen der jungen Männer und Frauen, die aus dem Zimmer des vierten Stocks drangen, begleiteten sie, selbst als sie schon weit weg waren. Während einer dieser abendlichen Zusammenkünfte hatten sich einmal die Nachbarn bei den Sicherheitskräften, die nachts wie gierige Jagdschützen auf der Lauer lagen, beschwert. Sie hatten über die Lärmbelästigung geklagt, die durch die lauten Stimmen der jungen Männer und Frauen, ihr Geschrei und Gegacker verursacht wurden und sie nicht schlafen ließen. Damals waren die Polizisten in das Haus eingedrungen, in dem sie sich versammelt hatten, und hatten alle Anwesenden auf die Wache mitgenommen. Sie verhörten sie bis zum frühen Morgen. Glücklicherweise, oder unglücklicherweise wie Angela dachte, war sie an jenem Tag nicht dabei gewesen.

Als sie sich von den lauten Stimmen entfernten, dachte Angela wieder daran, wie sehr sie sich langweilte, während ihr Begleiter weiterhin sinnlose und belanglose Worte von sich gab.
Dann dachte sie, dass die Langeweile bestimmt bei allen jungen Männern und Frauen existierte und alle irgendwie versuchten, sie zu besiegen. Alle versuchten, die Langeweile und die Leere auf unterschiedliche Weise zu überspielen. Ihr schien das aber gar nicht zu gelingen.

Zuhause sagte Mariam kein Wort, als sie Angela, ganz anders als sonst, so früh von dem abendlichen Treffen zurückkommen sah. Sie schaute ihre Tochter nur von der Seite an und ging in ihr Zimmer. Die liebevolle Mariam würde es nicht übers Herz bringen, Angela mit noch mehr Härte zu begegnen. Ihre Tochter machte ihr in letzter Zeit immer größere Angst. Eine Angst zum Verrücktwerden, weil sie sah, dass die Lage der jungen Leute in Angelas Alter immer schlimmer wurde.
Wovor hatte sie nur Angst, fragte sich Mariam immer wieder. Es stimmte, sie konnte ihre Angst nicht ausmachen und auch nicht mit Genauigkeit sagen, wovor sie Angst hatte. Sie hatte eben einfach Angst.

Am nächsten Morgen, kaum dass Angela aufgewacht war, wurde sie von einem festen Entschluss erfasst. Der Gedanke bemächtigte sich ihrer, als wäre er das Zentrum eines Strudels. Sie hatte beschlossen, ihre ersten Erzählungen niederzuschreiben. Vielleicht war das ein neuer Weg, ihrem Leben einen Sinn zu geben. Vielleicht konnte sie so das Staunen für ihr Leben zurückerobern.

Sie machte sich sofort daran, ihre in allen Ecken des Zimmers verstreuten Papiere zu durchwühlen. Jedes geknickte und jedes im Laufe der Zeit vergilbte Blatt enthält eine Geschichte, eine unterbrochene Erzählung oder auch eine zerstörte Geschichte – und jede erzählt auf ihre Weise. Dabei erscheint die Sprache wie ein verzerrender Spiegel, in dem die Umrisse des Erinnerungsvermögens eines jeden

Erzählers sichtbar werden. Aber auch ein sehr trügerisches Erinnerungsvermögen, denn die Sichtweise verzerrt sich in der Art, wie der Erzähler die Geschichte haben möchte. Es liegt einzig und allein an ihr, die einzelnen Fragmente zu einer Geschichte zusammenzufügen.

Allein schon, diese Teile miteinander zu verbinden, ist eine Befriedigung an sich.
Sich ganz darauf einzulassen, einzelne Zeitabschnitte und sich gleichende Empfindungen, die im Laufe der Zeit zerstückelt wurden, zu einem Ganzen zusammenzufügen, stimmte sie euphorisch.

Gegen Mittag erzählte sie es ihrem Vater.
„Papa … ich möchte alles über meine Familie erfahren. Ich denke nämlich darüber nach, die Geschichten unserer Familie aufzuschreiben ... Hilfst du mir dabei?“
„Ich glaube nicht, dass das, was du erfahren wirst, so ehrenvoll ist“, lachte er lauthals, als würde er sich irgendwie über sie lustig machen und führte seine Schreibarbeiten fort.
„Und wenn dem so ist, dann will ich es erst recht wissen. Außerdem ist es auch meine Geschichte, und ich schulde ihr Respekt.
Seine Miene verdüsterte sich. Er warf zornig den Stift beiseite und schrie, wie man es von ihm gewohnt war: „So darfst du nicht denken. Die Vergangenheit deiner Familie ist allein ihr Eigentum und du hast damit nichts zu schaffen. Arbeite an deiner eigenen Zukunft, damit es deine eigene Geschichte wird. Das ist alles, was du machen sollst.“

Er hielt kurz inne und fügte etwas ruhiger hinzu: „Eindeutige Wahrheiten darf man natürlich nicht verneinen, sonst belügt man sich nur selbst. Ihr Frauen in dieser merkwürdigen Familie seid doch alle gleich. Jede hat ihre eigene Methode, aber irgendwie scheint es einen einzigen Faden zu geben, der euch miteinander verbindet..."

„Das glaube ich nicht", unterbrach sie ihn bissig. Sie war schockiert darüber, mit der untertänigen Großmutter Um Ibrahim verglichen zu werden.
„Es ist doch ausgeschlossen, dass die, die vor dir waren, nicht in dir weiter existieren, wenn auch nur zu einem geringen Teil. Es ist das Erinnerungsvermögen deiner Zellen, das immer weiter existieren wird. Ganz gewiss beginnt es nicht bei Null. Ich glaube, deine Aufgabe ist vielmehr, dieses Erbe weiter zu entwickeln und nicht, sich ihm zu ergeben. Denn es ist ein biologisches Erbe und keineswegs ein geistiges."
„..."
„Ich glaube, es ist ein Faden, ein sehr dünner Faden, der euch zu einander zieht. Er scheint jedoch so stark zu sein wie ein Seidenfaden."
„Ha, genau wie der Faden, der dich und die würdevollen Vorväter deiner Familie verbindet."
Er ignorierte ihre Sticheleien und verbarg sein Schmunzeln. Er erwiderte, wobei er jedes einzelne Wort betonte: „Er zieht euch Frauen zueinander hin. Vielleicht ist es das, was mich euch alle lieben lässt."
An diesem Morgen aber beschloss sie, den Anfang zu machen. Sie beschloss, die Geschichten ihrer Familie niederzuschreiben.

Kapitel 6

Zu jener Zeit war Riema ein junges Mädchen und hatte noch nicht den Beinamen „die Herumtreiberin" erhalten. Nach ihrem Vater wurde sie „Riema, die Grauhaarige" genannt. Dieser wurde nämlich vor Jahren - grauhaarig, mit dem Gesicht nach unten liegend - am Dorfeingang unter einer Eiche aufgefunden. Dies geschah an einem Wintermorgen, dem Tag von Riemas Geburt.

Mit jedem Stück des Weges, den Riema zurücklegte, schien er ihr länger und länger zu werden. Sie hatte das Gefühl, dass er sich immer mehr hinzog, obwohl sie schon seit geraumer Zeit das Haus des gelehrten Scheichs verlassen hatte, um nach Hause zu laufen. Sie war das einzige Mädchen in der Studentenrunde des Scheichs. Anfangs hatte er mit übertriebener Sturheit abgelehnt, Mädchen in seine Studienrunde aufzunehmen, die ansonsten nur aus Jungen bestand. Seiner Meinung nach eigneten sich Mädchen und Frauen nicht für die Wissenschaft, da ihre Fähigkeiten dafür nicht ausreichten. Das hatte er in seinen dicken Schnurbart gemurmelt und dabei solange grimmig geschaut, bis Um Riema ihren Wunsch ein weiteres Mal zu äußern wagte. Doch der Scheich lehnte mit abschätziger Miene ab und meinte, dass sein Einverständnis, sie an der Studienrunde teilnehmen zu lassen, die Tür für andere Mädchen öffnen würde, ihr dies nachzutun. Das sei jedoch dem Ruf des Dorfes Alia abträglich, und alle Mädchen im Dorf würden mit Schmach und Schande gebrandmarkt. Um Riema aber bestand darauf und brachte ihn mit ihren täglichen

Gaben zum Verstummen. Jeden Tag gab sie ihrer Tochter ein Ei mit, während die Jungen ihm nur zum Wochenende ein Ei gaben. Außerdem schickte sie ihm von Zeit zu Zeit einen bis zum Rand gefüllten Stoffbeutel mit sorgfältig gehacktem Tabak. Sie legte ein paar Pfefferminzblätter bei, um seine Frische und sein Aroma zu bewahren.
Um Riema wollte mit aller Macht, dass ihre Tochter anders erzogen wird. Sie sollte ohne die Hilfe eines Mannes auskommen können. Vielleicht würde ihr Wissen sie stärken, dem harten Leben gegenüber standzuhalten. Ihr war schließlich nicht entgangen, dass die besseren Familien in der Stadt angefangen hatten, ihre Töchter unterrichten zu lassen. Vielleicht würde ihrer Tochter dadurch ein ähnliches Glück beschieden. Darauf setzte Um Riema ihre ganze Hoffnung.

Letztendlich zeigte sich der Scheich mit der Anwesenheit des Mädchens in der Studienrunde einverstanden, was nicht nur auf die Gaben ihrer Mutter zurückzuführen war. Es war auch wegen ihres feuerroten Haares, das sich sanft auf ihre Hüften legte und aufgrund ihres Körpers, der unter ihrer bunten Kleidung hindurch schimmerte und der bereits seine Träume beflügelte. Wohlgeformt und weiß wie Silber. Die anziehende Schönheit Riemas zog seine Aufmerksamkeit während des gesamten Unterrichts auf sich und von Tag zu Tag wurden seine Blicke immer länger.

Riemas Füße waren vom Laufen bereits angeschwollen wie zwei reife Granatäpfel. Sie musste am prächtigen Haus des Dorfvorstehers vorbeilaufen und erblickte von weitem den Palast von Attia Agha. Es ließ sich nicht vermeiden, aber sie musste mit ihren zarten Füßen durch das struppige Dikkicht gehen. Wie immer spuckte sie auf das Trugbild der beiden Paläste und bog in der Nähe der abgesteckten Felder ab, die Attia Agha gehörten. Verstohlen hielt sie Ausschau nach einer roten Tomate oder einer reifen Gurke, um sie zu pflücken. Seit gestern Abend hatte sie nichts mehr gegessen.

In letzter Zeit hatten sich einige der Dorfältesten neue Methoden ausgedacht, um die Gewinne des Aghas zu erhöhen. Sie legten den Pächtern der Ländereien nahe, sich von den Saisonpflanzungen fernzuhalten. Scheich Abboud, der vor Jahren am Grab des verstorbenen Abu Riema gebetet hatte, war sehr aufgebracht, als er, wie üblich angetrunken, bei einem Besuch des Dorfvorstehers herausschrie: „Tomaten sind ungenießbar, sie erinnern an das rote Hinterteil von Affen. Auberginen sehen aus wie die Hoden eines Kalbs und Paprika wie das Ekel erregende Geschlechtsteil einer geilen Hure. Die Kaktusfrüchte sind Bälle voller Stacheln, die man aus der Hölle auf uns wirft."

„Ekelt euch das nicht an? Bei Gott, ich ekle mich so sehr, dass ich Gänsehaut bekomme." Sein Gesicht verzerrte sich und er spuckte auf den Boden!

Nachdem Riema die Schmerzen ihrer Füße mit dem eisigen Wasser einer Quelle hatte lindern können, humpelte sie stöhnend über den Sandweg weiter. Ihre Schulter stöhnte unter der Last der verschmutzten Stofftasche, in der sich Schreibstifte und mit dickem, weißem Zwirn zusammengenähte, vergilbte Blätter befanden. Sie konnte nicht anders, sie musste sie von der Schulter nehmen und an den Wegesrand werfen. Vielleicht würde sie ein glückloser Mensch finden und mitnehmen.

Der Tag heute war noch trostloser als sonst. Der Scheich hatte sie in der Studienrunde vor den Augen aller Studenten bestraft, indem er ihre Füße hochzog und mit seinem Weißdornstock darauf einschlug, bis sie aufgedunsen waren wie zwei gerötete Fladenbrote. Es schien ihm sichtlich Spaß zu machen, auf sie einzuschlagen, während seine Augen über den vor Schmerz gekrümmten Körper wanderten. Die Erniedrigung blieb Riema im Hals stecken. Die Scham hatte ihr Herz beinahe zum Stehen gebracht. Als einzigem Mädchen unter all den Jungen.

Unter ihrem rosafarbenen Kleid trug sie eine rot gepunktete, weiße Baumwollhose, daher traten ihre verschmutzten Füße kaum in Erscheinung, als diese hoch in der Luft hingen. Die glotzenden Blicke der anderen drangen durch ihre Kleidung hindurch und bohrten sich in die weiße Haut ihres fülligen Körpers, der auf dem Boden lag. Schmerzensschreie und fluchende Hilferufe entschlüpften ungewollt ihren Lippen, obwohl sie krampfhaft versuchte, sie zu unterdrücken. Mit jedem Schlag wurde sein hämisches Grinsen breiter.
Riema schluckte den bitteren Speichel hinunter, als sie sich an diese Strafe erinnerte, denn Erniedrigung hat einen bitteren Beigeschmack. Sie verfluchte den

Scheich, der bis heute keine Reue zeigte, obgleich er vor wenigen Monaten sogar Mohammad, den Nachbarjungen, mit den Schlägen seines satanischen Stockes zu Tode geprügelt hatte. Der arme Mohammad hatte erbärmlich geschrien, wie ein Lamm, das zum Schlachten gezerrt wird, so dass sie und die Jungen sich verängstigt die Ohren zuhielten. Als der Abend nahte, bekam Mohammad hohes Fieber, bis er im Morgengrauen seine Seele freigab und starb. Jemand sollte dem Scheich die gleiche Qual zufügen und zwar solange, bis er Reue zeigt … er ist eine Bestie.

Als sie sich einer Kreuzung näherte, fasste Riema den Entschluss, dass dies der letzte Tag in der Studienrunde des Scheichs gewesen war. Sie würde nie mehr zu diesem Schlächter gehen, selbst wenn die anderen sie dafür bestraften. Ganz sicher würde ihre Mutter entsetzt sein. Sie, der es nur auf Bildung ankam, um ihr das Schicksal einer gewöhnlichen, unterwürfigen Frau zu ersparen. Das Wissen würde ihr sowieso keine größere Kraft verleihen, dachte Riema bei sich und murmelte „Was soll ich denn überhaupt in diesem verfluchten Dorf damit anfangen?!" Der Gestank der Tinte, die aus Wasser und gelbem Lehm gerührt in dunklen Tropfen vom Stift aus Zuckerrohr tropfte, rief Ekel in ihr hervor.

Während Riema so vor sich hin murmelte und in einem weg die Scheichs und deren gesamte Existenz verfluchte, sah sie eine Gruppe schwarz gekleideter Frauen in den Sandweg einbiegen, um zur Grabstätte des Heiligen zu gehen, die sich am Abhang des Dorfes befand. Die Frauen in ihren schwarzen Umhängen faszinierten sie. Riema war es gewohnt, die Dorffrauen in bunten Kleidern zu sehen, die die Farben der Felder wiedergaben. Als sie sich ihnen näherte und schließlich durch sie hindurch ging, weckte die Gruppe vollends ihre Neugier, während die Blicke der Frauen an ihrem in der Sonne glänzenden Haar haften blieben. Vielleicht war das der Grund, warum sie ihnen durch das Dickicht folgte. So konnte sie die Frauen unbemerkt belauschen. Sie wartete, bis sie ihre Pause beendet hatten und lief anschließend den Weg hinab bis zur Grabstätte des Heiligen.

Es waren insgesamt vier Frauen: Eine alte Frau, die ihren schweren Körper mühselig von der Stelle schleppte und dabei völlig außer Atem geriet. Sie wollte den ehrwürdigen Heiligen anflehen, ihren seit Jahren in den Gefängnissen der Osmanen verschwundenen Sohn zurückzubringen. Die zweite und dritte waren nach Jahren ihrer Heirat noch immer nicht schwanger geworden. Ob es bei diesem Zustand bleiben sollte, war nun vom Segen des Heiligen abhängig. Die letzte Frau erschien Riema die jüngste unter ihnen zu sein. Ihr milchiges Gesicht hob sich glänzend vom Schwarz ihrer Kleidung ab. Gott hatte ihr noch keinen Ehemann gesandt. Sie hegte die Hoffung, dass der gnädige Heilige ihr den heiß ersehnten Mann schicken würde. Aus diesem Grund trug sie ein weißes, besticktes Taschentuch bei sich, auf das sie ein wenig von ihrem Parfüm gespritzt hatte, um es dem Heiligen Al Khader als Andenken zu überreichen. Vielleicht würde es ihm

gelingen, mit ihrem Duft einen Mann anzuziehen, der sich ihr zu Füßen werfen und ihr ergeben sein würde.
Bevor die Frauen die Grabstätte des Heiligen erreichten, gelang es Riema, sich hinter dem Grab zu verstecken. Sie verschwand zwischen den grünen Stoffen, die in mehreren Lagen um die Grabstätte drapiert waren. Die Frauen gingen barfuss hinein und verteilten sich in allen Richtungen innerhalb der Grabstätte. Die vierte, junge Frau kniete sich neben Riemas Versteck auf den Boden und begann, mit geschlossenen Lidern ihre Gebete vor sich her zu sagen. Sie war so nahe an Riema herangekommen, dass diese glaubte, das heftige Herzklopfen der jungen Frau zu vernehmen wie auch den Geruch von neuen Schuhen, der ihren nackten Füssen anhaftete, und sich mit dem ihrer dicken Bekleidung entströmenden Nelkengeruch vermischte. Als die Frauen ihre Bitten und Gebete nahezu beendet hatten, hörten sie plötzlich eine weit entfernte Stimme, die sich aus dem Verborgenen an sie richtete. Als ob der Heilige angefangen hätte, sie aus seinem Grab heraus anzusprechen. Wie angewurzelt blieben sie stehen. Er nannte den Grund einer jeden für ihr Erscheinen und versprach ihnen anschließend die baldige Erfüllung ihrer Wünsche. Die Grabstätte hatte sich in einen gespenstischen Ort verwandelt. Die Frauen zitterten wie Espenlaub. Der Heilige hatte seine Rede noch nicht beendet, bevor sie alles, was sie an Geld und Geschenken bei sich hatten, zu Boden warfen, um schreiend hinaus zu rennen. Sie wären vor Angst beinahe gestorben. Die alte Frau hatte sogar ihre Schuhe an der Tür

hinter sich gelassen und rannte barfuss und ohne sich umzudrehen hinter den anderen her. Schreiend erklommen sie auf allen vieren den Hügel.

Riema musste sich beeilen, bevor der Wächter der Grabstätte eintraf. Sie sammelte die auf dem Boden zerstreuten Geldscheine auf, denn die Frauen hatten keine Zeit gehabt, sie in den Almosenkasten hinter der Tür zu werfen. Dann nahm sie die Schuhe der alten Frau unter ihren Arm.

Es waren neue, glänzende Schuhe, an dem nur ein wenig vom Schmutz des Weges haftete. Vielleicht waren sie für ihre Füße ein bisschen zu klein, aber es war ein guter Fang. Das weiße Taschentuch der jüngsten der Frauen stopfte sie in ihren Ärmel und konnte so ständig seinen bezaubernden Duft vernehmen. Das Taschentuch war der Grund dafür, dass Riema den Nelkengeruch später so sehr lieben und ihn sogar selbst herstellen sollte und sich jeden Morgen damit betupfte, um überall, wo sie ging, eine Spur von sich zu hinterlassen.
Somit verließ sie die Grabstätte, die sie erst Jahre später wieder aufsuchen sollte, um vom ehrwürdigen Heiligen das zu fordern, worum das junge Mädchen, die Besitzerin des Taschentuchs, einst gebeten hatte. Und zwar, dass er ihr, bevor es zu spät würde, einen liebenden und hingebungsvollen Mann schicke.

Das Geld würde ihr und ihrer Mutter ausreichen, um einige Wochen lang gut leben zu können. Sie könnten in die Stadt gehen, die sie nie zuvor gesehen hatte. Sie könnten sich ein ganzes Kuchenblech

mit von Zucker triefender Süßspeise oder gleich mehrere Teller der luxuriösen, mit Käse gefüllten Gebäcksorte kaufen. Riema hatte bisher noch nie von diesem Gebäck gekostet. Sie hatte nur von ihrem so überaus köstlichen Geschmack gehört, als wäre es eine Speise aus dem Paradies.
Was aber, wenn ihre Mutter das Geld in einer Ecke des Hauses verstecken würde,
dachte Riema bei sich, als sie das Geld in ihren Händen hin und her wälzte. Dabei hatte sie die Schmerzen ihrer Füße und den Stock aus Weißdorn schon fast vergessen. Ihre Mutter würde schroff zu ihr sagen:
„Ich werde es nicht zulassen, dass du das Geld verprasst. Wir können es für wichtigere Dinge als einen Kuchen verwenden, der schon nach wenigen Stunden stinkt und weggeworfen werden muss, da kann man sein Geld ja gleich in den Müll werfen."
Um Riema würde nie von der Krankheit namens Geiz genesen! Selbst dann nicht wenn ihr Augenlicht vom Alter so geschwächt wäre, dass sie Nadel und Faden zum Einfädeln direkt vor ihre Augen halten müsste. Es gab kein Entrinnen. Wie bei einer Öllampe, deren Öl zur Neige geht, wird auch das Licht ihrer Augen einst erlöschen. Das wird in naher Zukunft geschehen, in sehr naher Zukunft. Alle Dorfbewohner können sich noch an den Fluch ihres Vaters erinnern, dem sie einmal einen Teller mit Sirup und Fladenbrot vorenthalten hatte. Er prophezeite ihr, dass sie eines Tages erblinden werde. Irgendwann wird dieser Tag kommen, an dem der Fluch des im Grunde sehr gutmütigen Vaters in Erfüllung gehen würde.

Riema näherte sich ihrem Zuhause und hielt dabei die Schuhe der einen und das zarte weiße Taschentuch der anderen geflüchteten Frau zwischen ihren Brüsten. Sie hatte beschlossen, ihrer Mutter nichts von dem Geld zu erzählen. Sie wollte es alleine genießen und es auf ihre eigene Art und Weise ausgeben, bevor ihre Mutter es an sich reißen und in irgendeiner Ecke verstecken könnte.

Einige Tage später zog das osmanische Heer durchs Land und breitete sich wie eine Seuche in der gesamten Gegend aus. Die Soldaten machten sich sofort daran, alle Männer einzuziehen und sie in die osmanischen Truppen einzugliedern, Junge wie Alte gleichermaßen. In Vorbereitung auf den Krieg an der Seite Deutschlands standen die Armeen bereits an den Fronten im Norden, im Süden und jenseits des Meeres. Zu diesem Zeitpunkt war Raouf Bek Gouverneur der Stadt Latakia. Zahlreiche junge Männer der Stadt versuchten, sich der Wehrpflicht zu entziehen und die Todesreise zu umgehen, indem sie auf die Insel Zypern weit draußen im Meer flohen. Dort versteckten sie sich in den Lagerhallen unweit der von der Stadt ablegenden Schiffe. Das Fluchtfieber erreichte auch die umliegenden Dörfer, deren Söhne sich in den Unwegsamkeiten der Berge versteckt hielten, wo sie nur schwer auffindbar waren. Im Dorf Alia erfuhr man von der Einberufung in die Armee wegen eines bevorstehenden Krieges jedoch erst, als die Truppen der osmanischen Armee bereits die Dorfgrenzen erreicht hatten. Sie fingen die Männer ein, beschlagnahmten Geld und verbreiteten unter den Einwohnern

Angst und Schrecken. Nur wenige der jungen Männer konnten ihre Haut retten und in die weit entfernten Wälder und Höhlen fliehen, denn die Soldaten waren gut vorbereitet und umzingelten das Dorf mit ihren Gewehren. Riema und ihre Mutter hatten keinen Mann, von dem sie hätten Abschied nehmen müssen. Also standen sie schweigend inmitten des Treibens, Schreiens und Weinens der Frauen, während sich lange Reihen von Männern bildeten, die sich aus dem Dorf schleppten und deren Eisenketten, mit denen sie an Händen und Füßen angekettet waren, widerhallten.

Um Riema beobachtete die ganze Tragödie und schwor, dass nunmehr die Stunde gekommen sei, in der das Unmögliche möglich wird, und sich das Blatt zum Schlechten wendet. Die Männer fingen an, wie Frauen zu weinen, doch die Peitschen der neben den Männerreihen aufgestellten Militärs brachten sie zum Schweigen. Ihre Blicke verloren sich zwischen den aufgereihten Körpern, die direkt in den Tod marschierten.

Riemas Vorhaben, ihr Geld in der Stadt auszugeben, gestaltete sich als äußerst schwierig. Also harrte sie aus und wartete auf den Wanderverkäufer, der von Zeit zu Zeit auf einem Esel vorbeikam, um ihr ganzes Geld für neue Kleider und eine Packung bunter Taschentücher auszugeben. Es markierte den Beginn einer neuen Zeit, in die Riema eintreten sollte, jetzt da sie erwachsen wurde und ihre Körperformen sich zu runden begannen. Ihre Weiblichkeit, die nun vierzehn Frühlinge zählte, begann sich wie eine

Aprilrose zu entfalten. Ihr feuerrotes Haar wurde zu einem wehenden Erkennungszeichen, das mitten im Dorf wie ein Glühwürmchen hin und her flog. Schon lange hatte sie aufgehört, mit den Kindern in den Gassen herumzutollen oder mit den jungen Mädchen Verstecken zu spielen. Stattdessen legte sie ihren bunten Gürtel um die Taille und schaute verführerisch zur Wasserquelle, an dessen Ufer sie sich setzte und stundenlang darauf wartete, dass ihre Liebe in Form eines stattlichen Ritters auf einem weißen Pferd erschiene. Sie verharrte Moment um Moment und Traum um Traum und nahm dabei jede noch so zufällige Bewegung um sich herum wahr. Sie könnte ja der Beginn der Erfüllung ihres Wunsches sein. Und außerdem wartete sie schon ungeduldig auf den Wanderverkäufer, der einmal im Monat auf seinem mit interessanten Waren beladenen und völlig erschöpften Esel durch das Dorf zog.

In den Frühlingsmonaten waren die Nussschalen der Ersatz für ihren Rougepuder. Mit ihrer dunklen Farbe waren sie imstande, ihre Lippen in zwei reife, dicke Kirschen zu verwandeln, die einen wunderschönen Kontrast zu ihrem Gesicht bildeten. Sie hatte etliche heimische Nelken im Hinterhof gepflanzt, deren Blüten sie pflückte, um sie anschließend in einem alten Kupferkessel zu kochen. Das daraus entstehende reine und schwere Parfüm füllte sie dann Tropfen für Tropfen in kleine Fläschchen, die ihr das ganze Jahr über ausreichten. Damit konnte sie sich stets mit einer dicken Nelkenwolke umgeben.

Kapitel 7

Die Franzosen kamen und zogen wieder ab, aber sie blieben. Der Krieg mit Israel brach aus, aber sie blieben. Nun schien es so, dass es ihre eigenen Leute waren, die sie zur Flucht zwangen.

Um Ibrahim betastete ihre Matratze, die von der sommerlichen Feuchtigkeit angegriffen war und die Baumwolle in Klumpen verwandelt hatte. Die so entstandenen harten Furchen waren für ihren erschöpften Körper jeden Abend aufs Neue eine Herausforderung. Sie dachte bei sich, dass sie die Baumwolle aufschütteln sollte, schließlich war es schon eine ganze Weile her, dass sie sich diese Mühe gemacht hatte. Unter großer Anstrengung drehte sie ihren Körper stöhnend auf die andere Seite. Was hatte dieses Bett nicht schon alles erlebt in den letzten vierzig Jahren.

Die Farbe des Zimmers war jetzt, zu Beginn der achtziger Jahre, fahl und verblasst. Mitten im Zimmer glänzte die prächtige, schwarze Ebenholztruhe. Lächelnd betrachtete sie sie.
Eine bestimmte Art der Erinnerung kehrte meist dann zu ihr zurück, wenn sich eine Abreise ankündigte. So zum Beispiel an dem Tag, als die Franzosen abzogen. Die grellen, ineinander fließenden bunten Farben ihrer Bettdecke ähnelten an jenem Tag dem Gewand der Stadt Latakia, als diese förmlich in Fahnen, Schmuck und Basilikumduft unterging. Alles, was Beine hatte, versammelte sich auf dem Platz Scheich Dahir, und man hätte meinen können,

der Tag der Auferstehung wäre angebrochen: Autos, Geschrei und aufgerüstete Polizei - der Platz zog sie alle an. Sie nahm ihre Kinder und mischte sich unter die Menge von mehreren hundert Menschen, um das Spektakel zu verfolgen. Die ganze Stadt war in Bewegung und versammelte sich dort. Diesen denkwürdigen Tag würde sie nie vergessen, denn damals ging ihr Ibrahim verloren, der noch keine fünf Jahre alt war. Seine kleine Gestalt verschwand einfach inmitten der riesigen Zuschauermenge. Er ging verloren, als sie sich gerade hochreckte, um über alle Köpfe hinweg einen Blick auf den Gouverneur zu werfen. Nie zuvor hatte sie einen derart wichtigen Mann wie den Gouverneur zu Gesicht bekommen. Sie wollte nur eben sehen, ob er den einfachen Leuten ähnelte, während er auf dem Friedhof des Viertels die Blumenkränze auf die Gräber der sechsundsechzig Märtyrer legte. Sie konnte aber fast nichts sehen. Kaum hatte der Gouverneur seine offizielle Pflicht beendet, als sich die Polizei und ihre Helfershelfer aus dem Rathaus daran machten, die Zeremonie zu beenden und die Leute mit viel Geschrei auseinander zu treiben, indem sie mit Stöcken auf sie einschlugen.

Stunden vergingen, bevor die Männer des Viertels den kleinen Ibrahim wieder fanden und ihn aus einem Strom von Menschen herauszogen, die auf dem Weg in ein anderes Viertel waren. Er war blau angelaufen, zitterte und weinte. Um Ibrahim litt ihrerseits mehr als eine Woche lang unter den Schmerzen und einem lilafarbenen Bluterguss am linken Oberschenkel.

Heute sah der Platz Scheich Dahir ganz anders aus, als wäre es ein völlig anderer Ort. Er war mit Autos überfüllt. Versammlungen fanden dort nur noch in Form von Loyalitätsbekundungen und Lobesreden statt, nichts weiter. Keine Stimmen von Demonstranten erreichten das Haus von Um Ibrahim, wie damals, als sie auf dem Balkon auf Mariam wartete, die mit roten Wangen und völlig aufgeregt von der Demonstration zurückkehrte. Der Glanz der alten Häuser hielt sich nun verborgen hinter den Fahnen und den farbenfrohen Banderolen, und die Verzierungen auf den Steinbögen eigneten sich hervorragend zum Aufkleben der offiziellen Plakate.
Der Platz Scheich Dahir glich heute eher einer auffällig geschminkten Hure.
Aber warum kommen ihr gerade jetzt all diese Erinnerungen? Ihre Tochter Mariam ist der Meinung, dass man sich gerade dann an alle Einzelheiten seiner Vergangenheit erinnert, wenn man sich seinem Ende nähert. Aber ist das Ende wirklich nahe? Um Ibrahim wollte diesen Gedanken, der in ihr eine lähmende Depression hervorrief, abschütteln, weil er sie am Leben hindern würde. Und wenn sie sich nicht mehr bewegte, würde sie sterben.
Ruhe war für sie gleichbedeutend mit Tod.
Am Tag ihrer Hochzeit hatte der Schwiegervater ein Bündel Geld in ihren Schuh gestopft. Sie wurde auf ein weißes Pferd gesetzt, das mit Perlen und Zuckerrohr geschmückt war. Jemand kam und hob sie sogar in den Sattel, denn sie hatte damals wie heute eine zierliche Gestalt. Ihre Freude an jenem Tag war mit keinem Gold der Welt aufzuwiegen. Schließlich war sie ein junges Mädchen ohne Vater und

Mutter, mit einer breiten, großen Nase, die nur ihrem anonymen Vater zuzuschreiben war. Alle Dorfbewohner, sie eingeschlossen, dachten dabei allerdings an Allousch Al Khwaitha. Sie war also im Begriff zu heiraten und zwar den Sohn eines Scheichs, der zu den Großen seiner Zunft im Dorf gehörte, und dessen Familie eine enge Freundschaft zum Herrschaftshaus des Khediven Ismail in Ägypten unterhielt! Sie für ihren Teil wunderte sich nicht über das, was ihr zuteil geworden war. Sie hatte etwas in dieser Art erwartet. Als sie nämlich einst auf einem ihrer langen Märsche in die Berge unterwegs war, hatte sie zufällig eine alte Frau getroffen, die das Verborgene vorhersehen kann. Sie hatte ihr vorausgesagt, dass sich ihr Leid in Segen verwandeln würde. Wenn sie zur Wasserquelle des Dorfes ginge, wo die gute Dämonin wohnt und ihr das Kostbarste, das sie besitzt, zuwerfen würde, dann würde die Dämonin ihre Gebete unverzüglich erhören.

Und so geschah es auch. Eines frühen Morgens machte sich Um Ibrahim auf zur Wasserquelle. Sie dachte an ihre Mutter Riema und an das Geflüster, das an keinem einzigen Tag versiegt war, obwohl schon etliche Jahre seit deren Ableben vergangen waren. Die Leute von Alia ließen sie mit ihrem Geschwätz nie in Ruhe. Sie machten sich mit und ohne Grund darüber lustig, wie sie sich zur Schau gestellt hatte. Die Herumtreiberin, die ihre engelhafte Schönheit und ihr rotes Haar am Ufer der Wasserquelle den Blicken preisgegeben hatte. Wann immer sich eine Möglichkeit bot, kommentierten sie das skandalöse Benehmen ihrer Mutter. Gleichzeitig

beneideten sie Riema um ihr Glück, von einer Frau wie ihrer Großmutter Um Riema erzogen worden zu sein, dabei die Verfehlungen ihrer Mutter jedoch maßlos übertrieben.
„Könnte es denn sein, dass ihre Mutter eben diese Dämonin ist?", fragte sie sich, als sie das weiße Gesicht der Dämonin im klaren Wasser betrachtete. Auch das Gesicht ihrer Mutter war freundlich und schön gewesen. Selbst das Geschwätz der ganzen Welt konnte ihre tiefsten Gefühle, die sie für ihre Mutter empfand, nicht mindern. Aus unerklärlichem Grund vernahm sie plötzlich den Duft von Nelken, der eine Erinnerung aus der Vergangenheit in ihr weckte.
An diesem Tag nahm sie zum ersten Mal ihren Silberring vom Finger. Der Ring war das einzige, ihr von ihrer Mutter verbliebene Erinnerungsstück. Ein alter Scheich hatte ihn ihr eines Tages, in Stoff eingewickelt, überbracht, eine Hinterlassenschaft ihrer schmerzlich vermissten Mutter Riema. Sie nahm nun den Ring, warf ihn in die Tiefen der Wasserquelle und glaubte, dass keine fremde Hand ihn jemals erreichen würde. Vielleicht würde er sogar, sollte ihre Eingebung wahr werden, zu seiner ursprünglichen Eigentümerin zurückkehren.
Bevor Um Ibrahim den Ort verließ, flüsterte sie der Dämonin zu, sie möge ihr einen mit Stolz gekrönten Mann schicken, der sie heiraten würde.
Am Tag ihrer Hochzeit ritt sie nun hoch zu Pferde durch das Dorf. Das Gefolge wurde mit traditionellen Gesängen und Freudentrillern empfangen. Von den Dächern fielen - im Takt zum Stampfen der Pferde - Süßigkeiten und Reis herab. Kaum war

sie abgestiegen, nahm sie die Geldstücke aus ihrem Schuh und warf sie den im Kreis stehenden Kindern zu, die ihr in einem Sturm fröhlichen Geschreis folgten. Bevor sie über die Schwelle des neuen Hauses trat, zerschlug ihre Schwiegermutter ein Glasgefäß, das ihr aus dem Haus der Großmutter Um Riema gestohlen schien. Vielleicht war es sogar das Ölgefäß, das ihr so lieb war. Das betrübte sie zutiefst. Die Großmutter würde nun, nachdem es verschwunden war, sehr ungehalten sein. Selbst wenn der Diebstahl in der Absicht geschah, das Leben ihrer Enkelin vor den Verschwörungen der Teufel zu schützen.

Seit jenem Tag hatte sich ihr Leben grundlegend verändert. War der Erdboden etwa zornig geworden, als sie ihn verlassen hatten, um in die Stadt zu gehen? Oder war der Segen vielleicht im ganzen Land knapp geworden?!

Die Großmutter war über die Heirat nicht gerade erfreut, obwohl sie lange schon von keiner anderen als eben dieser für ihre Enkelin geträumt hatte. Im Grunde hasste sie aber alles, was mit den Scheichs in Verbindung stand und bezeichnete diese lautstark als Heuchler.

Anfangs hatte sie sich über den Scheich, der um die Hand ihrer Enkelin anhielt, noch lustig gemacht. Sie hatte ihn bereits als Kind gekannt, als er immer stocksteif und bleich wie ein Gespenst dastand, immer mit seinen Büchern unter dem Arm. Dann ließ sie sich zu ironischen Kommentaren hinreißen, die seine gesamte Sippe betrafen. Außerdem verbreitete sie das Gerücht, dass sein Vater die Dämonen einberief, damit sie nachts beim Mondschein seine Weizenfelder ernteten. Als die Dämonen aber erfahren hatten, dass er die Menschen dauernd schlecht behandelte, brachten sie ihm die gesamte Ernte der Saison ein, die noch grün und völlig unreif war.

„Scheichs und Betrüger sind sich alle gleich. Sie bekommen Geld für ihr ewiges Gerede", rief sie mit ihrer rauen Stimme vom Ende des Zimmers herüber. Danach nahm sie schmatzend einen so tiefen Zug an ihrem Zigarettenstummel, dass er sich bis in ihre Fußspitzen ausbreitete.

Trotz all dieser Äußerungen willigte sie schließlich widerspruchslos in die Vermählung ihrer Enkelin mit diesem gespenstischen Scheich ein. Sie dachte sich, dass es wohl die einzige Möglichkeit sei, die Enkelin von ihrer Last zu befreien. Ein ganz einfaches Mädchen mit einer solchen Mutter, einer Herumtreiberin, könnte sich schließlich keinen besseren Ehemann wünschen. Auf jeden Fall hatte sie es verdient, ein schöneres und besseres Leben zu führen, als es ihrer traurigen Großmutter beschieden war. Gleichzeitig war sie davon überzeugt, dass ihre Enkelin wohl keine einzige schöne Stunde mit ihm erleben würde. Ihr war klar, dass sie ihr Leben nur als unbezahlte Dienerin im Hause des Scheichs verbringen würde, obgleich der sich zu den Nachkommen der würdigsten Scheichs zählte.

Am Hochzeitstag lud die Großmutter Um Riema ihrer Enkelin, die damals noch Sumaya und nicht Um Ibrahim gerufen wurde, die schwarze, mit Muscheln und Silberfäden verzierte Ebenholztruhe auf. Sie war leer, als Sumaya sie mitnahm. Ihre Großmutter hatte

sie jahrelang als prunkvollen Esstisch mitten in den Hof des Hauses gestellt.
Um Ibrahim lag noch immer auf dem Bett und schwelgte in ihren Erinnerungen.
Sie vernahm den Ruf des Scheichs, eine anziehende Stimme voll jugendlicher Männlichkeit. Durch seine Stimme fühlte sie sich in eine junge Frau von zwanzig Jahren zurückversetzt, deren dicke schwarze Zöpfe ihren aufrechten Rücken zierten. Kaum war sein Rufen verklungen, eilte sie zu ihrer Parfümflasche mit dem betörenden Duft, damit würde sie sicher die Begierde des Scheichs steigern. Sie tropfte etwas davon zwischen ihre Brüste und verrieb es unter den Ohren und Nasenlöchern. Diesen Zauber hatte ihr die Nachbarin Khalida verraten, die eine Meisterin der Verführungskünste war und genau wusste, wie man einem Mann am besten den Kopf verdrehen konnte.

Der Scheich spähte durch die angelehnte Tür ihres Zimmers und fragte leise: „Die Kinder, wo sind sie?"
„Auf der Straße … sie spielen."
Etwas in seinem Blick ließ ihre Brüste beben, und sie erzitterte wie ein Blatt. Abu Ibrahim vernahm den Duft, der ihn, bevor noch der gesamte Raum davon erfüllt war, vollends betörte. Damals war sie noch nicht vom Geruch der Tabakfabrik eingehüllt. Mit ganzer Kraft schubste er ihre kleine Gestalt auf das Bett und knetete ihre harten Brüste, ohne sie zu entblößen und ohne jegliche Erregung zu zeigen. Und schon hatten sich die milchigen Tropfen auf ihrem bunten Kleid ausgebreitet. Schnell hob er ihr Kleid und sein Gewand hoch und zog ihre Beine

auseinander. Das Quietschen vom Bett erfüllte das stumme, schwüle Zimmer mehr und mehr. Sein Körper begann zu schwitzen, sein Atem wurde schneller, bis er die Augen schloss und seinen Atem für einen kurzen Moment anhielt. Dabei spürte sie, dass der Scheich seinen Höhepunkt erreicht hatte. Sie wusste, sein Atem würde wieder langsamer und ruhiger werden, bis er schließlich ganz zur Ruhe kam.

Bevor er sich auf den Weg zur Toilette am Ende des Hofes machte, um sich zu reinigen, hob der Scheich wortlos sein Gewand auf und wischte seine Nässe mit einem weißen, an der Bettseite zusammengefalteten Stofftuch ab, das eigens für seine Laune bestimmt war. Um Ibrahim blieb nichts anderes übrig, als sich mühsam zu erheben und das Bett von dem Laken zu befreien, das mit klebrigen, bereits gelblich werdenden Flecken verschmutzt war. Dann wartete sie ab, bis der Scheich die Toilette verließ, damit sie ebenfalls hineingehen konnte, um sich zu waschen. Es könnte ja etwas in ihr zurück bleiben, von dem sie eines Tages nicht mehr wüsste, was es ist. Etwas, das ununterbrochen pochte, sobald der Scheich versuchte, in sie einzudringen.

Dann Momente der Erinnerung an die Gespräche, welche die Frauen des Viertels im Hammam am Markt führten. Endlose Gespräche, denen sie lauschte, seitdem sie ein junges Mädchen war. Insbesondere das Gerede von Khalida, jener Nachbarin, die keine Scham kannte und sich auch nicht scheute, auf alle Einzelheiten des Beischlafs mit ihrem Ehemann einzugehen. Sie sprach von ihrem Mann, der sie wie ein Bulle unersättlich jede Nacht aufs Neue mit Liebkosungen betrunken machte, so dass sich ihr Körper aufzulösen und ihre Seele zu entschwinden schien.

Sie sprach mit genussvollem Lächeln, während sich ihre Augen mit den von ihr beschriebenen Szenen füllten. Über den Apfelsaft, den ihr Mann auf ihre Brüste tropfte, um ihn dann wie Alkohol von ihrem feurigen Körper zu schlürfen, wobei der Apfelgeschmack ein ganz anderer geworden sein soll. Khalida fügte hinzu, dass ihr Mann überhaupt keinen Alkohol trinken würde, denn er sei ein gläubiger Mann. Seine verspielte Zunge sei jedoch in der Lage, Ekstase auch ohne jeglichen Alkohol auszulösen. Dann rief Khalida in die Gesichter der ihr zuhörenden, wissbegierigen Frauen: „Bei Gott, ich schwöre Euch. Ich hatte an meinem ganzen Körper eine Gänsehaut und zitterte von Kopf bis Fuß."
Daraufhin lachte sie lauthals und entblößte ihre großen Zähne. Die blonde Georgette, eine der Hübschen und Verwöhnten des Viertels, erwiderte daraufhin, indem sie ihre langen Haare hin und her wippen ließ: „Mein Mann, Abu Emil, meint, ich hätte eine Vulva, die selbst den sittsamsten Mann verrückt werden lässt. Sie ist kleiner als ein Nadelloch."
So steigerte sich das Gespräch immer weiter. Die Frauen breiteten angeberisch ihre intimsten Geheimnisse voreinander aus, während sich Um Ibrahim immer mehr in sich zurückzog. Seit Jahren und bis heute ging es ihr so. Sobald diese Frauengespräche begannen, zog sie sich zurück und verstummte. Der Genuss, den sie noch nie kennen gelernt hatte, erschien ihr wie ein unbekanntes Rätsel, so wie das

Geflüster der Liebenden in warmen Sommernächten. Immer wenn Khalida das Gespräch wieder auf dieses Thema lenken wollte, stellte sich Um Ibrahim taub und langsam begann sie sich darüber zu ärgern. Sie beschloss einfach, „das da unten“ zu vergessen und an Wichtigeres zu denken. Es gab Wichtigeres als dieses schamlose Sündigen, wie zum Beispiel der Haushalt, die Kinder und am allerwichtigsten, Scheich Abu Ibrahim zu dienen. Das pulsierende Etwas „da unten“ hatte sie schon lange nicht mehr interessiert.
„Um Ibrahim!“
Der plötzliche Ruf kam ihr in diesem Moment wie ein aufschreckender Hilferuf vor, der sie augenblicklich in das Hier und Jetzt zurückholte und sie all die schweren Jahre vergessen ließ. In plötzlicher Panik lief sie sofort zu ihm in das Nachbarzimmer. Der Scheich schlief sanft, als schwebte er im siebten Himmel, als ob er keine einzige Silbe von sich gegeben hätte. Aber sie war sich ganz sicher, einen Schrei gehört zu haben, der sie abrupt aus ihren Erinnerungen gerissen hatte. Sie sagte zu sich: „Der Teufel soll uns bewahren vor all dem, was noch bevorsteht. Vor den Ereignissen, die mit solcher Beharrlichkeit an die Türen klopfen und den Scheich beunruhigen, so dass er ohne Schlafmittel kaum mehr ein Auge zumachen kann.“

Sie bat Gott um Beistand und stand entschlossen auf, um einige der durchsichtigen Weihrauchtropfen mithilfe eines löchrigen, kupfernen Behälters zu verteilen. In der Hoffnung, es würde vor dem drohenden Unheil schützen, lief sie damit durch das ganze

Haus, damit sich der entstehende Rauch überall verteilen konnte.
Als Mariam eintrat, war der betörende Weihrauchduft noch immer in allen Ecken des Hauses zu vernehmen. Mariam überbrachte eine tragische Nachricht über Scheich Asad Al-Anied, der vor der Tür seines Hauses ermordet worden war. Für Um Ibrahim war das wirklich eine schreckliche Nachricht. Sie stand fassungslos da und wusste nicht, was sie sagen sollte. Sie dachte an Abu Ibrahim und daran, wie er eine solche Nachricht wohl aufnehmen würde?! Der Schock darüber könnte auch seinen Tod auslösen. Eine solche Nachricht hatte gerade noch gefehlt. Die letzte Zeit war ohnedies schon von Unruhe, Niedergeschlagenheit und Angst geprägt. Sie spürte, was in ihm vorging, was er empfand und vor ihr zu verheimlichen suchte.
Sie war sich schon sein langem darüber im klaren, was sich in ihm abspielte, schwieg aber darüber. Letzten Endes würde er der Scheich bleiben, und sie war sehr darauf bedacht, nichts zu unternehmen, was seinen Stolz kränken oder seine Zufriedenheit mit ihr schmälern könnte.
Mariam flüsterte, als würde sie ihr etwas Gefährliches sagen: „Ich habe geträumt, dass sich der Himmel rot färbte, als würde er bluten. Überall Nebel und Wolken. In unserem Haus hatten sich viele Menschen um meinen Vater gescharrt. Menschen ohne Gesichter und ohne Konturen. Er lag wie niedergeworfen auf seinem Bett. Ich bin sofort aufgewacht und dachte, ich müsste ersticken…"
„…"
„Mutter, wäre es nicht besser, wenn ihr darüber

nachdenken würdet, diesen Ort hier zu verlassen?"
Mariam sagte nichts Neues, denn sie hatte nur das wiederholt, was im Kopf ihrer Mutter ohnehin schon vorging, nämlich diesen Ort zu verlassen. Vielleicht wäre das die einzige Lösung. Um Ibrahim streifte durch die Wohnung. Mariams Traum deutete eine bevorstehende Katastrophe an. Ihre Träume waren bisher immer wahr geworden, und sie glaubte an die Fähigkeit ihrer Tochter, Ereignisse vorhersehen zu können.
Die Angst, die sich in den Herzen aller Menschen im Viertel, in der Tabakfabrik und auf den Strassen ausbreitete, und der Mord an Scheich Asad Al Anied, einer der bedeutendsten Scheichs der Religionsgemeinschaft, bedeuteten gleichzeitig, dass auch jeder andere Scheich getötet werden könnte. Wäre es denn überhaupt möglich, ihr Haus zu verlassen, nachdem sie ihr ganzes Leben hier verbracht hatten?
Sie verspürte ein großes Bedürfnis zu weinen. Auf dem Balkon ließ sie ihren Tränen freien Lauf, dabei schaute sie auf die dicht aneinander gereihten Häuser des Viertels, eines nach dem anderen, bis ihr Blick zur grünen Holztür ihres eigenen Hauses gelangte. Der Eingang befand sich genau in ihrem Blickwinkel. Ein ziemlich großer Kanister voller reifer Pfefferminzbüsche stand daneben. Sie hatte ihn einst von einer alten Frau geschenkt bekommen. Damals ragten die Pflanzen kaum aus der Erde hervor. Die alte Frau hatte noch hinzugefügt, dass diese Pfefferminze gesegnet und nicht ihr alleiniges Eigentum sei. Sie müsse sie all denen zur Verfügung stellen, die ihrer bedürften. Würde Um Ibrahim

dieser Aufforderung folgen, würde ihr und ihrer Familie nur Gutes widerfahren. Würde sie jedoch jemandem die Pflanze vorenthalten, würden die Blätter auf der Stelle verwelken und das Gute würde sie verlassen. Auch im Falle eines Diebstahls würde die Pflanze sofort sterben und dem Missetäter nur Pech bringen.

Um Ibrahim war damals der Empfehlung der alten Frau gefolgt und hatte den Topf vor dem Hauseingang stehen lassen. Jeder, der an ihm vorbeiging, pflückte sich, was er brauchte. Die Pfefferminze war wegen der besonderen Inhaltsstoffe ihr bevorzugtes Heilmittel gegen Koliken, Bauch- und Magenschmerzen. Sie mischte sie fast unter alle Speisen und trank fast täglich ein Glas davon. Es war ihr jedoch bisher nicht gelungen, den Scheich an den beißenden und kraftvollen Pfefferminzgeschmack zu gewöhnen. Im Laufe der Jahre waren die kleinen Pflänzchen zu erstaunlich grünen und reifen Büschen herangewachsen, obgleich kaum ein Tag verging, an dem sie nicht mehrere Büschel pflückte.

Im Viertel angekommen ließ Angela ihre Mutter allein die Treppenstufen erklimmen, während sie sich zu ihren Freunden gesellte, einer Gruppe von Jungs. Kaum hatte sie sich hingesetzt, sprang sie wieder auf: „Ich muss gleich wieder gehen. Ich muss mit meiner Großmutter noch meine Urgroßmutter besuchen."
„Deine Urgroßmutter lebt noch?!!"
„Ja selbstverständlich. Sie sieht noch ganz jung aus."
„Ein junges Mädchen, das hundert Jahre alt ist!"

Die Jungen prusteten vor Lachen, während Angela genervt mit ihren roten Zöpfen wippte und die Freunde und diesen Besuch hinter sich ließ. Einer rief ihr noch nach: „Beeilt euch, sonst ist die Mutter deiner Großmutter vielleicht schon tot, bis ihr ankommt."

Bevor Angela die lange Treppe zu ihrer Wohnung hinauf ging, klopfte sie drei Mal lang und einmal kurz an die Kellertür und flüsterte: „Ich bin es." Allein das Klopfen an der Tür von Sanaa bereitete ihr ein solches Vergnügen, als würde sie einem Kinofilm mitspielen. Als sich die Tür öffnete, fand sie Sanaa völlig verschwitzt und von der stickigen Luftfeuchtigkeit ermattet vor. Wie üblich hielt sie das kleine Radio an ihr Ohr gedrückt und versuchte, unter all den lauten Geräuschen noch eine klare Stimme auszumachen, während sie mit der anderen Hand Wortfetzen auf kleine Zettel schrieb. Angela küsste sie zur Begrüßung und gab ihr eines der beiden geschmolzenen Schokoladenstücke, die sie gerade gekauft hatte.

Angela flüsterte ihr ganz leise etwas ins Ohr, ohne dass ihr überhaupt bewusst war, weshalb sie so leise sprach: „Es waren zwei Männer da, die gestern meine Großmutter Um Ibrahim fragten, ob sie ein fremdes Gesicht im Viertel gesehen hätte. Die Großmutter hatte dies verneint."

Angela fügte voller Eifer hinzu: „Scheinbar kamen sie von deinen Brüdern."

Nachdem Angelas Schritte auf der Treppe verhallt waren, beschloss Sanaa, nicht wieder in einen Wirrwarr von Spekulationen zu versinken. Nein, sie würde die Angelegenheit mit den zwei Männern und deren Frage trotz der großen Wichtigkeit einfach vergessen und wieder dem lauschen, was sie zuvor gehört hatte. Sie hatte die Angewohnheit, fleißig Zettel zu beschreiben und diese dann an den kahlen Zimmerwänden aufzuhängen. Würde sie darüber nachdenken, was ihr Angela gerade gesagt hatte, würde sie das nur noch mehr beklemmen, wo sie doch gezwungen war, ewig in diesem ihrem Grab auszuharren.

Die hohe, sommerliche Luftfeuchtigkeit hatte aus den Wänden, an denen die vielen Zettel hafteten, einen fruchtbaren Hort für Schimmel gemacht. Die Feuchtigkeit verwandelte die Buchstaben in Tintenflecke und anschließend fielen die Zettel herunter.

Sanaa beschrieb sie dann noch einmal und klebte sie erneut an die Wand, bis sie wieder abfielen. Diesen Vorgang wiederholte sie dann immer wieder von neuem.

Die Frauen der Kharidjiten nahmen an den Kriegen gegen die Obrigkeit teil.

Die Frauenarmee setzte sich aus hundertfünfundfünfzig Kämpferinnen zusammen.

Im siebten Jahrhundert nach Christus wurde Ghazala ihre Anführerin.

Den einen oder anderen Zettel hatte sie bereits zum dritten Mal beschrieben:

Die Umayyaden stellten die Leichen der Kharidjitinnen nackt auf dem Markt zur Schau.

Die kharidjitische Bajaa wurde hingerichtet. Ihr wurden die Hände, Beine und vielleicht auch andere

Körperteile abgehackt.
Gahiza, Farasha, Um Hakim, Fariaa…
Kharidjitische Frauennamen, die sich trotz eines gewissen Widerstands in die patriarchalische Geschichte eingeschrieben haben.
…

Sie zeigte sich mit diesen beiden Zetteln zufrieden, stand auf und klebte sie an die Wand, lächelte und nannte sich selbst eine Kharidjitin. Die Vorstellung, dass die Obrigkeit ihre eigene Leiche auf einem der Plätze der Stadt zur Schau stellen könnte, beispielsweise auf dem Platz Scheich Dahir, war ihr zutiefst zuwider. Und dass sich Menschen murmelnd und wie verängstigte Mäuse um ihre Leiche scharen. Es sind jene Frauen, die - durch die Geschichtsschreibung der Herrschenden in die Unbekanntheit verbannt – ausradiert werden sollten.

Vielleicht machten sie dies auch mit vielen anderen Frauen, den Mutazilitinnen und Karamatinnen und so weiter... Auch viele Männer waren ausradiert worden, vielleicht sogar ganze Kulturen, weil sie sich aus der vergoldeten Geschichtsschreibung und deren eleganten und genau abgegrenzten Rahmen heraus wagten. Werden auch wir nach alledem aus der Geschichte Syriens gestrichen?
Sanaa dachte darüber nach, als ihr Blick auf die über die Zementwand verstreuten Zettel fiel. In diesem Kosmos gab es keinen Platz für Randfiguren. Doch plötzlich musste sie lachen. Trotz der sie überkommenden Leere spürte sie eine gewisse Hoffnung. Eines Tages würde überall Frieden herr-

schen, und es würde sich verwirklichen, woran sie glaubte: Gerechtigkeit, Freiheit, Gleichberechtigung. Und wofür sie einen unendlich hohen Preis bezahlt hatten. Sie befürchtete, dass vielleicht ein noch weitaus höherer Preis dafür bezahlt werden müsse.
In fünf Minuten müsste Ahmad eintreffen. Sanaa hatte den mit Milch und Weizen gefüllten Tonteller, den ihr Um Ibrahim heute Morgen vorbeigebracht hatte, noch nicht angerührt. Sie hatte ihn stehen lassen, um ihn gemeinsam mit ihm zu essen. Irgendwie erinnerte Um Ibrahim sie an ihre Mutter. Sie besaß die gleiche flache Nase, und ihr Gesicht strahlte eine ähnliche Wärme und Fröhlichkeit aus. Eigenartig, wie sie sich daran gewöhnt hatte, jeden Morgen dieses Gesicht zu sehen. Inmitten all dieser Leere war ihr eine ungeahnte Wärme und Zuneigung zuteil geworden.
Hatte sich ihre Mutter jemals vorstellen können, was mit ihrer Tochter geschehen würde?
Sie war ein einsames Dorfmädchen, das seine Zeit mit dem Melken der Kühe auf den weiten Feldern und stundenlangen Tagträumen vor dem Haus verbracht hatte. Am Abend vergrub sie den Kopf unter ihrer Bettdecke, um ein Romanheftchen zu lesen, das sie weit über die schlichten Dorfhäuser hinaus trug. Vielleicht war ihre Mutter mit ihrer eingeschränkten Phantasie gar nicht in der Lage, ihr späteres Schicksal zu verstehen. „Wie sehr ich mich doch nach ihr sehne“, flüsterte Sanaa.

Ahmad hatte sich verspätet. Sie vergewisserte sich, dass der blaue Vorhang mit den weißen Punkten am Fenster des Kellers angebracht war. Das war ihr

Zeichen, das Sicherheit signalisierte. Ahmad würde nicht hineingehen, wenn das Fenster nicht vollständig zugehängt wäre ... Aber Ahmad kam und kam nicht!
Es war noch nicht viel Zeit vergangen, seit Sanaa nach Latakia gekommen war. Ungefähr drei Jahre war es her, nicht mehr, dass sie von der Obrigkeit als gefährlich eingestuft und verfolgt wurde. Zunächst bei ihrem Onkel am Ende des Ramel Viertels im Norden untergekommen, musste sie mehrere Monate zähneknirschend aushalten. Er hatte neun Kinder und zwei Frauen und seine Wohnung besteht nur aus zwei Zimmern und einer Küche. Es vergingen schreckliche Tage, bis es ihr endlich gelang, ein Gemeinschaftszimmer im Studentenwohnheim am östlichen Ortseingang zu beziehen. An jenem Tag, als sie Aghid kennen lernte, wollte sie das Zimmer im achten Stock eigentlich nicht mehr verlassen. Ihre zwei Zimmergenossinnen hatten alles für den Matti Tee vorbereitet. Sie hatten vor, auffällig geschminkt in die große Parkanlage hinunterzugehen, welche die Hochhäuserblocks umgab. In einem für die Bewohner des männlichen als auch des weiblichen Wohnheims gemeinsamen Park konnte man auf einem großen Gelände zusammenkommen. Er war von geheimnisvollen Geschichten umwoben. An jenem Tag wollte Sanaa nicht unbedingt hinuntergehen. Das Zimmer zog sie wie eine liebevolle Mutter an, und der Balkon ermöglichte ihr einen Blick ins Weite. Die Neugier, das Unbekannte zu erfahren, war jedoch stärker. So ging sie hinunter und lernte diesen jungen Mann kennen, der eine Zigarette der Marke Ebla rauchte und ein verwaschenes, zerknittertes,

rotes Hemd trug. Er fiel ihr inmitten der großen Gruppe Jugendlicher sofort auf. Sanaa hatte nicht im Traum daran gedacht, dass auch sie ihm irgendwie aufgefallen sei, denn sie war dünn wie noch nie, ihre Kleidung war stark vernachlässigt und sie hatte keinen Schönheitspuder aufgetragen.
An den folgenden Tagen wurde sie von der Parkanlage magisch angezogen, als ob sich keine geringeren als die Sirenen in ihrem Schatten anlehnten oder eine unsichtbare Hand sie zum Gehorsam zwingen würde. Aghid war immer dort und trug sein verwaschenes, zerknittertes, rotes Hemd. Sie kann sich heute gar nicht mehr daran erinnern, wie er sie angesprochen hatte. Es kam ganz überraschend und ohne Einleitung und ging ebenso schnell vorüber. Plötzlich hatte sie sich allein mit ihm, vertieft in ein Gespräch, hinter einem dichten und übel riechenden Oleander wieder gefunden. Es vergingen Monate, bevor sie sich das erste Mal umarmten. Aghid war damit beschäftigt, ihr stapelweise Bücher zu geben. Anfangs hatte sie alle ernsthaft und aufmerksam gelesen. Doch bald begann sie, die Seiten mit nachlassendem Interesse durchzublättern.

„Ich habe es verstanden“, schrie sie ihn eines Tages an, nachdem es ihr zu viel geworden war.
„Ich habe die Dialektik und die Notwendigkeit eines Proletariats … verstanden. Bei Gott, ich habe die Theorie von Marx und die Gedanken Lenins und was zu tun ist, alles auswendig gelernt. Bitte Aghid, sei gnädig mit mir…Schluss damit.“
Er lachte wie nur selten und so stark, dass ihm die Augen tränten.

„Jetzt erst kann ich dich für den Eintritt in die Organisation vorschlagen."
„Du, mich vorschlagen? Und was für eine Organisation ist das?"
„Das ist, was du nicht erfahren darfst. Deine Beziehung wird zu mir sein… nur zu mir. Und wenn es soweit ist, sprechen wir über alle Einzelheiten, egal wie belanglos sie auch sein mögen."
„…"
Und so war es.
Nach weniger als einem Jahr fand sich Sanaa in einer linken, geheimen Organisation wieder und steckte mitten in der Auseinandersetzung um die überholten Gedankengüter in der Gesellschaft bis hin zur Frage der Staatsherrschaft.
Mehr als zehn Minuten waren nun schon seit dem verabredeten Zeitpunkt vergangen. Sanaa entschloss sich, schnell zu handeln. Sie hatte das Gefühl, dass etwas Ernstes geschehen war. Sie ging bis zur anderen Seite des Zimmers und ärgerte sich über sich selbst, dass sie solange damit gewartet hatte, hier aufzuräumen. Vielleicht war das geheime Versteck aufgeflogen und die Sicherheitskräfte waren schon unterwegs, das Zimmer zu stürmen. Vielleicht war das der Grund für Ahmads Verspätung!!
Eilig legte sie alle ihre Bücher, die Schriften der Organisation, Zeitungen, Zeitschriften und einige geheime Bekanntmachungen sowie einen Stapel vergilbter, wegen der Feuchtigkeit aneinander klebender Flugblätter, in einen großen Karton, den sie bislang als Tisch benutzt hatte. Plötzlich kam ihr in den Sinn, was Angela über jene zwei Männer und deren Fragen gesagt hatte. Laut begann sie,

diese kleine Stadt zu verfluchen, die sie dazu gebracht hatte, sich wie eine eklige, blinde Ratte in ihrem Loch zu verstecken. Die Leute kannten sich hier alle in- und auswendig. Es war unvermeidlich, dass sie den Menschen hier sofort auffiel, während die Genossen in den großen Städten, obwohl sie abgetaucht waren, hinausgehen und mit etwas größerer Vorsicht als sonst doch ein ganz normales Leben führen konnten.

Sanaa stapelte den gesamten Schatz an Blättern, den sie gesammelt hatte, in der Nähe des Fensters aufeinander und begann mit fahriger Hand, jeden Stapel einzeln zu verbrennen. In wenigen Minuten verwandelte sich jedes bedrohliche Papier in ihrem Zimmer zu Asche. Nur ihre beschriebenen Zettel verklebten weiterhin die nackten Zementwände.
Jetzt war schon eine halbe Stunde seit dem vereinbarten Zeitpunkt vergangen. Sanaa, mittlerweile völlig fahl im Gesicht, hatte sich darauf eingestellt, diesen Raum zu verlassen. Es wäre wohl das einzig Richtige in einer Situation wie dieser. Dann hörte sie drei lange und ein kurzes Klopfzeichen, das Zeichen dafür, dass die Gefahr vorüber war.
Nachdem Ahmad wieder zu Atem gekommen war, flüsterte er ihr bestürzt zu: „Sie haben Samer Al Bizra festgenommen."
Wie jedes Mal, wenn Sanna eine solche Nachricht erreichte, lief es ihr eiskalt über den Rücken und ein tiefer Schmerz bohrte sich in ihr Herz. Sie setzte sich und wirkte noch blasser. Wissbegierig hörte sie Ahmad zu, was er zu berichten hatte und wie Samer festgenommen worden war. Demnach war es den

Sicherheitskräften gelungen, einen seiner inhaftierten Genossen zu zwingen, mit ihnen zusammenzuarbeiten. Der hatte Samer erst kürzlich in der Nähe der Wohnung, in der er seinen Unterschlupf hatte, kennen gelernt. Nicht weit von hier.

„Er hatte ihn wieder erkannt, trotz des Umhangs, der mehr als die Hälfte seines Gesichts bedeckte."

„..."

„Ich musste mich erst vergewissern, dass mir keiner gefolgt ist und dass... kurzum, deshalb habe ich mich verspätet."

„..."

Ahmads Worte bedeuteten, dass Sanaa noch weitere Vorkehrungen treffen musste, damit ihr Versteck geheim bliebe. Traurigkeit überkam sie, und darüber vergaß sie ganz, Ahmad von ihrem neuen und interessanten Spitznamen zu erzählen, den sie sich ausgedacht hatte: Sanaa, die Kharijitin. Sie erwähnte ihm gegenüber weder das Buch über die Kharijiten, das sie gestern zu Ende gelesen hatte, noch ihrer kürzlich gezogenen Schlussfolgerung, dass sich die Oppositionsbewegungen in der Geschichte alle ähnlich seien. Auch die Machthabenden scheinen sich zu ähneln, egal wie sie entstanden waren. Sanaa hatte vor, Ahmad von ihrer starken Sehnsucht zu erzählen, ihre Mutter wieder zu sehen. Sie wollte ihm anvertrauen, dass sie sie schon bald besuchen würde. Sie wollte zusammen mit ihm über den Zustand lachen, dass sie sich wie ein Säugling nach ihrer Mutter sehnte, wo sie doch einst das Elternhaus mit dem Schwur verlassen hatte, diesen Ort nie wieder zu betreten. Zu ihrem eigenen Erstaunen verspürte sie gar keine Freude, als Ahmad ihr zwei Geldscheine, je hundert syrische Pfund, von der Organisation hinwarf, obwohl sie schon seit Tagen auf jeden Cent gewartet hatte. Die ganze Zeit über hatte sie von den eigenartigen Gerichten gelebt, die ihr Um Ibrahim gebracht hatte.

Sie fühlte sich vollkommen leer, sogar bar der eben noch empfundenen Traurigkeit.
Die tags und nachts eingeschaltete gelbe Lampe, die von der Mitte der Zimmerdecke herab hing, beleuchtete ihre blassen, unruhigen Gesichter in dem Qualm, der durch das Verbrennen der Papiere entstanden war und noch immer das Zimmer mit seinem Geruch erfüllte. Ahmad gab ein müdes Lächeln von sich und bemühte sich, die Verwirrung zu zerstreuen. Mit gekünsteltem Eifer überbrachte er Sanaa Informationen, an die er kürzlich gelangt war, über die weit entfernten Zellen der Organisation, über die Nachrichten aus den Bezirken, die Richtlinien, die das Zentralkomitee bekannt gab und die Tätigkeiten der örtlichen Komitees. Schließlich erzählte er ihr von den wiederholten Inhaftierungen, unter denen auch die anderen oppositionellen, linken und religiösen Organisationen zu leiden hatten. Seine ruhige, fließende Stimme vermittelte ihr ein Sammelsurium sinnlicher Wahrnehmungen, das sich mit Sanaas anderer Welt, dem vergessener Keller, vermischte. Seine Stimme war die Kontaktfläche zur gesamten Außenwelt. Und doch war es eine tote Stimme, ohne jegliche Erregung, ruhig und fließend. Wie sehr sie diese beiden Worte hasste.
Zum Abschluss sagte ihr Ahmad, sie sollte noch mehr auf der Hut sein und ihr Zimmer nicht ohne

vorherige Absprache verlassen. Die Muslimbrüder wären überall in der Gegend. Außerdem würde sie im Haus eines Dorfscheichs wohnen, was sie in eine gefährliche Lage bringen könnte. Er zeigte nach draußen: „Dort drüben ist zum Beispiel ein Ort, an dem sie ihre Versammlungen abhalten. Obwohl ich bezweifle, dass sie hinter den Morden in der Stadt stehen, schließlich gibt es auch andere Parteien, die davon profitieren."

„..."

„Es gibt keinen Ausweg. Wir wurden angehalten, alle Seiten zu warnen. Sogar einige unserer Kameraden stellen eine Gefahr dar. Die Organisation ist von Spitzeln unterwandert."

„..."

„Vielleicht wirst du in Kürze gezwungen sein, deinen Wohnort zu wechseln."

„..."

Stille breitete sich im Raum aus. Keine Hand näherte sich dem Teller mit Milch und Weizen, der auf dem Tisch stand. Die Luft im Zimmer wurde immer unerträglicher, und die hohe Feuchtigkeit wirkte erstickend. Bevor Ahmad wieder ging, küsste er sie lächelnd auf die Wange.

„Wir sehen uns beim nächsten Treffen ... bis dann, Maysaa."

Er flüsterte ihren Namen Maysaa.

Das war sicher ein Versehen. Sie war verblüfft und stand wie angewurzelt in der Tür, als Ahmad ging. Wie lange schon hatte sie die Melodie ihres richtigen Namens nicht mehr gehört! Sonst galt nur ihr Deckname in der Organisation und in allen Bereichen ihres neuen Lebens. Sie sehnte sich danach, Ahmad

zu umarmen und auch ihn bei seinem richtigen Namen zu rufen. Sie wünschte sich, ihre ganze Erschöpfung auf seiner Brust ausweinen zu können, bis sie einschliefe und den anziehenden Geruch eines Mannes würde wahrnehmen können, den sie seit Aghids Festnahme auf ihrer ewigen Flucht nahezu vergessen hatte. Ahmad aber verließ eilig den Keller, ohne sich umzudrehen und ohne die gewaltige Welle zu spüren, die diesen Ort erfasste. Etwas Heißes war in den Tiefen dieser einsamen Frau erwacht, etwas sehr Sanftes, nicht vergleichbar mit dem, was sie bislang kannte.
Sie lachte innerlich bei dem Gedanken, Um Ibrahim erzählt zu haben, Ahmad sei ihr Ehemann. Wenn diese alte, liebevolle Frau wüsste, dass die erdrückenden Sommernächte hier an ihr vorübergingen wie der Frost in Sibirien. Ihr hungriger Körper schrie solange in ihr, bis sie sein Feuer selbst löschte, mit ihren Fingern. Sie hatte es inzwischen gelernt, selbst die Rolle des stets fehlenden Mannes zu spielen und spürte ihrer Weiblichkeit mit der Erfahrenheit von jemandem nach, der den Genuss kennen gelernt und dem Körper zu einer neuen Geburt verholfen hat. Sie arbeitete sich in ihr Inneres vor und stieß Seufzer aus, die in den Himmel dieses geschlossen Kellers aufstiegen.
„Vielleicht bringe ich mich eines Tages um … so wie Doria Shafik.“
Warum dachte sie nur in letzter Zeit so oft an Doria Shafik?
Vielleicht, weil sie vor kurzem über sie gelesen hatte. Oder weil auch sie eingesperrt worden war, wobei man sich über die wahren Gründe, die zur

Verhaftung geführt hatten, nicht einig war. In ihrer eigenen Wohnung war sie achtzehn lange Jahre eingesperrt gewesen und auf Beschluss Abdel Nassers lebte sie dort in völliger Abgeschiedenheit. Ein Grund dafür lag mit Sicherheit darin, dass sie ihre gegensätzliche Meinung ihm und seiner diktatorischen Politik gegenüber zum Ausdruck brachte und die kommunistische Sowjetunion wiederholt angriff. Ägypten bestand damals auf guten Beziehungen zur Sowjetunion, während die Gefängnisse von kommunistischen Ägyptern voll waren.

Wird auch sie ihr ganzes Leben lang eingesperrt sein, in den Gefängnissen der Obrigkeit, hier oder in irgendeinem noch mieseren Versteck?
Doria Shafik hatte es nach achtzehn Jahren Gefangenschaft nicht mehr ertragen und beging Selbstmord, indem sie sich aus ihrer Wohnung stürzte. War ihr Selbstmord ein letzter Protest, dessen Feuer sie in all den Jahren der Gefangenschaft nicht löschen konnte? Wie hätte sie ihren Protest auch äußern können? Sollte sie ihn den Wänden, den Möbeln oder wem sonst entgegen schleudern?
Außerhalb, vor ihrer Zimmertür, wartete alles darauf, sie zu vernichten. Es waren die kommenden Ereignisse, die herrschenden Männer, die Angst vor Tod und Verhaftung und Folter, die Angst vor dem Ende. Sie spürte, wie eine kalte Welle ihren Körper überzog, und sie zitterte am ganzen Körper, trotz der Augusthitze.
Ach, ihr dicken Wände, die sich weder dem Auge noch dem Ohr öffnen! Ach, du schrecklicher Schimmel mit dem Gestank der Außenwelt und all

seinen Katastrophen! Ach, du hässliche Zeit, vergehst in diesem öden Zimmer genauso träge und ekelhaft, wie du bist, draußen bist du zwar brutal, hast aber wenigstens eine Farbe. Ach, ich bin allein, allein, ganz allein.

Sie nahm einen Zettel vom Sofa, um ihre verseuchten Gedanken niederzuschreiben.

Deine Augen rufen
Sie bitten mich, so wie die Stimme meiner Mutter, zum Gebet
Ich soll meine Kleidung ausziehen
Du sollst in meinen Körper abtauchen
Du sollst...

Sie konnte nicht weiterschreiben und hängte den Zettel auch nicht an die Wand. Die Gedanken, die sie zu vereinnahmen suchten, schüttelte sie ab, und sie warf den Zettel in den Mülleimer. Sie ging zu ihrem Radio, das die Stunden ihres Tages hier ausfüllte. Sich selbst überredend murmelte sie vor sich hin, dass es viel wichtigere Dinge gäbe, an die sie jetzt denken sollte. Sie dachte daran, nur kurz und für wenige Minuten hinauszugehen. Der Keller erschien ihr immer enger zu werden.

Ihr Herz kam nicht zur Ruhe.

Indessen stiegen Um Ibrahim und Angela in den Bus, der sie zum Dorf bringen sollte. Die Großmutter flüsterte ihrer Enkelin zu: „Bei Gott, ich hoffe, dass sich die Großmutter nicht an den Sahlab erinnert, die süße Milchspeise, die sie beim letzten Besuch bei mir bestellt hat."

Angela seufzte erleichtert auf. Diesmal würde sie nicht mit ansehen müssen, wie ihre Großmutter

Um Riema mit eingefallenem Mund die Süßspeise verschlang. Es würde sie kein Ekel überkommen, während die alte Frau die klebrige, weiße Flüssigkeit löffelte. Normalerweise gab Um Ibrahim ihr einige Löffel Honig anstelle von Zucker dazu und legte noch einige Pistazien darauf.

Eigentlich wurde sie von ihrer eigenen, sturen Großmutter gezwungen, es ihr zuzubereiten. Schon seit langem an Zucker erkrankt konnte eine solche Süßspeise für sie tödlich sein. Obwohl Großmutter Um Riema sichtlich schlank und körperlich geschwächt war, hatte sie immer einen außerordentlichen Appetit an den Tag gelegt, vor allem auf Speisen, die besonders viel von dem verbotenen Zucker enthielten.

Der allwöchentliche Besuch brachte Angela vor Langeweile fast um. Diesmal würde Um Ibrahim die Großmutter auch baden. In ihren schwarzen Lederbeutel hatte sie einige Badesteine und getrocknete Basilikumblätter gelegt, um das Badewasser angenehm zu machen. Die Augusthitze hatte bereits jedes Basilikumblatt, das ihr nützlich sein konnte, getrocknet. Um Ibrahim hatte auch nicht vergessen, zwei Schachteln Tabak ganz unten in den Beutel zu legen, den sie für Großmutter Um Riema portionsweise und Tag für Tag gesammelt hatte. Trotz des erfrischenden Bades und der Kleidung, die Um Ibrahim ihr sorgfältig gewaschen hatte, wiederholte die alte Großmutter unermüdlich ihren furchteinflößenden und nervenaufreibenden Satz, dass die Stunde unausweichlich gekommen sei und es keinen Platz in dieser Welt für einen liebevollen Menschen gäbe. Ihre jähzornige Eigenart hatte sie nach wie

vor beibehalten, und ihre Ausdrucksweise wurde von Mal zu Mal schlimmer.
Vor einigen Tagen war Großmutter Um Riema siebzig Jahre alt geworden. Noch war ihr Kopf von vollem, weißem, zerzaustem Haar wie von einer Juliwolke gekrönt. Ihre beiden kleinen Augen verloren sich immer mehr im Labyrinth der umliegenden Falten. Dabei war ihre schmale Gestalt, die von Tag zu Tag unscheinbarer wurde, der ihrer Enkelin Um Ibrahim sehr ähnlich. Seit Jahren schon zersetzte die Zuckerkrankheit ihren Körper. Angela fürchtete sich vor dem Tag, an dem der Körper ihrer Urgroßmutter sich vollends auflösen würde.

Die Urgroßmutter bestand noch immer auf ihrer traditionellen Kleidung, diese setzte sich aus einem bunten Kleid mit einem spitzenbesetzten Saum und einem langen, enge anliegenden Unterhemd zusammen, das ihren Brüsten Halt gab. Unter dem Kleid trug sie eine rotweiß gepunktete, am Knöchel festgezurrte Hose. Auf dem Kopf trug sie stets einen kurzen, roten Fes, um den sie elegant ein seidenes Tuch schlang. Um Riema erweckte mit ihrem anhaltenden Husten den Eindruck einer süchtigen alten Frau. Sie machte sich sofort über den Beutel fein gehackten Tabaks her, in den einige Pfefferminzblätter gelegt waren, um ihn etwas feucht zu halten. Da sie blind war, drehte sie ihre dicken Zigaretten allein mit dem Gefühl ihrer Hände und mit liebevoller Sorgfalt.
Das ständige Husten begleitete Um Riema, ob sie sprach oder schwieg. Sie widersetzte sich jedoch nicht den vielfältigen Bemühungen ihrer Enkelin.

Bei jedem Besuch, und wann immer es reife Rüben gab, schälte Um Ibrahim ihr eine große Rübe, die sie in dicke Scheiben zerteilte und mit Honig bestrich. Diese legte sie auf einen Tonteller und stellte sie neben ihr Bett. Immer wenn der Urgroßmutter danach war, tastete sie nach dem Löffel, um von dem Honig, der sich mit dem heraus gesickerten Saft der Rübe vermischt hatte, zu schlecken. Wenn es keine Rüben gab, füllte Um Ibrahim eine Schüssel mit Leinsamen, die sie zusammen mit dem Saft einer Zitrone und Bienenhonig in abgekochtem Wasser eingeweicht hatte. Dies war eine magische Rezeptur gegen die Schmerzen und den Husten der Großmutter.

Heutzutage war die Entfernung zum Dorf Alia nicht mehr so groß, schon in einer halben Stunde legte der Bus die Strecke bis dorthin zurück. Im Haus von Um Riema roch es so stark nach Tierkot, dass sich Angela während des gesamten Besuchs gezwungen fühlte, die Nase zuzuhalten. Ihre Urgroßmutter konnte das nicht sehen, da sie schon seit vielen Jahren ihr Augenlicht verloren hatte. Dennoch konnte Um Riema den Besucher schon von weitem erkennen, sie hatte ein sehr gutes Gehör, so konnte sie Besucher schon am Schritt unterscheiden. Plötzlich fragte sie Angela mit ihrer tiefen, männlichen Stimme, während sie genüsslich und unaufhörlich an ihrer Zigarette zog: „Warum hältst du dir denn die Nase zu, meine Kleine?“

Angela antwortete schlagfertig: „Ich habe Schnupfen, Großmutter.”

Die Urgroßmutter ignorierte die Unverfrorenheit ihrer ewig verschnupften Kleinen und zupfte wieder ihre Augenbrauen und ihren geradezu männlichen Schnurbart, womit sie schon vor dem Eintreffen ihrer Besucher zugange war. Das war die einzige Tätigkeit, die sie daran erinnerte, dass sie eine Frau wie alle anderen war. Sie kannte den Mann in ihrem langen Leben nur als Schimmer am Horizont. Sie war nur neunzehn Jahre alt gewesen, als er sie hochschwanger verließ, um einer blonden Dämonin zu folgen. Da sie blind war, zupfte sie ihre Haare ohne in einen Spiegel zu schauen. Sie zupfte das Haar mit der Pinzette aus und ertastete es dann mit der Zungenspitze. Wenn das Haar sie leicht piekte, lächelte sie und führte ihre Arbeit fort.
„Stimmt es, dass die Urgroßmutter blind geworden ist, weil sie so geizig ist?"
Um Ibrahim fuhr Angela an und versuchte dabei, ihr Lächeln zu unterdrücken.
„Unterlass solche Beleidigungen."
„Aber Großmutter, das sagen doch alle, nicht nur ich."
Nachdem Um Ibrahim gelbe Basilikumsträucher in die zwei Gräben des Innenhofes gesteckt hatte, räucherte sie das Haus der Urgroßmutter mit Weihrauch aus, machte sauber und kochte ihr einen Kartoffel-Tomateneintopf. Dafür verwendete sie reichlich Zwiebeln und Knoblauch, weil sie, wie Rucolasalat, Zuckerkranken gut tun. Schließlich erschien sie mit aufgebrühter, bitterer Melisse, welche die Urgroßmutter schon immer sehr gern getrunken hat. Aber Um Riema hatte die versprochene Süßspeise nicht vergessen und begann fürchterlich zu fluchen. Sie rief ihre Enkelin, mit einer noch tieferen Stimme,

beleidigend bei ihrem Mädchennamen Sumaya. Um Ibrahim hatte ihren ersten Namen fast völlig vergessen. Angela jedoch fand ihn sehr schön und beschloss, ihre Großmutter fortan so zu nennen.

Bevor sie aufbrachen, mussten sie noch schnell das am Dorfhang aufragende heilige Grabmal besuchen. Sie konnten sich dort nicht allzu lange aufhalten, da die Sonne bereits unterging und sie noch vor Einbruch der Dunkelheit wieder in der Stadt sein wollten. Bei Nacht befand sich die Stadt in der Hand von Geistern, und wegen der Ausgangssperre beherrschten Polizeistreifen und Militärautos die Straßen.
Angela hielt sich beim Besuch der Grabstätte genau an das vorgeschriebene Ritual. Bevor sie das Heiligtum betrat, zog sie die Schuhe aus. Wenn sie über die Schwelle trat, bat sie um Gottes Segen und küsste dann den dunkelgrünen Stoff, der um das Grab des Heiligen drapiert war. Dann warf sie die Geldstücke, die sie von der Großmutter bekommen hatte, in den Almosenkasten hinter der Tür.

Das magische Ritual versetzte Angela wegen seiner Eigentümlichkeit jedes Mal erneut in Staunen. Ihr Vater führte solche Rituale nie aus und wäre sicherlich entsetzt, wenn er davon erführe. Schon allein deshalb, weil ihn die schwarze Schlange und die Art und Weise, wie sie sich in der Ecke um sich selbst wickelte, beängstigen würde. Was ihn aber noch viel mehr ärgern und verdrießen würde, war die Tatsache, dass die Urgroßmutter Angela diese lächerliche Geschichte, wie er es nannte, von der Schlange erzählte, die einst ein junges Mädchen gewesen war und für den Ungehorsam ihrem Vater gegenüber von Gott bestraft wurde, indem er sie in eine Schlange verwandelte.

Zum Schluss stopfte Um Ibrahim ein Stück des gesegneten grünen Tuchs, das um das Grab des Heiligen gewickelt war, zwischen die Kleidung ihrer Enkelin und wies sie an, ihre Mutter zu bitten, es aufzubewahren. Dann sprach sie eine Reihe von Segenswünschen und unterzog den Raum des Heiligtums einer erstickenden Beweihräucherung. Das führte dazu, dass die beiden ununterbrochen husten mussten, bis sie das Dorf verlassen hatten.

„Es sind die beiden Gräber meiner Mutter", erklärte ihr die Großmutter.

„Als sich meine Mutter das Leben nahm, bestrafte sie Gott. Doch der Barmherzige verwandelte sie in eine Gazelle."

Sie war dieser gefleckten Gazelle tatsächlich begegnet, als diese, wie es ihre Gewohnheit war, in den Bergen weidete. An jenem Tag hatte sie eine sonderbare Vertrautheit der Gazelle gegenüber verspürt. Die Gazelle kam näher und schien zu lächeln. Es war schon sehr eigenartig, dass sich ein so kleines Tier einem menschlichen Wesen näherte, auch wenn es wie sie damals nur ein Kind war. Als sie damals die Gazelle umarmte, verspürte sie das Klopfen eines sehr vertrauten Herzens in seiner Brust, als würde es ohne Worte mit ihr sprechen. Die Gazelle roch nach Nelken. Sumaya vernahm tatsächlich diesen Geruch. Der Geruch von Nelken war so durchdringend, dass sie sich sicher war, dass die Gazelle wirklich ihre Mutter war.

„Sie näherte sich und schmiegte sich an mich. Sie hatte den gleichen Duft wie meine Mutter. Daran erkannte ich sie. Sie lebte mit mir im Haus meiner Großmutter, und dort blieb sie, bis sie kurz nach meiner Hochzeit starb."
„Wie wusstest du, Großmutter, dass es deine Mutter war?"

„Ich sagte es dir doch gerade. Sie hatte die Augen und den Duft meiner Mutter."
Um Ibrahim lächelte bestätigend. Ihre Augen glänzten. Sie hatte den Tod ihrer Mutter zweimal erlebt. Beim ersten Mal hatte sie es nicht mitbekommen, damals war sie ja noch ganz klein. Beim zweiten Mal war die Nachricht von ihrem Tod ein großes Unglück. Eine Woche nach ihrer Hochzeit wollte sie ihre Großmutter besuchen und da entdeckte sie das Grab der Gazelle hinter dem Haus.
Um Ibrahim erschienen die Augen von Riema, als sie auf den Dorfbus warteten. Sie erschienen ihr so wirklich, als hätte sie diese gerade erst gestern gesehen. Sie versank in dem grünen, geheimnisvollen Meer dieser Augen, als hätte sie gestern noch deren Blick gesehen und nicht vor so langer Zeit, als sie noch Kind war. Als sei sie von der Liebe dieser Augen gesättigt worden, obwohl sie – noch nicht einmal ein Jahr alt – von deren Besitzerin zurückgelassen worden war.

Kapitel 8

Etwa zwei Monate nach den Ereignissen des schwarzen September im Jahr 1970 geschah etwas, das die beklemmende Hoffnungslosigkeit in den Seelen von Mariam und Hazem verdrängen und die beiden wieder aufatmen ließ. Es war die Geburt ihrer Tochter Angela, einem rosaroten Bündelchen.
Als Um Ibrahim ihre Enkelin mit dem roten Haar auffing, blieb sie sprachlos stehen und ihre Augen füllten sich mit Tränen. Rotes Haar bedeutete für sie nur eines, drohendes Unheil. Schon das Leben ihrer eigenen Mutter war wegen ihrer dunkelroten Haare gebrandmarkt.
„Sie ist aber im siebten Monat geboren. Das ist ein gutes Omen“, versuchte die Großmutter sich selbst zu beruhigen. Hazem und Mariam amüsierten sich darüber. Wenn Angela tatsächlich ein Siebenmonatskind gewesen wäre, hätte man die anderen wohl kaum davon überzeugen können, dass es sich um ein Frühchen von fünf Monaten handelte.
Mariam hatte genau den Anweisungen ihrer Mutter zu folgen. Sie trank den Kümmeltee, den Ingwertee und den Kamillentee. Sie ertrug den beißenden Geschmack und schwieg, während Um Ibrahim alle Einzelheiten des Geburtsrituals durchführte. Dazu gehörte, der Kleinen die Augen mit Kajal zu färben und Anis aufzubrühen, welcher der kleinen Enkelin eingeträufelt wurde, um auftretende Krämpfe nach der Geburt zu mildern. All dies tat sie, nachdem sie den kleinen Körper mit Wasser und Salz abgerieben hatte. Schließlich stützte sich Mariam in ihrem Bett auf und hörte abwesend der Litanei von Empfehlungen zu.

Mariam musste sich merken, was sie trinken musste, um die Milchproduktion anzukurbeln wie beispielsweise Bockshornklee, Fenchel und Kümmel, die man allesamt einer frisch Entbundenen empfiehlt. Wichtiger noch war das Wasser aufgekochter Gerste mit zwei Löffeln Schwarzkümmel einzunehmen. Um Ibrahim stellte ihr immer wieder Fragen, um ihre Aufmerksamkeit zu prüfen, wodurch sie Mariam nur noch mehr verwirrte. Sie dürfte aber auf keinen Fall das aufgebrühte Duftveilchenwasser vergessen. Sollte die empfindliche Kindeshaut wund werden, würden die Duftveilchen etwas bewirken, wozu die schädlichen chemischen Kinderartikel gar nicht imstande wären.

Die Großmutter wiederholte ihren Rat, auf keinen Fall die magischen Köpfchen der Gänseblümchen zu vergessen, wenn das Kind gebadet würde. Sie hatte davon einen ganzen Sack voll mitgebracht. Gänseblümchen sind Balsam für die empfindliche Kinderhaut und verhindern das Wundsein, pflegen die Haut und lassen sie duften wie Rosenblüten.
„Mariam, hast du mich verstanden, oder soll ich es wiederholen?"
„Ich habe es verstanden ... bei Gott ... ich habe es verstanden, Mutter."
Um all den Empfehlungen von Um Ibrahim Folge leisten zu können, müsste man das Zimmer von Mariam und Hazem in eine Drogerie verwandeln.
„Vergiss nicht, was ich dir gesagt habe. Ich kann ja nicht die ganze Zeit bei dir sein."
Mariam senkte den Kopf und erinnerte sich daran, dass ihr Vater, der Scheich, noch immer

zornig auf sie war. Innerhalb weniger Augenblicke sah sie ihr ganzes Leben, das sie im Haus des Scheichs verbracht hatte, an sich vorbeiziehen. Nichts hatte sie von ihm getrennt, außer einer dünnen Wand. Eine Wand zwischen seinem großen Zimmer und dem kleinen Zimmer ihrer Mutter, in dem sie und ihre Geschwister schliefen. Mariam war überrascht, so als würde sie das erste Mal darüber nachdenken. Abgesehen von einigen wenigen Momenten konnte sie sich kaum an Einzelheiten erinnern, die sie zusammen mit dem Scheich erlebt hatte. Er aß allein, er schlief allein, er trank den Tee mit seinen Gästen oder allein. Er konnte nur lesen, wenn es um ihn herum ganz still war. Selbst wenn er seine innigen Gebete sprach und im Hof des Hauses herumspazierte, mussten sich alle Bewohner des Hauses ruhig verhalten, damit sich der Scheich, der Vater, voll und ganz auf seine Gebete konzentrieren konnte und nicht durch ihrem unsinnigen Lärm abgelenkt wurde.

Mariam konnte sich kaum irgendwelche an Gemeinsamkeiten erinnern. In ihrem Gedächtnis fand sich fast gar nichts und das zu Recht.

„Wir nennen sie Angela", rief Hazem und versuchte Mariam aus ihrer Abwesenheit zurückzuholen. Die Großmutter war entsetzt, dieser Name überrumpelte sie völlig. In ihren Ohren klang er sehr eigenartig und geradezu hässlich.

„Warum gebt ihr der Kleinen nicht einen schönen und traditionellen Namen?"

„Angela ist eine schwarze Kämpferin, Mutter. Es ist doch schön, wenn unsere Tochter mit ihr in

Verbindung gebracht wird."
„Auch noch schwarz! Mein Gott."

An dem Tag, an dem Angela geboren wurde, kehrte Hazem nach monatelanger Unterbrechung zum Schreiben zurück. Er setzte sich an seinen alten Tisch und schrieb einen langen Artikel über Angela Davis und das Experiment der schwarzen Panther. Er schrieb und schrieb und vergaß dabei völlig die Wohnung um sich herum, in der das immer lauter werdende Geschrei des kleinen Mädchens zu hören war und in der es fast keine Lebensmittel mehr gab. Die Feuchtigkeit, die sich bis in jede Ritze des Zimmers ausgebreitet hatte, war imstande, selbst den gesündesten Körper krank zu machen, erst recht den eines kleinen Säuglings und einer Mutter, die diese Nacht entbunden hatte. Sich über derartige Dinge Gedanken zu machen, hätte für Hazem bedeutet, fortan nicht mehr schreiben zu können, sondern über andere Möglichkeiten nachdenken zu müssen, Geld zu verdienen. Daran hatte Hazem nie gedacht. In Wirklichkeit bedeutete das Schreiben, das für ihn das Leben zwischen den Zeilen hervorbrachte, den langsamen Tod. Er aber begann im Schein einer schwachen Kerze zu schreiben. Keine Lampe sollte den Schlaf der Kleinen und ihrer erschöpften Mutter stören.
Der Stift glitt stumm über das Papier, als hätte er sich mit seinem Halter verschworen und schob sich geschmeidig wie die Finger eines Liebenden über die Rundungen seiner Geliebten voran. Zum ersten Mal schrieb Hazem, ohne auch nur eine einzige Zigarette zu rauchen. Er wollte, dass dieser Tag so sauber

bliebe wie seine Seele und so klar wie die Zeiten, welche die kleine Rothaarige mit sich gebracht hatte.
Am dritten Abend nach der Geburt beschloss Um Ibrahim, nach Hause zurückzukehren. Sie hatte den Scheich schon zu lange allein gelassen. Mariam und die Kleine zu verlassen, bedeutete, ihre Tochter und auch Hazem dem unbeschreiblichen Durcheinander zu überlassen, das nach der Geburt eines Geschöpfes herrschte. Eines Geschöpfes, das, für beide unerklärlich, unablässig schrie. Während die Kleine nahezu die gesamte Nacht wach war, fielen die Eltern vor Müdigkeit beinahe um. Jetzt, wo sie mitten in einem neuen Leben standen, mussten sie kämpfen, damit ihr Leben so blieb wie bisher.
Um Ibrahim kehrte nach Hause zurück, ihr braunes Gesicht strahlte vor Freude. Eine merkwürdige Freude war das, die sich auf ihren Gesichtszügen abzeichnete und sie die Lügen, die sie dem Scheich am Tag der Geburt aufgetischt hatte, vergessen ließen. Sie hatte ihm nämlich erzählt, dass sie bei ihrer Großmutter Um Riema bleiben würde, da diese krank sei.
Die Ironie des Schicksal wollte es, dass Um Riema seit gestern im Schneidersitz bei ihr auf dem Sofa sitzend auf sie gewartet hatte. Ihre kleinen, blinden Augen waren weit geöffnet, sie trug ihr fliederfarbenes Kleid, das gelbe lange Hemd und das seidene Tuch auf dem Kopf. In diesem Aufzug wirkte sie noch dünner als sonst und wie eingeschrumpft. Sie hustete und ihre Wangen waren gerötet. Sie war damit beschäftigt, ein Stück Zucker mit Schokolade zu essen, es war eines der wenigen Male, dass sie

lachte. Sie zog an ihrem Zigarettenstummel und ahnte bereits, wo sich ihre Enkelin befand.

Das Gesicht des Scheichs, der seit der Rückkehr von Um Ibrahim kein einziges Wort mit ihr gewechselt hatte, wirkte wie aufgepeitschtes Meer. Er trat, das Gesicht verzogen, auf seine Frau zu, ohne einen Ton von sich zu geben. Einen kurzen Augenblick studierte er ihr Gesicht, das von Freude und Unruhe gezeichnet war, kehrte dann in sein Zimmer zurück und schloss die Tür hinter sich. Dort fing er an, ganz allein vor Freude zu weinen und dankte Gott, dass die Entbindung Mariams ohne Komplikationen verlaufen war.

Um Ibrahim fragte ihre Großmutter nicht nach dem Grund ihres Kommens. Sie rügte sie auch nicht wie sonst wegen ihres ewigen Zuckernaschens, das ihren Tod herbeiführen könnte. Während Um Ibrahim sie küsste, flüsterte sie ihr ins Ohr, dass Mariam glücklich entbunden hätte. Und unter dem Lächeln von Um Riema, die dabei ihr nacktes und rötliches Zahnfleisch zeigte, fügte sie flüsternd hinzu: „Es ist ein Mädchen."

Die Großmutter hielt die Hand ihrer Enkelin und drückte sie fest.

„Ausgezeichnet. Besser als einen weiteren Mann in dieses Leben zu setzen", antwortete Um Riema hocherfreut.

Doch Um Ibrahim fügte flüsternd zu: "Sie hat aber rotes Haar." Sie ließ die alte Frau sprachlos zurück und machte sich daran, den Rucolasalat mit viel Knoblauch vorzubereiten und ihn auf einem ihrer Tonteller anzurichten. Außerdem kochte sie, wie sonst beim Besuch bei der Großmutter üblich, eine Tasse Wasser, die sie ihr nach dem Essen reichte. Zuvor schöpfte sie zwei Löffel Apfelessig hinein, um dem nächtlichen Husten vorzubeugen.

Mariam bestand darauf, dass die Dinge stets eine ähnliche Entwickelung durchlaufen. Vor Jahrzehnten wurden Homosexuelle in Großbritannien noch so bestraft wie Hochverräter, also mit Erhängen. In den meisten europäischen Ländern wurden sie bei lebendigem Leib verbrannt oder in den Flüssen ertränkt. Bestenfalls wurden sie lebenslang ins Straflager geschickt. Heutzutage aber spiegelt Homosexualität die höchste Form der Freiheit wieder, von der das Individuum in Europa glaubt, sie verdient zu haben. Die Dinge liefen immer auf ähnliche Weise ab. Auf einen schlechten folgt sicherlich wieder ein guter, gewöhnlicher und ganz normaler Tag. Hazems Ansicht nach entwickelten sich die Tage aber immer zum Schlechteren hin. Und diese Aussage, die Mariam schon häufig wiederholt hatte, entspräche in den arabischen Ländern absolut nicht der Wahrheit. Hier seien die Augen der arabischen Herrscher - wie bei Maultieren - mit Scheuklappen verdeckt, und alles entwickle sich immer zum Schlechteren.

„Und dieses Schlechte hat noch nicht die Talsohle erreicht?"
„Talsohle ist mit Untergang gleichzusetzen und nicht, wie du meinst, mit einem Wiederaufbau nach der Zerstörung. Das wird solange so sein, wie die Völker ein gehorsames Instrument in der Hand ihrer Regierungen sind. Ich bin davon überzeugt,

dass die Völker nicht sterben werden. Sie sind lebendig und erneuern sich. Die ständigen Enttäuschungen lassen ihnen aber kaum die Luft zum atmen. Ich wollte nicht Schöpfer dieser Welt sein – wo immer man hinschaut, es ist doch deprimierend. Sollte ich etwa optimistischer sein als Konfuzius?"
„Und warum schreibst du dann?"
„..."
Das war eine Frage, die nach einer Antwort verlangte. Was zwang ihn eigentlich dazu, in diesem Hühnerstall von Zimmer zu schreiben? Vielleicht war es eine Art Verlockung, die ihn zum Schreiben verführte und die ihm einen Weg eröffnete, aus dieser Talsohle herauszukommen. Trotzdem gab Hazem zu, dass er Mariams Optimismus nie hätte schmälern können. Er nannte ihn zwar spöttisch den Optimismus des Verborgenen, aber insgeheim stand er nicht dazu. Schließlich gab sie ihm dadurch immer wieder die Hoffnung, die es ihm ermöglichte, dieses Leben fortzuführen. Vielleicht war es auch so, dass sie – je pessimistischer er war – immer optimistischer wurde. Er setzte förmlich darauf, dass sie ihn mit ihrem Optimismus aus dieser Enge hinausführen würde.
Gleich in der ersten Schwangerschaftswoche hatte Mariam ihn informiert.
Er saß gerade konzentriert über ein Blatt gebeugt und schrieb etwas über das Erreichen der Talsohle. Er rauchte gierig eine Zigarette der Marke Ebla, als er plötzlich, von einem Augenblick auf den anderen, einen trockenen Hustenanfall bekam. Nachdem dieser sich gelegt hatte, fragte er verwirrt, ob sie sich denn sicher sei.

„Zweifelst du an meiner Intuition? Ich muss mich nicht erst vergewissern. Ein Arzt wird mein Inneres auch nicht besser verstehen als ich."
Eine Woche zuvor lagen ihre beiden Körper auf dem durchgelegenen Metallbett in Hazems kleinen, ärmlichen Zimmer, das dem eines Obdachlosen glich, eng ineinander verschlungen. Das Zimmer lag versteckt in einer Nebenstraße am Stadtrand. Es war kalt und voll von Büchern, dem Rauch seiner syrischen Zigaretten, Musikkassetten und den Gerüchen des nahen Meeres. Sie zitterten gemeinsam und das Zimmer begann sich zu vergrößern und zu weiten. Hazems Körper ließ sich auf ihre braunen Rundungen fallen, kitzelte sie und küsste sie unablässig, während Mariams Körper den seinen umschlang. Plötzlich gab es etwas in ihrem Inneren, das sich wie ein Wirbelsturm hin und her bewegte. Er legte seinen Arm um ihren runden, feuchten Kopf, nachdem sie diesen zwischen seinem Hals und Unterarm in die Kuhle seiner Schulter gelegt hatte, als wäre diese Stelle nur für ihren Kopf bestimmt. Klebrig und feucht war dieser Ort, als ob das Meer seinen Winter dort hineingelegt hätte. Der Schweiß in Hazems Brusthaaren und zwischen seinen nackten Schenkeln formte sich trotz der Kälte des Zimmers zu feinen Tropfen, während die tiefschwarzen Haare von Mariam in weichen und klebrigen Strähnen herabhingen. Eine angenehme Erschöpfung, wie die Anmut eines Morgengrauens, ließ die beiden Körper aneinander geschmiegt einschlafen. Nach dem ausgelassenen Liebesspiel überließen sie sich nun ganz der Ruhe.
Abwesend blickte Mariam auf die turmhohen Stapel

der Zeitschriften Dirasaat Arabiya und Al-Maarifa sowie auf eine Sammlung vergilbter Zeitungen, die neben dem Bett lag und einen fauligen Geruch verbreitete.
Hazem stand auf, um eine neue Kassette des ägyptischen Sängers Abdelhalim Hafez einzulegen. Mariam lachte und fragte, weshalb er diese Kassette gekauft hatte, wo er ihn doch früher nie gemocht hatte.
„Magst du ihn nicht?"
„Ich liebe ihn. Ich wüsste nicht, was ich machen würde, wenn diese wunderbare Stimme aus meinem Leben verschwände!"
„Dann werde auch ich ihn lieben, beziehungsweise, ich will dir ja nichts vormachen, ich werde es versuchen." Sie lachten, während das Lied „Deine Liebe ist wie Feuer" im Zimmer ertönte. Sie blieben ineinander verschlungen liegen und hörten der Musik zu. Eigentlich hatte Hazem seit Beginn ihrer Liebe Kassetten von den Beatles und Elvis Presley gekauft in der Hoffnung, sie davon überzeugen zu können, dass es verschiedene Musikrichtungen gibt, die große Veränderungen für die Menschen bewirken können. Die Beatles stifteten, egal wo sie auftraten, zur Rebellion an. Presley hatte die Geschichte Amerikas verändert und mit seinen heftigen Körperbewegungen die schwere Last seines Zeitalters abgeschüttelt. Seiner Meinung nach waren das die wahrhaften Menschen.
Als sie ihm dann nach einer Woche von ihrer Schwangerschaft erzählte, erwähnte sie auch, dass ihr im Traum eine junge, hübsche und rothaarige Frau erschienen war. Sie schenkte ihr mit müdem Lächeln ein kleines Mädchen, das ihr sehr ähnelte.

Sie küsste seine Stirn und verschwand.
„Es war meine Großmutter Riema. Ich habe sie erkannt, ohne dass ich sie jemals gesehen habe. Der Nelkengeruch, der von ihr ausging, erfüllte meinen Atem, als hätte sich mein Zimmer in eine große Nelkenwolke verwandelt. Glaub mir, es war wirklich meine Großmutter. Ich werde ein kleines Mädchen zur Welt bringen, das ihr ähneln wird."

Hazem schaute sie verwirrt und spöttisch an. Er zog es vor, das Gespräch über dieses Thema zu verschieben, bis sie sich über die Schwangerschaft sicher waren. Mariam dagegen war wie berauscht und die Unerschrockenheit sprühte nur so aus ihren Augen, als gäbe es für sie gar keinen Zweifel mehr. Sogar der Spott ihrer Freundin Hayat vermochte nicht, dieses Licht in ihr zu löschen.
„Wenn alle Frauen so wären wie du, Mariam, wäre die gesamte Medizin der Welt am Ende, und wir würden wieder in eine dunkle Zeitepoche zurückfallen. Dann würde jede Frau ohne irgendeine Untersuchung den Stand ihrer Schwangerschaft erspüren und geduldig und gelassen die Geburt abwarten. Zuvor hätte sie intuitiv noch das Geschlecht des Säuglings bestimmt, das sie seit dem Tag seiner Zeugung gespürt hat und so weiter ... es gibt gar kein Problem. In Wirklichkeit reißt du aber alle wissenschaftlichen Regeln in ihrer gesamten Bandbreite nieder.... Du hast also von ihr geträumt, einem kleinen, rothaarigen Mädchen!?"
Es verging noch einige Zeit, bis Mariams Schwangerschaft bestätigt wurde und die Untersuchungsergebnisse des Labors vorlagen. Als sie ihm mit

leuchtenden Augen das Untersuchungsprotokoll hinhielt, schämte sich Hazem unendlich. Sie war eine junge Frau, die völlig in ihrer Welt der Phantasie schwebte, außerhalb von Zeit und Raum, außerhalb der Geschichte und der Gewöhnlichkeiten des Alltags. Sie war eine geheimnisvolle Frau, die mit all ihren Sinnen sah und atmete, die Welt zu sich einlud, anstatt selbst in diese Welt hinaus zu gehen. Und er mit seinen fünfundzwanzig Jahren war dagegen schon ein alter Mann. Er nahm ihren Kopf in die Hände und schaute in ihre funkelnden Augen. „Vielleicht wird es Zeit, dass wir heiraten", sagte er und küsste sie. Mariam erschienen seine Worte so sanft, als stammten sie aus einem romantischen Film. Sie waren wie zwei schwarz-weiße Schatten, die sich auf einem großen Bildschirm ausbreiteten. „Und wir nennen sie Angela. Was meinst du?"

Am Vorabend ihrer Hochzeit sammelte Mariam heimlich einige Kleidungsstücke in einer kleinen schwarzen Tasche und legte ein Taschentuch ihrer Mutter dazwischen, das nach Tabak roch, und einige wenige Weihrauchstäbchen. Sie steckte das Buch „Erläuterungen der Träume von Ibn Sirin" hinein und ein weiteres Buch mit dem Titel „Kritik des arabischen Aberglaubens", das ihr Hazem vor kurzem geschenkt hatte. Obenauf legte sie eine große, durchsichtige Plastiktüte, die mit Hazems Briefen gefüllt war. Sie versteckte die Tasche unter der Leiter neben der verlassenen Kellertür, um sie beim Hinausgehen am nächsten Morgen mitnehmen zu können, ohne einen Verdacht aufkommen zu lassen. Anschließend machte sie sich daran, die Haare an ihren Beinen und unter ihren Achseln mit einer Knetmasse aus Zucker und Zitrone zu entfernen. Die Haare ihres Geschlechtsbereichs schnitt sie kurz. Sie entfernte sie nie ganz, wie es die Gewohnheit ihrer Mutter gewesen war. Dies schien ihr, abgesehen davon, dass es auch eine sehr schmerzhafte Prozedur war, ein Überbleibsel aus der Zeit weiblicher Untertänigkeit zu sein.

In den darauf folgenden Monaten und trotz des Umstandes, dass der Scheich die Hochzeit wiederholt abgelehnt hatte, sprachen Mutter und Embryo miteinander und liebkosten sich. Sie kommunizierten miteinander, ohne dass jemand etwas davon mitbekam. Für Mariam war es eine Zeit genussvoller Fülle, die sie über alle Widrigkeiten hinweg trug. Hier in ihrem Innersten entstand ein Leben, dessen Wesen nur sie kannte. Vergeblich legte Hazem sein Ohr an ihren aufgeblähten Bauch. Während sie das, was sich in ihrem Bauch befand, einlullte und mit ihrer Hand streichelte, hörte er nichts. Mariam ergriff das Wort.
„Natürlich kannst du nichts hören, du bist ja keine Frau."
Einige Dinge hatten sich tatsächlich geändert. Das spürte und beobachtete auch Hazem. Mariams Augen deuteten ein Geheimnis an, das sie in ihrem Inneren verborgen hielt. Die zunehmende Aufgeblähtheit ihres Körpers hielt ihren Liebhaber mehr und mehr von ihr fern. Die Bücher, mit denen Hazem das Zimmer füllte über Kindererziehung, den Tag der Geburt und Kinderpsychologie blieben liegen, ohne je aufgeschlagen zu werden. Mariam

war in einer ganz anderen Welt und brauchte niemanden, der ihr Anweisungen gab. Sie lebte so, wie sie es gerade für richtig fand.
Es war Angela vorherbestimmt, wie jeder Mensch auf dieser Erde, aus zwei Quellen geboren zu werden. Der Mensch ist eine Union von zweiunddreißig mütterlichen und der gleichen Anzahl väterlicher Chromosomen. Bedeutet das, dass der Mensch von Geburt an mit einem Gegensatz geboren wird? Und ließe sich daraus die Hypothese ableiten, dass die einzige Identität eines Menschen seine Nichtidentität ist? Vielleicht, denn Angela vereinte in sich zwei gänzlich unterschiedliche Welten, Mariam und Hazem, und sie war von beiden Welten gleichermaßen entfernt.
In einem Anflug von Stärke beschloss Um Ibrahim, ihre dreijährige, rothaarige Enkelin zum Scheich zu bringen. Sie dachte, es sei nun endlich an der Zeit, die seit langem ungelösten Probleme anzupacken. Sie war aufgeregt und ihr Herz begann heftig zu pochen, als sie an die Tür des Scheichs klopfte. Solche offenbarenden Momente waren äußerst selten in ihrem Leben.
Kaum waren sie im Zimmer, lächelte die Kleine den Scheich an und plapperte einige Worte, die tief vergrabene Erinnerungen in ihm wachrüttelten. Sie unterbrach das Murmeln seiner Gebete, indem sie auf seinen Schoss und die Gebetskette sprang und lachend an seinem Bart zupfte.
Der alte Mann blieb regungslos sitzen und beobachtete sie lange. Dann dankte er seinem Gott und Schöpfer für das, was er geschaffen hatte. Der Scheich nahm ihr Engelsgesicht in seine Hände

und küsste sie so innig, wie er seine Enkelin nur noch selten berühren oder umarmen würde. Seine Augen füllten sich mit Tränen und er rief nach seiner Frau, damit sie auf der Stelle Mariam und ihren Mann herbeirufen sollte.
Hazem, der nach wie vor verstimmt war, brüllte sofort los, als ihm Mariam vom Wunsch ihres Vaters berichtete. Scheichs wie er glaubten, dass die anderen mehrere Stufen unter ihnen stünden... ihre Religion habe sie hierarchisch unterteilt. Deshalb würden sie die Menschen behandeln, als wären sie die Anführer einer Herde.
„Alle sollen ihnen zu Diensten sein, angefangen von der eigenen Familie bis hin zu jedem beliebigen Bürger. Und was geben sie der Menschheit?"
Solche abfälligen Bemerkungen machten Mariam, dieses träumende Geschöpf, wütend und ließ sie die Zähne zusammen beißen, als wäre sie nicht sie selbst. Sie ließ ihn einfach stehen; sollte er doch mit sich selber reden, wenn ihm danach war. Sie machte sich entweder in der kleinen Küche direkt neben dem Zimmer zu schaffen oder ging eilig auf die Strasse, weil sie die ewig gleichen Sprüche dieses Theoretikers, wie sie ihn nannte, nicht mehr hören konnte.
Seiner Wut alleine überlassen wetterte er so laut, dass Mariam nicht umhin konnte zu hören, dass die Politiker und Religionsvertreter die Ursache für jeden Konflikt seien. Sie würden zu einem einzigen Körper verschmelzen, sie forderten die Straße für sich, wie es ihnen beliebte, und sie spielten mit den Köpfen der Welt, als wären sie Schachfiguren. Dann wiederholte er unverdrossen den Spruch von

Jung, den er für sich übernommen hatte, dass er nicht an Gott glaube, ihn aber kenne. Was für ein Glaube an Gott wäre das denn ... was für ein Glaube!
Aber schließlich und endlich kam er wie meistens zu dem Schluss, dass der Scheich eben der Vater seiner geliebten Mariam sei und ihm nichts anderes übrig bliebe, als sich zu beugen.

In diesem Zimmer pflegte Angela zu schreiben.
Es war ein unscheinbares Zimmer, am Stadtrand von Damaskus gelegen, und ebenso zweitrangig wie das, was sie heute beginnen würde zu schreiben. Es war ein seltsames Zimmer in diesem großen Chaos von Damaskus. Einige Monate waren bereits vergangen, seitdem sie hierher gezogen war.

Heute hatte sie sich entschlossen, mit dem Schreiben zu beginnen. Es war ein kalter Tag im Januar. Die kleine, elektrische Heizung ächzte vor lauter Anstrengung, um etwas Wärme in ihre steifen Glieder zu bringen. Sie schaffte es kaum, sich selbst warm zu halten. Das alte, lilafarbene Radio gab unaufhörlich sein Geschrei von sich. Angela hatte es von zu Hause mitgenommen, als sie hierher gekommen war. Eine lilafarbene Erinnerung an die Morgenstunden mit ihrer Mutter, die immer das Radio eingeschaltet hatte, und an den Geruch ihres mit reichlich Kardamom zubereiteten Kaffees. Unaufhörlich strömten die Nachrichten aus ihm heraus. Über den Irak, den Golfkrieg. Über Bagdad und wie die Stadt unter der Last des Todes stöhnt, den die amerikanischen Flugzeuge und deren Verbündete ihr schicken. Auch Nachrichten über die palästinensische Intifada, wie zum Beispiel den Vollzug der Todesstrafe durch das Volk an einem Spion in der Stadt Gaza. Oder die Gefangennahme von Palästinensern und die Zerstörung von Häusern in Ramallah. Es waren Nachrichten, die sie von Anfang an, vor mehr als einem Jahr, dem Beginn der Intifada, beunruhigt hatten. Vor wenigen Tagen, als Bagdad am frühen Morgen erstmals bombardiert wurde, war sie allein. Ganz allein durchlebte sie diese Momente. Sie spürte regelrecht, wie der Rauch aus dem Inneren ihrer Seele empor stieg, und der Brandgeruch sich in ihren Organen einnistete. Sie dachte an ihren Vater Hazem. Gewiss würden sie gerade zusammen vor dem Fernseher sitzen und weinen. Vielleicht würden sie auch an sie denken. Und vielleicht hatte Mariam von dem, was geschehen würde, vorher geträumt. Was sie wohl im Traum gesehen hatte? Irgendetwas von diesen höllischen Dingen. Vielleicht hat sich Hazem an jenem Morgen noch über sie lustig gemacht, bevor er angesichts der Brände verzweifelt zusammengebrochen war, weit entfernt von Bagdad. Viel wahrscheinlicher war, dass er sich keineswegs lustig gemacht hatte.

Eine geeignete Verabschiedung für ein Jahrhundert wie dieses!

Angela würde nicht mehr schreiben können. Es erschienen ihr Bilder von Kindern, Frauen und Männern, die man an ihren Haaren zog und über den Boden schleifte und auf deren Köpfe Gewehre zielten. Zerschmetterte Köpfe, verstreut herumliegende, abgehackte Köpfe und hier und da abgetrennte Glieder. Schwarzes Blut, denn der kleine Fernseher in ihrem

Zimmer zeigte alles in schwarz-weiß. Sie hatte dauernd das Gefühl, dass das Blut schwarz wäre. Sie würde nicht schreiben können. Sie wollte dann lieber eine Kassette anhören, die in ihr vielleicht vage den Wunsch auslösen könnte, den Stift wieder in die Hand zu nehmen. Ein Lied, das in ihr eine gewisse Überzeugung aufleben ließe, was es bedeutete, in einer hysterischen, tauben, absolut tauben Welt zu schreiben.

...

Vor einigen Tagen hatte sie von einer öffentlichen Telefonzelle aus, unten an der Straßenecke, mit ihrem Vater gesprochen.

Er war nach wie vor nicht damit einverstanden, dass sie in der Hauptstadt lebte! Es war herauszuhören, obwohl er Gleichgültigkeit vorzuspielen versuchte. Was ihre Mutter Mariam betraf, so war ihr Schluchzen durch das Telefon und selbst über die Entfernungen hinweg für Angela nicht zu überhören. Als sie wieder in ihrem Zimmer zurück war, erinnerte sie sich an ihr letztes Gespräch mit Hazem. Sie hatte ihm damals gesagt, dass sie endlich die Asche abschütteln möchte, die nach wie vor das Leben ihrer Generation bedeckte und die ihn seit den siebziger Jahren und bis heute in Tyrannei und Leere leben lasse. Sie wollte auch ihrem Namen gerecht werden und zu Recht Angela sein. War nicht er es gewesen, der ihr diese Bürde auferlegt hatte: Angela, optimistisch hatte er an Angela Davis gedacht, die Kämpferin der Bewegung „Schwarze Panther". Er brandmarkte sie regelrecht mit dem Fluch der Befreiung. Sie aber hatte keine Ahnung,

was sich seit ihrer Geburt in den vergangenen zwanzig Jahren in seinem Kopf abgespielt hatte.
„Warum lässt du mich nicht meine eigenen Erfahrungen machen und Abenteuer wie ein echter weiblicher Panther erleben. Musste denn Angela Davis für ihre Sache und für das, woran sie glaubte, in den Wäldern leben? Lass mich etwas von dem erfahren, was deine Generation erfahren hat. Lass mich den Geschmack eines Lebens erfahren, in dem ich die Entscheidungen selbst treffe."
Während er offensichtlich mit anderen Dingen beschäftigt war, gab er ihr zur Antwort, dass sie lediglich eine gescheckte Katze in einem Wald voller Raubtiere sei, sie hingegen glaube, ein Panther zu sein. Außerdem hätte ihre Generation wirklich Glück gehabt, denn sie hätten nicht die Niederlagen und nacheinander eintretenden Zusammenbrüche erlebt wie seine Generation.
„Besiegt zu werden bedeutet also, dass du zuvor gesiegt hast. Zusammenzubrechen bedeutet also, dass du dich zusammengerissen hattest und stolz darauf warst. Wir aber, wir sind so geboren und zwar leider nach dem Ende des gesamten Theaterstücks, und nachdem der Vorhang bereits gefallen war."
Manchmal erschien es ihr, als ob ihr Vater sein rebellisches Gedächtnis vor ihr verloren hatte. Anscheinend wollte er sich wieder auf seine Vorfahren besinnen. Trotzdem blieb dieser lichte Streif erhalten, den anderen zu akzeptieren und sich zu öffnen. Hinzu kam die Aura seiner heiteren Art. Sie ging davon aus, dass der Tag, an dem er von ihrem Entschluss überzeugt sein würde, nicht mehr fern sei.

Sie war heute entschlossener denn je, sie musste ihre Stadt verlassen. Ihre ruhige Stadt am Meer, die sich faul wie eine Katze auf einem Fleckchen Sonne ausstreckte, ohne sich darum zu kümmern, dass die Zeit ohne sie davon galoppierte. Eine Stadt, die mehr und mehr an Identität verlor.
Vielleicht musste sie zwischen den Ereignissen und ihrer Person trennen und eine Entfernung herbeiführen, welche die Frische der Orte und den Geruch der Erinnerung verstärken würde. Oder es war eine Phase, die in zeitlicher und räumlicher Hinsicht völlig unbedeutend war. Eine Zeit, in der sich der Stift der Dominanz der Gegenwart und seiner Ketten entzieht und sich anschließend auf dem Papier so schöpferisch bewegt wie der Stock Moses.
„Die einzige Konstante im Universum ist die Veränderung“, hatte Heraklit im Jahr 540 vor unserer Zeitrechnung gesagt. Vielleicht ist das der Grund, dass sie heute hierher gekommen war. Vielleicht war der Anfang schon vor Jahren gemacht worden, als ihr Vater darauf bestanden hatte, dass sie die überarbeitete Fassung von „Tausendundeiner Nacht“ in der so genannten Volksausgabe lesen müsste. Die vier Bände der Originalausgabe, die beim Verlag Bulaq erschienen waren, stellte er jedoch ganz oben ins Regal, damit sie sie nicht erreichen konnte. Doch immer dann, wenn die Tür zufiel und anzeigte, dass er hinaus und ihre Mutter zur Arbeit gegangen war, kletterte sie das Regal hinauf, um an die Originalausgabe heranzukommen. Sie spürte dabei, wie ihr das Blut zu Kopfe stieg, als hätte sie sich unerlaubterweise einer Wahrheit bemächtigt. Sie hielt wie eine Diebin die Luft an, als

sie die Zeilen und die erregenden Zeichnungen verschlang.
Sie ging in den magischen Welten von „Tausendundeiner Nacht“ und all ihren lüsternen Details unter. Dabei hatte sie noch nicht einmal ihr dreizehntes Lebensjahr erreicht. Daraufhin las sie alles, was ihr Vater in den Verstecken des Regals und ins Dickicht der fetten Bücher gestopft hatte. Sie schaffte es, mehrere Flyer in die Hände zu bekommen, die von Fäulnis befallen waren und deren vergilbte Seiten zusammen klebten. Auch fand sie eine alte verblasste Zeitschrift, in der ein äußerst hässliches Bild von Gott abgedruckt war.
Die Geschichten von „Tausendundeiner Nacht“ erinnerten sie an die Geschichten ihrer eigenen Familie und lösten in ihr den Wunsch aus zu schreiben. Vielleicht hielt sie sich für die neue Scheherazade, die in den neunziger Jahren des zwanzigsten Jahrhunderts erwacht ist, und auf die die Welt warten würde, um ihren magischen, ineinander verwobenen Geschichten zu lauschen. Oder war dieser Gedanke nur eine Ausrede oder etwa ein Versuch, ihre Tage mit dem Wunsch nach Leben zu füllen beziehungsweise ihrem Alltag mit dem Staunen eines von ihr erschaffenen Wesens Farbe zu verleihen.

Aus diesem Grund hatte sie an jenem Morgen beschlossen, in diesem vom Lärm der Stadt Damaskus weit entfernten Zimmer die Geschichten ihrer Geschichte und die der Familie niederzuschreiben.

Kapitel 9

„Ich schwöre tausendfach, dass du von einer Dämonin besessen bist", rief Um Riema immer dann, wenn ihr bewusst wurde, dass ihre Tochter von Stunde zu Stunde schöner wurde, und der Duft von Nelken die Lungen der Vorübergehenden füllte und sie wie verzaubert an sie fesselte.

Tatsächlich schienen aus Riemas grünen Augen, die so voller Liebe und Leben waren, kleine Teufel zu sprühen. Außergewöhnlich schön wie sie war, glich sie einer echten Dämonin, die in einem großen Gefängnis, dem Dorf Alia, lebte. Die Mutter fragte sich immer wieder, ob jene verhasste Dämonin, die ihren Mann vor Jahren verführt und ihn dazu verleitet hatte, nur eines Beischlafs wegen, sein Leben wegzuwerfen, ob diese Dämonin in den Körper ihrer Tochter zurückgekehrt war, mit dem Ziel das Böse in ihr fortzuführen, sich zu rächen und der Kleinen ein unheilvolles Schicksal zu bescheren. Sie traute sich allerdings nicht, ihre Ängste zu äußern, um nicht die Dämonen aufzuschrecken, die ihre Tochter erneut heimsuchen würde. Vielleicht war es aber auch die türkische Großmutter, Nazili Khanom, die zurückgekehrt war, um sich an den Nachkommen der Familie zu rächen, indem sie ihre rebellische Art und ihr rotes Haar an ihre Tochter Riema weitergegeben hatte. Beide Möglichkeiten riefen bei Um Riema Angst und Schrecken hervor. Hinzu kam, dass sich ihre Tochter wie eine widerspenstige Löwin ihrer Umklammerung entzog. Und obwohl sie ihr jahrelang Hass und Verachtung den Männern gegenüber gepredigt hatte, glühten Riemas Augen

förmlich, sobald ihr Blick auf einen fremden, jungen Mann fiel.
Als sie die Studienrunde des Scheichs mit dem Entschluss verlassen hatte, niemals dahin zurückkehren zu wollen, und als das junge Mädchen mit ihrem Krug bereits auf dem Weg zur Wasserquelle war, handelte sie gegen den Willen ihrer schreienden Mutter und stellte sich taub. Die Mutter schrie immer lauter und schwor, dass die Stunde gekommen wäre und es kein Entrinnen mehr gäbe, denn ihre Tochter benähme sich wie ein Tier. Um Riema hingegen widmete sich unter den erschwerten Umständen ganz der Arbeit, denn sie hatten noch nicht einmal genügend Brot, um satt zu werden. Nachdem sie des Fluchens und Schreiens überdrüssig geworden war, beklagte sich Um Riema darüber, dass ihre Tochter in dieser verführerischen Erscheinung geschaffen worden war. Wäre sie hässlich, würde sie sich nicht so benehmen. Keiner würde sich für sie interessieren, und die lüsternen Männerblicke würden sie auch nicht auf diese Art entblößen. Dann schwor sie sich, dass sie ihre Tochter jedem dahergelaufenen Bettler, der an die Tür klopfte, zur Frau geben würde, selbst wenn es Allousch Al Khawaita wäre, der die Felder von Attia Agha bewachte. Die Zeit verging, aber keiner hielt um ihre Hand an, während die anderen jungen Frauen ihres Alters schon seit Jahren Kinder hatten.

Um Riema war sich sicher, dass ihre Tochter seit ihrer unheilvollen Geburt vom Pech verfolgt war. Ihr rotes Haar deutete auf ein schreckliches Ende hin, wie es bei der türkischen Großmutter war, die

unter den Hufen eines wild gewordenen Pferdes sterben musste. Von ihrem Gezeter völlig erschöpft, lief sie verzweifelt ins Tabakfeld. Gott hatte schon einmal seinen Zorn an ihr ausgelassen, ihr den Mann weggenommen und sie dem Spott der Leute und der Schande seines skandalösen Betruges ausgeliefert. Und hatte ihr die Weiblichkeit genommen, als sie noch eine blutjunge Frau von nicht einmal zwanzig Jahren war. Und hatte ihr schließlich ein widerspenstiges Mädchen geschickt, das den zahlreichen Ratschlägen seiner Mutter kein Gehör schenkte. Hätte er ihr doch einen Sohn geschickt, der ihr eine Stütze hätte sein können.
An manchen Abenden erhitzte Um Riema auf einem Metallteller über dem Feuer einige Stückchen Blei aus ihrem Vorrat, bis sie geschmolzen waren. Dann goss sie das Blei auf einen mit Wasser gefüllten Tonteller, wodurch bestimmte Formen entstanden. Meist stellte sie sich vor, es wäre der Körper einer sehr beleibten Frau, die krankhaft neidisch auf Riemas Schönheit war. Um Riema hoffte, dadurch den bösen Blick zu bannen und ihre Tochter davor zu schützen.
An der Wasserquelle raffte Riema ihr buntes Kleid zusammen und entblößte somit ihre hellen Beine und ließ sie im fließenden, erfrischenden Wasser baumeln. Die morgendlichen Sonnenstrahlen krochen langsam zwischen den Bäumen hindurch, um sich mit dem Glanz der frühen Morgenröte im Wasser zu spiegeln. Riema gab sich dem Traum hin, dass hinter den dichten Bäumen ein fremder Reiter auf einem stattlichen Pferd hervorkäme und sie geheimnisvoll anschaute. Dass er näher kam, um im

Meer ihrer grünen Augen zu versinken und mit offenem Mund im Glanz ihres feurigen Haares verloren ginge.
Die Morgenstunden an der Wasserquelle vergingen immer viel zu schnell. Gegen Mittag ging Riema nach Hause, um die restliche Zeit des Tages vor dem Spiegel zu verharren, der ihr reizendes Gesicht zurück warf, als wäre sie die Braut aus ihren Träumen. Eigentlich war es nur eine kleine Scherbe des Spiegels, den ihr der Wanderverkäufer geschenkt hatte, als er ihr genießerisch eine glänzende grüne Schleife um ihren roten Zopf gebunden hatte. Sie schlief und träumte vom nächsten Morgen, vielleicht war es ja der so sehr ersehnte Morgen, an dem sie an der Wasserquelle mit dem Mann zusammentreffen würde, von dem sie schon so lange träumte.

An der Wasserquelle hatten es sich die Jungen zur Gewohnheit gemacht, durch das umliegende Gestrüpp hindurch zu spähen. Sie hielten den Atem an und beobachteten ein Mädchen, das ihnen wie ein Engel erschien. Ihre feine Haut ließ durchscheinen, was sich darunter befand, als wäre es nur dünner Stoff. Sie warf in ihrem Beisein die Beine ins glitzernde Wasser, sang und spielte mit ihren Zöpfen. Jeder von ihnen träumte von dem Tag, an dem er sie in seine Arme nehmen, über ihr außergewöhnliches Haar streichen und aus allernächster Nähe den Nelkenduft einatmen konnte, der sich wie eine Wolke um sie herum verbreitete und ihr überall hin folgte.
In den darauf folgenden Monaten wurden die Nachrichten, die Alia fortlaufend vom Krieg erreicht

hatten, immer spärlicher. Es waren schon Jahre seit Kriegsbeginn vergangen. Die Nachrichten gelangten über Männer ins Dorf, die geflohen waren und nun in Gruppen das Dorf erreichten. Sie berichteten von unglaublichen Geschichten, die an Grausamkeit kaum zu überbieten waren. Unfassbar schlimme Ereignisse trugen sich dort hinter den Bergen zu.
Eines Morgens waren drei vom Staub völlig überzogene Männer von der osmanischen Armee nach Alia gekommen, die vor dem lodernden Krieg an der südlichen Front geflüchtet waren. Sie schienen einen langen Weg hinter sich zu haben, denn die Nachricht vom Ende des Krieges hatte Alia bereits Tage vor deren Ankunft erreicht. Erschöpft und keuchend kamen sie auf dem Dorfplatz vor dem Cafe von Abu Jaafar an und bettelten verzweifelt um Hilfe. Sie glichen Wüstenhyänen, die monatelang ohne Nahrung und Wasser gewesen waren. Ihre Haare waren lang gewachsen und völlig verdreckt, ihre Haut war mit einer fahlen Schicht überzogen, so dass sie Toten ähnelten.
Am Mittag scharten sich die Dorfbewohner auf dem Platz um die drei Männer, um gebannt ihren Berichten zu lauschen. Möglicherweise würde es irgendwelche Hinweise geben, die auf den Aufenthaltsort ihrer fernen Lieben schließen ließen. Sie ließen sie auf Strohstühlen Platz nehmen, nachdem sie im Haus des Dorfvorstehers ein Bad genommen hatten und stellten vor jeden ein Glas mit starkem, gesüßtem Tee.
Riema und ihre Mutter waren später als die anderen gekommen. Sie schoben sich zwischen den Gestalten hindurch, die nebeneinander standen und einen

Ring um die Geflüchteten bildeten, bis sie ihnen ganz nahe waren. Die Stimmen waren nun deutlich zu hören, und die Mimik ihrer Gesichter erreichte sie noch vor ihren Berichten.

Einer von ihnen war ein schweigsamer, junger Mann mit verzerrtem Gesicht, die beiden anderen Männer waren etwa gleich alt und völlig ausgemergelt. Die Frauen ließen sich im Kreis um sie nieder, um mit weit geöffneten Augen und Ohren jedes Wort aufzuschnappen. Einige Männer hockten sich mürrisch hinzu und verfolgten die Bewegungen ihrer Lippen, die ihnen eine andere, weite und ungewisse Welt näher brachten. Um Riema setzte sich zu den Frauen. Sie trug ihr seidenes Tuch nach hinten geschlagen, so dass es beim Zuhören nicht störte und sie selbst das Geflüster eines der Männer verstehen konnte. Riema stand rechts von ihr und schaute neugierig auf die Gesichter, während sie mit ihrem roten Zopf und der grünen, glänzenden Schleife spielte.
Einer der beiden Männer berichtete von der Hungersnot, die ihnen wie eine Bestie die Zähne gezeigt und ganze Dörfer und Städte zerfetzt hatte. Er schilderte, dass er mit eigenen Augen gesehen hatte, wie ein Scheich mit beiden Händen im frischen Kot einer Kuh nach einem ganzen Gerstenkorn gesucht hatte, um es anschließend gierig in den Mund zu steckten und genüsslich zu kauen. Der zweite Mann schwor mit lauter Stimme, dass er bezeugen könne, was sein Kamerad berichtete. Dass die Menschen dort in den Bergen des Libanon und in den Ebenen von Horan vor lauter Hunger die

Köpfe der toten Tiere abhacken würden, um das Innere zu verschlingen. Genussvoll würden sie es schlürfen, während ihnen das Blut aus den Mündern floss – wie Hyänen!! Die Heuschrecken hatten dann noch alles, was grün war und die Grausamkeiten des Kriegs überstanden hatte, vernichtet.
Um Riema rief einige Male dazwischen, dass nun die Stunde gekommen sei und es keinen Ausweg mehr gäbe. Unterdessen beteuerte einer der beiden Männer mit vor Schreck geweiteten Augen, dass er an einer Straßenkreuzung der südlichen Ebenen hatte mit ansehen müssen, wie eine abgemagerte, schwangere Frau den Fliegen zum Fraß überlassen worden war. Die Fliegen hatten sich über ihre bereits verwesende Leiche hergemacht. Die Menschen seien an ihr vorüber gezogen und hätten die Fliegen in ihren eigenen Gesichtern verscheucht, als würden sie nichts sehen, Schlafwandlern gleich.
„Ganz bestimmt ist der Tag des jüngsten Gerichts gekommen", rief Um Riema erneut und bedeckte ihr Gesicht mit den Händen, während einige Frauen angesichts der Schreckensberichte in Schluchzen ausgebrochen waren.
Der dritte, ein dunkelhäutiger junge Mann mit Bart hatte bislang kein einziges Wort von sich gegeben. Er beobachtete die ihn umgebenden Gesichter aufmerksam und schlürfte von Zeit zu Zeit an seinem Tee.

Das Geschehen um ihn herum schien ihn wenig zu berühren, bis sein Blick auf Riema fiel. Sie überraschte ihn, wie sie so da stand, neben all den sitzenden Frauen. Ihre Gestalt war weiß und wohlgeformt,

ihre Augen waren grün und wunderschön. Sie hatten ihn angestarrt. Ihre roten Haarsträhnen schimmerten unter einem hellblauen Tuch. Wie ein bezauberndes, von Meisterhand gefertigtes Gemälde. Und auch Riema konnte, kaum hatte sie ihn erblickt, die Augen nicht von ihm lassen. Er war ein außergewöhnlich schöner Mann. Er besaß eine hohe Stirn und einen stattlichen Körper, den er mit den Fetzen einer Armeejacke umhüllte. Er erschien ihr wie ein Ritter, dem das Pferd fehlte. Seine Gesichtszüge waren keineswegs mit denen irgendeines jungen Mannes im Dorf zu vergleichen. Fremde und undurchdringliche Merkmale beherrschten sein Gesicht. Auf ihn wirkte Riema reizvoll und anziehend. Sie brachte sein Innerstes zum Erglühen. Seit Beginn dieses verfluchten Krieges war er in keinem Freudenhaus mehr gewesen. Riema schien ihm so schön wie ein rot schimmernder Engel.
Als die beiden älteren Männer sich nach einigen Tagen entschlossen, den langen Marsch zu ihrem Dorf wieder aufzunehmen, folgte ihnen der junge Mann nicht. Er wollte seinen Aufenthalt in Alia verlängern und erklärte, dass er sich noch nicht stark genug fühlte, die Reise fortzusetzen. Er könnte die anstrengende Reise im Moment nicht aufnehmen, da seine Stadt sehr weit entfernt läge, so sagte er dem Dorfvorsteher, der stammelnd versuchte dagegen zu halten: „Aber deine Familie hat doch sicher Sehnsucht nach dir."
Verärgert stand er in dem Zimmer, das er für Durchreisende bereitgestellt hatte und das sich etwas abseits von seinem Haus befand. Der junge Mann ging nicht weiter darauf ein. Er war vielmehr

damit beschäftigt, das hellblaue Hemd zusammenzulegen, das er anstelle seines abgetragenen Militäranzugs vom Dorfvorsteher geschenkt bekommen hatte.

In den darauf folgenden Sommermonaten saß der junge Mann unermüdlich an der Wasserquelle, um ihren langen, morgendlichen Besuchen beizuwohnen. Jeden Tag traf er voller Sehnsucht vor ihr ein, gelenkt von dem überwältigenden Wunsch, den Morgen mit ihrer engelsgleichen Schönheit zu beginnen. Er setzte sich an das Ufer gegenüber und spielte mit einem gepflückten Basilikumzweig im Wasser. Sie plätscherte mit ihren zarten Beinen in der Quelle, während seine Augen nicht von ihrem Gesicht abließen, als wäre er ein Liebhaber aus einem Märchen. Jeden Morgen, wenn sie ihren Krug zur Wasserquelle trug, wartete Riema darauf, ihn zu sehen. Sie hatte ihr buntes Kleid und eines ihrer engen Hemdchen an.

Sie fragte sich, könnte er es nicht vielleicht sein? Er hatte zwar kein weißes Pferd, aber sicher könnte er es sein!
Bislang hatten schon viele junge Männer versucht, ihr Herz an der Wasserquelle zu erobern. Sie hatten stundenlang ihre zauberhafte Erscheinung mit den Augen verschlungen. Doch keiner von ihnen konnte dem Bild, das sie sich entworfen hatte, gerecht werden. Allein jenem Fremden war es gelungen, sie mit seinen unablässigen, liebkosenden Blicken zu faszinieren. Schmeichelnde Werbung wie die seine war ihren Ohren bisher fremd gewesen

und brachte fast die Steine im Fluss zum Schmelzen. Und so war es gekommen, dass sie ständig an ihn denken musste. In der Vorfreude, sich bald mit jenem Fremden zu treffen, begann sie jeden Morgen ihre bunten Tücher und engen Hemden zu wechseln, so dass sie noch reizender wirkte. Doch der geflüchtete Soldat erwog nun ernsthaft, das Dorf Alia zu verlassen und in die Stadt zu gehen, in der Hoffnung vielleicht dort die Zügel seines Lebens wieder in den Griff zu bekommen. Die Lage schien jetzt nach Kriegsende und mit Ankunft der alliierten Kräfte in der Region allmählich besser zu werden.
Davon erzählte er ihr, während sie beide mit ihren Händen im erfrischenden Wasser spielten.
„Würdest du mit mir kommen?", fragte er sie und vergrub seine schmalen Hände in ihrem roten Haar.
„Ich werde dich heiraten, und wir werden zusammen in der Stadt leben", fügte er hinzu und strich über ihr milchweißes, zitterndes Gesicht. Dann küsste er sie, wobei er seine harte Zunge in das Innere ihres Mundes vorstieß. Sein Kuss hatte den Geschmack von Johannisbrot und seine Zunge fühlte sich an wie eine hölzerne Möhre. Es schien ihr, als würde er ganz in sie eindringen, während das Blut unter ihrer durchsichtigen Haut aufwallte. Dieser Kuss von ihm erschreckte sie. Was würde geschehen, wenn sie jemand sehen würde? Seine fesselnde Erscheinung hatte sie völlig in den Bann gezogen. Die Nacht war noch nicht angebrochen, da wusste bereits ganz Alia von der feurigen Leidenschaft zwischen Riema und jenem Fremden. Doch keiner der Männer im Dorf mischte sich ein, selbst die nahen

Verwandten erhoben nicht den Finger. Riemas schlechter Ruf ließ sie lediglich spöttisch die Schultern zucken und im Tagesgeschäft fortfahren. Es gab keine Ehre, die sie eilig hätten verteidigen müssen oder gar einen Ruf, der hätte befleckt werden können. Es war ja nur Riema.
Aber Riema war glücklich, sich so zu sehen. Noch nie hatte sie dieses Gefühl erlebt, das so sonderbar war, das sie am liebsten den Holzpfeiler mitten im Zimmer umarmen oder überall in der engen Wohnung umher tanzen wollte. Sie wünschte sich, einfach liegen bleiben zu können, um den Riss in der Wand zu beobachten, als würde ein Engel daraus hervortreten und sich in ihren Schoß legen. War es diese Liebe, auf die sie gewartet hatte? Auf einen Ritter, der aus einer Stadt kam, um sie auf den Flügeln des Windes fort zu tragen. War es diese Liebe, die sie dazu veranlasste, in Erwartung des nächsten Morgens die Stunden am Tage schlafend zu verbringen, um ihn dann schließlich zu treffen - vielleicht.

Zum Ende des Sommers färbte sich das Dorf in die unterschiedlichsten Schattierungen von lila und gelb. Riemas Haar, das auf dem Boden ausgebreitet lag, wirkte wie ein violetter Anstrich, der sich mit dem Gemälde des herannahenden Herbstes vermischte. Der Fremde pflückte einen reifen Granatapfel, dessen Schale bereits Risse hatte und verteilte die Samen auf Riemas glänzenden, nackten Brüsten. Er beugte sich über sie und schlürfte die süßen Samen und die Schweißtropfen, die auf ihre zitternden Brustwarzen perlten.
In der Stille des undurchdringlichen Dickichts

flüsterte er ihr zu „Wieso zitterst du?“
Sie antwortete nicht. Sie war blass, während er ihren nackten Körper umschlang und den atemberaubenden Nelkenduft einsog. Die Nelken hatten eine Wirkung wie Wein und sie berauschten ihn, während er die höchste Form der Ekstase erreichte. „Sag deiner Mutter, dass ich heute kommen werde, um mich mit dir zu verloben.“.
Riema traute ihren Ohren nicht. Der Fremde begann sie zu küssen, bis sich ihr Körper ein wenig beruhigte. Er flüsterte ihr seine Liebkosungen ins Ohr, durchwühlte ihr Haar und spielte mit ihren Lippen. Riema erlebte etwas, was sie nie zuvor erfahren hatte, etwas, das die Phantasie geschaffen haben musste oder gar die Götter. Sie beobachtete seine Bewegungen, die sie verzauberten und die sie sich nie zuvor hatte vorstellen können und von denen sie auch noch nie zuvor gehört hatte. Noch nicht einmal, wenn die Dorffrauen sich an der Wasserquelle ihre Geheimnisse erzählt hatten, war so etwas zur Sprache gekommen.
In der Verborgenheit des Dickichts streifte er ihr die lange, gepunktete Unterhose ab. Riema hatte sich vorher niemals vorgestellt, dass Liebe so sein sollte. Sein Gesicht hatte den Ausdruck eines unnachgiebigen Mannes, der stur sein Ziel verfolgte. Als er seine Hose herunter gezogen hatte, wurde sie von etwas gestoßen, das sich lang und hart anfühlte. Als wäre es der Stumpf eines Baumes, der aus seiner Mitte herausragte, woraufhin sie versuchte, sich der Last seines Gewichts zu entziehen. Sie war völlig verschüchtert, ängstlich und - dennoch sehr neugierig. Plötzlich fühlte sie, wie dieser

Stumpf sachte an ihr anklopfte und mit einem einzigen Stoß in ihr Inneres vordrang, was sie unter Schmerzen aufschreien ließ.

Seit Sonnenuntergang saßen Riema und ihre Mutter auf Hockern vor der Tür ihres Hauses. Riemas Augen waren unaufhörlich auf den Weg gerichtet, der vom Dorf herführte. Sie warteten auf den Schatten des Fremden und darauf, dass er glücksbeseelt heraneilte. Die erste Hälfte der Nacht war schon vorüber, und er war nicht gekommen. Ihre Gesichter wurden mit zunehmender Dunkelheit, die sich über das Haus legte, immer bedrückter. Kaum hatte die Mutter eine Zigarette ausgemacht, drehte sie schon die nächste, noch dicker als die vorige, und stecke sie gierig zwischen ihre Lippen. Immer wieder hustete sie. Riemas Gesicht war vom Weinen ganz aufgedunsen. Sie spürte, dass sich eine Katastrophe anbahnte. Keine der beiden hatte auch nur daran gedacht, einen einzigen Happen zu essen. Der Teller mit Auberginen und die trockenen Brotfladen auf der Strohmatte blieben verwaist und unangetastet stehen.
Es wurde Mitternacht, ohne dass sich nur ein Schatten auf dem einsamen Weg abzeichnete. Als die Sonne fast aufgegangen war, nahm Um Riema einen starken Zug an ihrer letzten Zigarette und flüsterte in rauem Ton, indem sie ihre kleinen Augen verengte: „Er wird jetzt nicht mehr kommen." Sie ging ins Haus zurück und legte sich angekleidet auf die Strohmatte. Noch nicht einmal ihren kurzen Fes mit dem darum drapierten Tuch hatte sie abgenommen. Sie drehte ihr Gesicht zur Wand und

versuchte, eine Träne zu unterdrücken, die ihr gegen ihren Willen die Wange herunterlief. Sie sah die Katastrophe kommen. Sie fühlte es. Sie stellte Riema jedoch keine Fragen. Sie wollte sie nicht verärgern. Es war ein armseliges, junges Mädchen. Seit ihrer Geburt war sie vom Pech verfolgt. So schlief sie ein, während sie Gott um Hilfe anflehte und vor sich hin murmelte, dass nun wohl die Zeit gekommen sei, dass die Ehre die Köpfe der Männer und die Scham die Gesichter der Frauen verlassen hat.
Und Riema, die alleine draußen geblieben war, weinte zunächst verhalten und voller Scham, dann wurde ihr Weinen aber immer lauter und heftiger, schließlich wurde es zu einem einzigen Schrei, der die Stille der Nacht durchschnitt.
Am Morgen hatte sie sich in ein gespenstisches Wesen verwandelt, das nicht wiederzuerkennen war. Die ganze Nacht über hatte sie kein Auge zugetan. Sie konnte nicht aufhören zu weinen und saß wie angewurzelt auf dem Stuhl, als hätte sich ein Vogel auf ihrem Kopf eingenistet. Als ihre Mutter aufstand, fand sie Riema völlig verändert und mit zerzaustem Haar vor. Ihre Tränen waren nun getrocknet und hatten auf ihrem blassen Gesicht schwarze Spuren von zerflossenem Kohlestift hinterlassen. Sie trug noch ihre mit dunklem, trockenem Blut befleckte Unterhose und zitterte am ganzen Körper, als sie zu ihrer Mutter aufschaute. Die Wahrheit war ans Licht gekommen. Kein Geschrei und kein Klagen würde mehr helfen. Die Katastrophe, die Um Riema befürchtet hatte, war eingetreten.

Die Mutter schlug ununterbrochen auf den Körper der jungen Frau, die sich völlig ergeben hatte, bis ihre Hände nicht mehr konnten. Sie hatte sie brutal geschlagen und dabei geweint. Dann warf sie sich neben sie, schluchzte bitterlich und nahm ihre Tochter in die Arme. Beide Körper zitterten und ihr Gejammer verwandelte sich allmählich in ein unterdrücktes Wimmern. Unter Tränen wehklagte Um Riema, dass sich ihre Tochter trotz aller Warnungen, die sie ihr über die Männer gegeben hatte, nicht zurückgehalten hatte. Über ihren Vater hatte sie ihr erzählt, dass er sie ihr ganzes Leben lang der Schande und Not ausgesetzt hatte. Er war wie alle Männer, verräterisch und hinterlistig. Riema habe die Worte ihrer Mutter wohl nicht verstanden und ihnen keine Bedeutung beigemessen und dies sei nun das Ergebnis. Sie wäre vom selben Biss der Schlangen, dem der Männer, heimgesucht worden wie ihre Mutter. Nach jedem Satz schrie Um Riema aus tiefster Seele, schwer atmend und tränenüberströmt. Dann verstummte sie plötzlich und ließ vom Körper ihrer Tochter ab. Nach wenigen Minuten wischte sie ihre Tränen aus dem Gesicht. Ihre Kleine ließ sie völlig zerstört am Boden liegen, während sie zur Dorfgrenze hastete, wo sie Allousch, den Dorfdeppen, fand, der die Ländereien von Attia Agha bewachte. Er lehnte an einem Olivenbaum und summte ein Lied vor sich hin. Um Riema schüttelte ihn und schrie „Allousch, du Dummkopf, heiratest du meine Tochter?"

Allousch Al Khawaita war ein Mann über vierzig und noch nie in die Nähe einer Frau gekommen.

Immer lief er allein in den Gassen umher, ein Lied vor sich hin summend. Nachts spazierte er an den Grenzen der Ländereien des Aghas entlang. Sommers wie winters trug er eine abgetragene, zerfledderte schwarze Hose und einen abgewetzten Strohhut, von dem stets der Geruch einer verwesenden Kuh ausging. Keiner im Dorf wusste, woher er eigentlich stammte oder aus welchem Dorf er war. Man erzählte sich, dass die Osmanen seine Familie, die den Aufständischen und ehrenhaften Menschen der Stadt angehörte, getötet hatten, vor seinen Augen. Sie hatten seine Mutter und seine Schwester vergewaltigt, bevor sie ihnen die Bäuche aufschlitzten. Er jedoch sei geflohen und habe sich dem Zugriff der Osmanen entziehen können, wie eine kleine Maus hatte er sich verkrochen. Bis heute hatte er seine unscheinbare Gestalt beibehalten. Vielleicht waren es diese Umstände, die ihn in das entfernt gelegene Dorf verschlagen hatten, allein, hungrig und geistig verwirrt.
Am Abend erfuhr das gesamte Dorf, dass Um Riema ihre schöne und berüchtigte Tochter an Allousch Al Khawaita verheiratet hatte. Keiner wunderte sich darüber. Den Bewohnern war klar, dass hinter der Heirat ein triftiger Grund stecken musste. Sicher hing es mit Riemas ungeziemendem Verhalten und ihrem Lotterleben zusammen.
„Was kann man schon erwarten, wenn eine Frau ein Kind alleine groß zieht!“, tuschelten einige.
„Es stimmt schon, dass sie eine tugendhafte Frau ist, die sich von den Männern fern hält. Aber sie ist und bleibt eben eine Frau, nur ein Mann kann ein Mädchen richtig erziehen.“

Die Dorfbewohner beobachteten Allousch voller Spott, während er vor Freude lachte und in den Gassen des Dorfes umher sprang. Riemas Gesicht alterte zusehends mit jedem Schritt, den sie sich dem dürftigen Haus ihres Ehemannes näherte. Sie hielt ihr kleines Bündel fest an sich gedrückt, während ihr die Tränen über die Wangen strömten, sie versuchte noch nicht einmal sie abzuwischen. Ihr Stolz, mit dem sie so oft den Schwätzern ins Gesicht geblickt hatte, schwand dahin, doch geschlagen, wie sie sich fühlte, schenkte sie dem keine Beachtung. Sie war eine vernachlässigte Braut, in schäbiger Kleidung und mit zerzaustem Haar – sonst nichts. Um Riema aber blieb zu Hause und schlug wehklagend ihren Kopf an die Wand, während ihre Tochter aus ihrem gemeinsamen Leben verschwand, um mit Al Khawaita zu leben. Es ließ sich nicht leugnen, dass ihre Tochter vom Pech verfolgt war, und heute hatte es seinen Höhepunkt erreicht. In der nackten Wohnung von Allousch legte sich Riema zum Schlafen auf eine schäbige Strohmatte, welche die sandige Erde bedeckte. Sie lag in der Ecke zusammengekrümmt wie ein Kokon. Sie schaute sich verstohlen in der abscheulichen Hütte um und dachte entmutigt, dass dies nun ihr einziges Zuhause sein würde.
Tage später, als ihr Ehemann versuchte, ihr zerzaustes, feuriges Haar zu berühren, brüllte sie wie eine Löwin. Ihm war, als näherte sich ihm ein Feind, also zog er sich zitternd zurück und ließ sich auf der anderen Seite des Zimmers nieder. Ihr wüstes Aussehen machte ihm Angst, es sollte das erste und das letzte Mal sein, dass sich Allousch Riema näherte.

Mit der Zeit ließ Riemas Zorn ein wenig nach. Die aufgerissenen Knöchel von Allousch verursachten ihr keinen Ekel mehr und sein lautes Schmatzen empfand sie nicht mehr so abstoßend. Doch weiterhin überkam sie ein Gefühl der Übelkeit, wenn Allousch nach dem Essen laut rülpste. Für gewöhnlich verließ er bei Sonnenuntergang das Haus, um sich am Rande eines der Ländereien niederzulassen und dort bis zum Morgen tief und fest zu schlafen. Dann lief er ins Schloss des Aghas, um von einem der Männer im Schloss den Lohn für seine nächtliche Wache in Empfang zu nehmen. Damit ging er in seine Lehmhütte zurück und legte seine wenigen Einkünfte in Riemas Hand. Wenn sie es erlaubte, streichelte er ihr Haar oder gab ihr einen Kuss auf die Wange.

Tag für Tag vergewisserte sich Riema aufs Neue, dass sie schwanger war. Die Wochen vergingen, ohne dass sie ihre monatliche Blutung bekam. Ihr Geruchssinn wurde zusehends empfindsamer, und gewisse Gerüche nahm sie sogar über Entfernungen hinweg wahr. Selbst der Nelkengeruch wurde ihr verhasst, und sie konnte ihn, der sich in den Falten ihrer Kleidung eingenistet hatte, nicht mehr ertragen. Sie wusste nicht, was sie tun sollte, um sich von ihrer Last zu befreien, verhielt sich wie eine Irre. Lief über die Felder, wälzte sich dort auf den Steinen und dem lehmigen Boden, sprang über die tiefen Gruben im Dorf und schlug solange auf ihren dicker werdenden Bauch ein, bis sie fast in Ohnmacht fiel. Sie trug schwere Wasserkrüge von der weit entfernten Wasserquelle bis nach Hause, schüttete sie aus und ging erneut los, um sie aufs Neue zu füllen und gleich wieder auszuschütten. Der Embryo bestand jedoch stur darauf, in ihrem Inneren zu verweilen. Schließlich warf sie sich schluchzend an der Wasserquelle nieder und begann reumütig über das Kind nachzudenken, das den Namen von Allousch Al Khawaita tragen würde. Es würde ohne seinen Vater aufwachsen und dem schrecklichen Spott der Dorfbewohner ausgesetzt sein. Sie verharrte lange an der Wasserquelle. Es war bereits Mitternacht und sie saß noch immer dort. Sie hatte schon fast vergessen, dass dies der Ort war, an dem sie tagelang auf ihren Ritter gewartet hatte. War es jener Fremde, der sie verlassen und in ihrem Inneren einen Samen hinterlassen hatte, war er wirklich ihr Ritter?

Der Embryo, der sich mit aller Kraft an das Leben geklammert hatte, kam an einem Sommermorgen zur Welt. Die neun Schwangerschaftsmonate waren vergangen, ohne dass Riema ihre Mutter gesehen hatte. Sie hatte nicht im Geringsten daran gedacht, sie zu besuchen. Sie wollte sie sich nicht einmal vorstellen. Ihr ganzes Herz war angefüllt von einem unbändigen Hass auf sie. Riema war davon überzeugt, dass ihre Mutter die eigentliche Schuld trug, an dem, was ihr widerfahren war. Die Mutter hatte sich ihrerseits nicht getraut, sich dem lehmigen, verfallenen Haus ihrer Tochter auch nur zu nähern. Vielleicht fürchtete sie sich vor dem Anblick der armseligen Behausung und dem elenden Leben, in das sie Riema gestoßen hatte. Vielleicht hatte sie Angst, Riema in die Augen zu sehen und dort nichts als Anschuldigung und Hass zu finden.

Als die Wehen einsetzten, beschloss Riema, niemanden zu Hilfe zu holen. Sie hatte sich insgeheim schon vorgenommen, das Kind gleich bei der Geburt zu erwürgen. Die Geburt verlief jedoch ganz anders, als sie es erwartet hatte. Es ging alles sehr einfach. Das Kind kam sogar vor ihren Krämpfen und rutschte bläulich und zerknautscht zwischen ihren Beinen heraus, bevor sie es erwürgen konnte. Das Neugeborene war ein Mädchen.
Zum Zeitpunkt der Geburt befand sich Um Riema vor ihrem Haus. Sie hatte gerade die Tabakblätter mit einem Metalldraht und einem langen Hanffaden befestigt. Die Junihitze verwandelte den Ort in eine feurige Hölle und ließ ihren Schweiß hervortreten.

In jenem Augenblick warf sie plötzlich die Nadel aus der Hand und rannte zu Riemas Haus, die Holzgerüste und den Tabakfaden ließ sie auf dem Boden fallen. Eine innere Stimme sagte ihr, dass ihre Tochter in diesem Moment unbedingt ihre Hilfe brauchte. Sie lief schneller und schneller, schließlich rannte sie förmlich durch die Gassen. Riema lag blass auf der Strohmatte. Der Schweiß hatte ihre langen Haare zu Zöpfen geformt. Das Blut beschmutzte ihre noch immer gespreizten Oberschenkel, unter ihr lag eine blutige Masse, daneben ein dunkler, blutverfärbter, stummer Haufen.
„Ist das Kind tot?", schrie Um Riema, als sie in die Hütte kam. Sie dachte, dass sich ein Unglück ereignet hatte. Mit einer Kopfbewegung gab ihr Riema zu verstehen, dass dies nicht der Fall sei und fiel augenblicklich in einen tiefen Schlaf.
Die Großmutter flehte Gott um Hilfe an, als sie

sah, dass das Neugeborene ein Mädchen war. Ist ein Unglück nicht genug! Die Kleine besaß jedoch weder das rote Haar ihrer Mutter noch die Augen einer Gazelle. Nachdem sie Riema das erste Mal seit Monaten geküsst hatte, rieb Um Riema die Schenkel ihrer Tochter ab und half ihr, in einer bequemeren Lage zu schlafen. Dann ordnete sie ihr die Kleidung und das zersaustes Haar. Sie nahm das rosafarbene Bündel, das auf der Strohmatte lag, auf den Arm und entspannte sich ein wenig. Vielleicht würde die Kleine ja Glück haben, da sie ihrer Mutter überhaupt nicht ähnlich sah. Vielleicht ähnelte sie mehr ihrem Vater, jenem niederträchtigen Fremden, der ohne wiederzukehren weggegangen war.
Um Riema nahm den Säugling und wusch ihn mit Wasser und Salz. Dann brachte sie gemahlenes Basilikum mit Olivenöl herbei, um das kleine dunkelhäutige Mädchen damit einzureiben. Sie sah jedoch keine Notwendigkeit darin, die kleinen, engen Augen mit einem Kohlestift zu schwärzen. Sie rechtfertigte sich vor sich selbst damit, dass ihre Augen in letzter Zeit sehr schwach geworden und nicht mehr imstande seien, den feinen Kohlestrich um die Säuglingsaugen zu ziehen.

In der ersten Woche nach der Geburt gab Um Riema ihrer Tochter lauter gute Ratschläge. Die Entbindung hatten Mutter und Tochter wieder miteinander versöhnt. Sie riet ihr, alleine zur Wasserquelle zu gehen und dort eine Handvoll Weizen hineinzuwerfen. Dann würde ganz sicher die Milch aus ihren vertrockneten Brüsten fließen, so wie das Wasser aus der Wasserquelle hervorsprudelte. Sie kam nun jeden Morgen in die Hütte von Al Khawaita und verließ sie nicht vor Einbruch der Nacht.

Nach einer Weile stellte sie ihre Besuche ein. Sie war zu der Überzeugung gekommen, dass ihre Tochter keinen ihrer Ratschläge annehmen würde, sondern lieber in ihrer eigenen Welt leben wollte. Wieder hatte sie angefangen, stundenlang an der Wasserquelle zu verbringen und dabei hatte sie ihre kleine Tochter noch nicht einmal richtig kennen gelernt. Da entschloss sich die Großmutter, die Kleine zu sich zu nehmen und ihr den Namen Sumaya zu geben.
Nachdem Riemas Brüste weiterhin trocken blieben, versuchte Um Riema, das kleine Mädchen mit einer Zucker-Wasser-Lösung zum Schweigen zu bringen. Wenn sich sein Weinen steigerte, gab sie dem Kind ihre eigene Brust, an der sie es saugen ließ, bis sie vor Erschöpfung einschlief. Doch schließlich blieb der traurigen Großmutter nichts anderes übrig, als die Hilfe einer Amme aus dem Dorf in Anspruch nehmen, sonst wäre die Kleine wohl gestorben.
In der Zeit, als Um Riema schon fast aufgegeben hatte, Tochter und Enkelin einander näher zu bringen, betrachtete sie die Kleine und kam zu der festen Überzeugung, dass der arme Säugling zweifellos vergessen hatte, das zu tun, was alle anderen Säuglinge in den Bäuchen ihrer Mütter tun, nämlich sich zwischen dem Herzen und dem Bauchnabel der Mutter siebenmal hin und her zu bewegen und dabei zu rufen „Ach, Herz meiner Mutter, vergiss mich nicht.“

Vielleicht war das der Grund, warum sich diese Mutter ihm nicht so zuwandte, wie es alle anderen Mütter der Welt taten.
Die Kleine kam ihrer Großmutter zunehmend eigenartiger vor. Sie machte einen ruhigen und fügsamen Eindruck, selbst dann, wenn sie an ihr schlichtes Holzbett oder mit dem Po auf dem Nachttopf festgebunden wurde. Anscheinend tat es ihr nicht weh und sie weinte auch nicht, wie es die Kleinen üblicherweise tun. Der Kopf, der mit einem Stoffstreifen umwickelt war, bewegte sich nur selten. „Ruhig und fügsam ist sie." Die Großmutter, nun mit einem weiteren Mädchen geprüft, ergänzte „Gott sei Dank, dass die Kleine keine Schönheit ist. Sie wird zufrieden sein und zufrieden stellen. Eine Dämonin reicht uns." Dabei fuhr sie mit dem Handrücken über ihren Mund und beschwor stets aufs Neue, dass sie die Enkelin anders erziehen müsse als deren Mutter. Sie musste die Bewohner von Alia vergessen machen, dass Sumaya die Tochter von Riema war. Die Kleine muss zufrieden sein und zufrieden stellen, und keinen Ärger machen. Sie sollte alles, man ihr auftrug, bereitwillig und ohne Widerrede erfüllen. Nur dann würde Sumaya in Frieden leben können.
Um Riema fuhr beschwörend fort, dass die Stunde des jüngsten Gerichts sicher bevorstünde, wenn sich die Mütter nicht mehr um ihre eigenen Kinder kümmerten und sie sich selbst überließen. Dies waren ganz eindeutige Zeichen dafür, dass die Stunde gekommen war.

Eines Morgens kam Allousch Al Khawaita überraschend zu Um Riema gelaufen. Sie war gerade dabei, ihre Enkelin mit frischer Buttermilch und noch warmem Brot aus dem Ofen zu füttern. Sumaya saß ruhig auf dem kleinen Stuhl, der einmal ihrer Mutter gehört hatte. Al Khawaita kam laut schreiend und mit bloßen Füssen hereingestürzt. Sein verzerrtes Gesicht war tränenüberströmt, und aus seinem Gejammer konnte Um Riema sich nach und nach zusammenreimen, dass Riema nun endgültig aus dem Dorf verschwunden war.

Kapitel 10

„Früher war es hier im Hammam anders als heute. Wie schade um die gute alte Zeit", murmelte Um Ibrahim vor sich hin, als sie die weiträumige Halle betrat. Die Wände waren mit Steinbänken gesäumt, die mit orientalischen, grellbunten und einander überlappenden Teppichen belegt waren.

Sie grüßte die dort versammelten Frauen und zog ihre Enkelin Angela weiter bis zum Ende des hinteren Saales. Dort ließen sie sich in einer Ecke auf einem Absatz nieder, auf der ein roter Teppich mit langen Fransen ausgelegt war.

Das Kohlebecken, eine große Schale aus Metall, wurde vor ihnen aufgestellt. An Wintertagen war es mit glühender Kohle gefüllt, damit die Wärme bis in den hintersten Winkel des Saales vordringen konnte. An einem Sommertag wie heute lag die verrostete Schale verwaist mitten im Saal und erfüllte keinerlei Aufgabe, außer dass die Frauen ständig über sie stolperten.

Um Ibrahim legte ihre Kleidung Stück für Stück ab. Sie begann mit dem schwarzen Gilbab und der Kopfbedeckung, zog dann ihr geblümtes Kleid aus und ließ nur ihre weiße Unterhose an. Ihre gewaltigen Brüste hingen so weit herab, dass die braunen Brustwarzen fast an ihren Bauchnabel reichten. Sie band sich ein buntes Handtuch um den Oberkörper und stand auf, um sich der Runde der versammelten Frauen anzuschließen. Angela, ebenfalls nur in Unterhose, zog sie hinter sich her. Mit ihren neun Jahren war von Brüsten noch nichts zu sehen. Die Frauen auf den Steinbänken schwatzten gelangweilt miteinander.

„Was haben wir da gehört, Um Ibrahim. Werdet ihr euer Haus verlassen?"
„Ach, meine Liebe, das weiß ich nicht. Das muss Abu Ibrahim entscheiden."
„Es wäre wirklich sehr schade, wenn ihr das Viertel verlassen würdet. Ihr habt doch ein ganzes Leben lang unter uns verbracht."
„Bei Gott, es würde mir das Herz brechen, wenn ich das Viertel und euch verlassen müsste."
„Wir würden euch auch sehr vermissen."

Die Augen von Um Ibrahim und einiger Frauen füllten sich mit Tränen. Sie schwiegen und versuchten, die Tränen zu unterdrücken. Während sie den Blick über die Gesichter der Frauen schweifen ließ, tauchten Erinnerungen an gemeinsame Erlebnisse auf. Georgette, die ihr gerade gegenüber saß, und jener Tag vor langer Zeit, als sie ihrer Vermählung in der Kirche beigewohnt hatte. Es sollte nicht das letzte Mal gewesen sein, dass sie die Kirche nahe am Meer besuchen würde. Oder der Tag, an dem sie zu Saadiyya gegangen war, um sie zu beglückwünschen, nachdem diese von der Pilgerfahrt nach Mekka zurückgekehrt war. Um Ibrahim kostete von dem mitgebrachten Wasser der Zamzam-Quelle und von den mit Pistazien und Rosenwasser zubereiteten Süßigkeiten. Und wie oft wurde nicht Khalida herbei gerufen, um mit ihren magischen Kräutern die vielen Neugeborenen von nicht enden wollenden Krämpfen zu heilen. Sie erinnerte sich an Hochzeiten, Trauerfeiern, Beschneidungen und Segnungen. Nie würde sie das vergessen können!
Eine schrille Stimme, die gerade eine anzügliche

Anekdote zum Besten gegeben hatte, ließ sie aufschrecken und die aufgekommene Wehmut vertreiben. Der Schrei war befremdend und irgendwie unbekümmert. Es war die Stimme von Khalida, einer brünetten Frau, die ihre langen Zöpfe vor ihre Schultern gelegt hatte, um ihre nackten Brüste zu verstecken. Sie beendete ihre Anekdote und legte mit einem spöttischen Lächeln den Schlauch der Wasserpfeife in den Mund.

Nach einer kurzen Weile begannen die Gespräche der Frauen erneut anzuschwellen. Khalida war es gelungen, sie aus einer nahezu lähmenden Trübsal herauszureißen. Dann begann sie mit ihrem bevorzugten Gesprächsthema: die gestrige Nacht und ihr Mann. Um Ibrahim erblasste, als sie sah, wie Angela völlig gebannt den Worten Khalidas folgte. Ihre Augen waren vor lauter Neugierde weit geöffnet, während sie sich nach vorne beugte. Um Ibrahim packte Angela an der Hand und ignorierte ihren nachdrücklichen Wunsch zu bleiben. Sie zog Angela in das Innere des Saals, entschuldigte sich dabei mit ein paar Ausreden bei den Frauen wegen ihres eiligen Aufbruchs. Angela protestierte dagegen und begann zu weinen. Denn diese brünette Frau zog sie in ihren Bann. Während das Lachen Khalidas noch bis ins Innere des Saals zu hören war, als wollte es sich über ihre Flucht lustig machen, verbrannten die heißen Wassergüsse ihren Körper und verscheuchten sämtliche Gedanken aus ihrem Kopf.

Das innen gelegene Bad roch nach Schimmel, Seife aus Lorbeeröl und verfaultem Wasser, das auf eine nicht geflieste Erde geschüttet wurde.

Die Großmutter legte sich auf die heißen Fliesen in der Ecke, damit die Hitze ihre starken Rückenschmerzen linderte. Ihr breites Gesicht schien noch brauner und die flache Nase noch größer zu werden, als sie ihre Augen schloss, um die Wärme der Fliesen ausgiebig zu genießen. Ihr gleichmäßiges Atmen ließ tiefen Schlaf vermuten. Nun war für Angela die Chance gekommen, sich heimlich durch die hölzerne, verschimmelte Tür zu schleichen, um in den langen, dunklen Korridor zu gelangen, der die kleinen Badezimmer voneinander trennte. Eine unbekümmerte, klare Stimme, die aus einem anderen Raum kam, sang ein kokettes Lied: „Oh Mama, wie klingt der Schmuck an meinen Fesseln."

Angela folgte der Stimme, die hinter einer nahen, verschlossen Tür erklang. Sie atmete tief ein und hielt dann die Luft an, als würde sie dadurch unsichtbar. Sie drückte ihr Auge an das Schlüsselloch, um Khalida zu beobachten, wie sie das Wasser über ihren fülligen Leib goss, während sie im Schneidersitz auf dem warmen Fußboden saß. Ihre Melodien und das Geräusch der kupfernen Wasserbehälter, wenn sie an die steinerne Wasserwanne stießen, bildeten einen harmonischen Gleichklang. Die Situation erinnerte sie daran, wie sie einmal ihren Eltern nachspioniert hatte. Kaum war Hazem ins Bad gegangen, war Mariam ihm einige Minuten später gefolgt und hatte leise die Tür hinter sich abgeschlossen in der Annahme, dass Angela dies nicht bemerkt hätte. Auch damals hatte sie ihr Auge an das Schlüsselloch gepresst und alles genau beobachtet. Mariam war nackt und auch Hazem hatte seine weiße Unterhose abgelegt. Ihre Körper kamen sich näher und entfernten sich wieder voneinander und das Geräusch des Wassers, das aus der Wanne auf den Boden schwappte, übertönte jeden anderen Laut. Der sich im Inneren ausbreitende Dampf hinderte sie daran, klar zu sehen was sich vor ihr abspielte. Sie konnte jedoch die langen Haare ihrer Mutter sehen, die auf dem Rücken klebten, wo sich die beiden Arme ihres Vaters befanden. Es war ein Bild, das nie aus ihrem Gedächtnis verschwinden würde.

Das Nachspionieren war nicht nur eine ihrer Lieblingsbeschäftigungen, es war vielleicht auch ein Bedürfnis. Wie oft hatte sie im Gang, der zur Toilette führte, auf ihren Vater gewartet. Kaum war er hinein gegangen, stürmte sie hinterher, um einen Blick auf das zu werfen, was er angeblich zwischen seinen Beinen trug. Er war jedoch stets schneller als sie und konnte es immer unter seinen Händen verstecken. Das Nachspionieren war für ein junges Mädchen wie sie die einzige Möglichkeit, etwas in Erfahrung zu bringen.

Khalida fuhr mit ihrem Lied fort: „Alle sagten, der Name Gottes, der Name Gottes."

Eine Seite ihres braunen Hinterteils war auf dem Boden liegend zu sehen. Schon allein das ließ sie wie eine Meerjungfrau erscheinen. Angela konnte die Szene durch das Schlüsselloch nicht so klar beobachten, also versuchte sie, die Tür zu öffnen. Langsam und ohne Aufmerksamkeit zu erwecken. Die Tür gab aber wegen der eingerosteten Scharniere einen schrillen Ton von sich, fast so, als wäre es das Tor einer verlassenen Burg, das seit Jahren nicht mehr geöffnet worden war. Angela glaubte, dass nun die Stunde der Wahrheit geschlagen hätte und blieb wie angewurzelt an Ort und Stelle stehen. Zu ihrem Erstaunen drehte sich Khalida zu ihr um und ließ ihre Zähne sehen, indem sie spöttisch lächelte. Dann fragte sie leise, wieso sie nicht ihre Badeschuhe trage, so sie würde doch ausrutschen. Angela brachte keine Silbe hervor. Sie blieb einfach stehen und betrachtete erstaunt die Streifen, die der vom Wasser verwischte Kohlestift auf Kahlidas Gesicht gezeichnete hatte, und die wie schwarze Tränen aussahen. Es gab feine Fältchen um Khalidas Mund und ihre Augen verengten sich bei jedem Lächeln. Sie besaß einen eigenartigen und faszinierenden Blick. Khalida streckte ihre Hand aus, in der sie ein Gefäß hielt und sagte: „Was hast du meine Kleine? Möchtest du mit mir baden?"

„Ich bin nicht klein."

„Oh, wie alt bist du denn jetzt?"

„Neun Jahre … siehst du, ich bin nicht klein."

Khalida wiegte kokett ihren Kopf hin und her, so dass Angela sich traute, näher zu treten und ihren nackten Körper auf den klebrigen Fußboden zu legen. Khalida warf ihren geflochtenen Zopf nach hinten, bevor sie Angela half, ihre weiße, völlig durchnässte Unterhose auszuziehen. Sie hängte sie an den Wasserhahn und begann, Wasser auf sich und Angela zu schütten, worauf beide in lautes Gelächter ausbrachen.

„Deine Brüste sehen so aus wie die meiner Mutter!" Khalida lachte und spielte dabei mit Angelas langem, rotem Haar.

„Deine Haare sind schön, meine Kleine. Oh, Ent-

schuldigung, du bist ja nicht meine Kleine. Dieses Haar wird die Männer eines Tages dazu bringen, sich vor deine Füße zu werfen."
Sie lachte laut, bevor sie sich ganz aufrichtete, so dass Angela sehr aufmerksam jenes kleine Dreieck von schwarzen Haaren zwischen ihren Schenkeln betrachteten konnte.
„Deine Großmutter wird sich Sorgen um dich machen. Los."
Angela schaffte es gar nicht, darauf zu antworten, als plötzlich Um Ibrahim in den Raum stürmte. Sie war blass und nackt und wirkte aufgebracht. Ihre herunterhängenden Brüste schaukelten mal rechts, mal links in einer Art, die einen zum Lachen brachte. Angela wurde eilig durch den Seiteneingang bis in den äußeren Raum geschoben. Schnell zog sie ihr die Kleidung ohne Unterhose an. Diese blieb auf dem Wasserhahn drinnen hängen. Hastig verließen sie den Ort. Die Dunkelheit des Abends legte sich bereits auf Latakia, während die Geschäfte in der Hanano Straße hell erleuchtet waren.

Angela weinte, als sie von weitem das Lied eines Mannes vernahm, der es mit durchdringender Stimme vortrug.
Am Abend musste Um Ibrahim alles Mögliche unternehmen, um Angela zu beschwichtigen. Die Kleine fühlte sich geradezu gedemütigt, als ihr die Freundschaft mit jener faszinierenden Khalida verboten wurde. Aus unerfindlichen Gründen starb die Großmutter fast vor Angst vor dieser Frau, auch wenn Khalida ihre Geschichten einem kleinen Mädchen, wie ihrer Enkelin, nicht erzählen würde.

Um Ibrahim kannte sie sehr gut, sie hatte ein gütiges und aufrichtiges Herz. In Wahrheit aber hatte sie Angst davor, dass Angela mit irgendjemandem dieser Religionsgemeinschaft eine Beziehung unterhielt, gleich ob es sich dabei um Frauen, Männer oder Kinder dieser Religionsgemeinschaft handelte. Sie befürchtete, dass solche Beziehungen ihrer Enkelin Unheil oder Schaden oder … zufügen würden. Eigentlich wusste sie gar nicht genau, wovor sie sich fürchtete oder was sich in ihr abspielte und sie derartig beunruhigte. Sie wusste es wirklich nicht.
In derselben Nacht wurde ein Mann in der Hanano Straße, einer der Hauptstraßen der Stadt, ermordet. Die Schüsse drangen in seinen Bauch ein, so dass seine Eingeweide heraus quollen und den Asphalt bedeckten. Die zunehmenden Attentate erweckten fast den Eindruck, als wolle jemand Verstecken spielen. Als müsse jeder Mann, egal ob mit den Vorkommnissen in Verbindung stehend oder nicht, befürchten, dass sich das Blatt wenden würde, und er den Preis für all diese Verrücktheiten, welche die Stadt heimsuchten, zahlen müsste.
Es war fast unmöglich geworden, Opfer und Täter voneinander zu unterscheiden. Die Arena öffnete sich für jeden, der töten wollte.
Die nächtlichen Ausgangssperren ließen die Straßen der Stadt gespenstisch erscheinen. Polizeipatrouillen zogen durch alle Straßen und waren Furcht einflößender als jede andere Gruppierung, die sie zu unterdrücken suchten. Streunende Hunde, deren Kläffen einer Totenklage glich, ließen die Furcht vor den anstehenden Begräbnissen noch weiter ansteigen. Trotz der Ausgangssperre klopfte es gegen zweiund-

zwanzig Uhr lautstark an die Tür von Scheich Abu Ibrahim. Er schreckte hoch, da er sich bereits auf sein großes Bett gelegt hatte, und rief erschrocken nach seiner Frau. Um Ibrahim war gerade in der Küche, um einen Aufguss von Kamillenblüten vorzubereiten. Dabei war es heute schon die sechste Tasse, die der Scheich trank. Sie wusste, dass sich seine gereizte Laune dadurch nur noch verschlimmern würde. Sein chronischer Sommerschnupfen und seine Unruhe störten in letzter Zeit zunehmend die Ruhe im Haus und veranlassten sie, ernstlich darüber nachzudenken, abermals eine Mohnmischung zuzubereiten.

Als der Scheich aus seinem Zimmer nach ihr rief, lief sie barfuß und ohne jegliche Kopfbedeckung zur Tür. Auf ihre Frage, wer denn anklopfe, zitterte sie am ganzen Leib und öffnete dann die Tür. Vor ihr standen drei Scheichs mit weißen, glänzenden Turbanen, deren Erscheinung Ehrfurcht gebietend war. Ohne Um Ibrahim auch nur eines Blickes zu würdigen, fragte der erste von ihnen nach dem Scheich. Bevor sie antworten konnte, eilte Abu Ibrahim ihnen schon zum Empfang entgegen, dabei stolperte er über die Bodenspalten im Hof.
Die vier zogen sich sofort ins Zimmer zurück. Um Ibrahim blieb an der Tür stehen, um ihr Gespräch zu belauschen, denn die Angelegenheit schien äußerst wichtig zu sein.
Scheich Mohamad, der Händler, erwiderte den Gruß mit heiserer Stimme und dem langgezogenen Akzent, der den Bewohnern des Dorfes eigen war. Er legte seinen schwarzen Umhang zurecht, bevor

er fortfuhr: „Wir kommen in einer wichtigen Angelegenheit, Scheich Abu Ibrahim."
„Ihr seid jederzeit willkommen, ich stehe ganz zu eurer Verfügung."
Alle schwiegen. Scheich Mohamad schaute zu seinem Nachbarn mit dem weißen, glänzenden Bart und den eisigen Gesichtszügen, Scheich Mustafa Amin. Er war der Älteste unter ihnen. Dieser sprach: „Im Namen Gottes des Gnädigen, des Barmherzigen, bewahre uns!", und fuhr fort: „Sie wissen, Scheich, dass Sie für uns wie ein Bruder sind und dass Ihr Ansehen und Ihr Respekt von allen Bewohnern des Viertels bezeugt wird."
„Gott möge ihr Leben verlängern und Sie segnen."
„Auch Sie mögen ein langes Leben unter uns haben. Gott ist unser Zeuge, Sie haben uns niemals Schaden zugefügt und auch wir fügten Ihnen keinen Schaden zu. Im Gegenteil, wir lebten wie die Kinder eines einzigen Ortes. Gegenseitige Achtung und der Islam hatte uns vereint."
„..."
Der dritte Scheich sprach: „Scheich, wisst Ihr, was in letzter Zeit geschehen ist? Gott ist unser Zeuge, dass wir keineswegs mit allem einverstanden sind und nicht alles akzeptieren, was passiert. Weder unsere Religion noch unser Gewissen erlauben uns das. Wir sind alle Muslime und glauben an eine einzige Religion, die Religion des einen Gottes und seines edlen Propheten, Gott sei Dank. Das Töten von Menschen ist Unrecht und das Vernichten von Eigentum eine Sünde."
„Wir sind mit dem, was geschieht nicht einverstanden, und Gott ist mein Zeuge für das, was ich sage."

„Sie haben Recht, Scheich, Sie haben Recht. Gott möge Sie segnen, Ihnen weiterhin den rechten Weg weisen und Ihnen noch größere Gnade zuteil werden lassen."

Daraufhin übernahm der Scheich, der Händler, wieder das Wort.

„Deshalb werden Sie in Ihrem Haus im Kreise Ihrer kostbaren und verehrten Familie bleiben. Bei Gott, es wird Ihnen kein Haar gekrümmt, bevor nicht zuerst uns Schaden zugefügt wird. Scheich, Sie werden Ihr Haus nicht verlassen müssen."

Die Augen von Abu Ibrahim füllten sich mit Tränen, als würde eine Handvoll Eis das Feuer seiner Angst abkühlen. Er wollte ein Wort des Dankes oder eine Sure aus dem Koran rezitieren, die dieser bewegenden Situation angemessen gewesen wäre, aber die Worte blieben ihm im Hals stecken. So nickte er nur stumm.

Der Scheich, der Händler, erhob seine Stimme, als wollte er zu einer langen Ansprache auf der Tribüne ausholen.

„Wir sind ein Volk, und es ist eine Schande, uns gegenseitig zu töten. Die Anhänger der Buchreligionen wurden im Schutze des Islam großzügig aufgenommen. Das sollte dann auch für die Anhänger innerhalb einer Religion gelten, selbst wenn sie unterschiedlichen Konfessionen angehören. Gott verlangt Rechenschaft. Er allein ist der Allwissende. Sie werden Ihr Haus nicht verlassen. Das würde weder unserem Anspruch noch unserem Ruf gerecht."

Abu Ibrahim war sich nicht darüber im Klaren, worauf dieses Gespräch hinauslief. Er verharrte

unter dem Eindruck der Situation, auch nachdem die drei Scheichs aufgebrochen waren und ihn sprachlos und nachdenklich hatten stehen lassen. Um Ibrahim hielt sich noch immer hinter der Tür versteckt. Sie atmete tief ein und wischte sich schnell die Tränen ab. Während sie die Scheichs zur Tür begleitete, fiel ihr ein, dass sie ihnen ja gar nichts angeboten hatte und beim Abschließen der Tür murmelte sie vor sich hin: „Gut, dass ich Angela heute so früh zu Bett gebracht habe!" Erleichtert kehrte sie in die Küche zurück, um ihre Tätigkeit von vorher wieder aufzunehmen.
Von Gedanken geplagt wälzte sich der Scheich im Bett hin und her. Was wäre, wenn er doch das Haus verlassen würde? Wohin würde er gehen? Zu seiner Religionsgemeinschaft im Dorf? Das würde nichts an der Sache ändern. In dem Fall und angesichts der gegebenen Umstände müsste er mit dem Strom schwimmen, also mit allem, was sie vorhaben, einverstanden sein. Es sind schließlich seine eigenen Leute.
Erneute Klopfzeichen an der Tür unterbrachen seine Gedanken. Diesmal waren es leise Klopfzeichen. Eine Gruppe seiner Anhänger und Schüler hatte das Risiko auf sich genommen und die Ausgangssperre missachtet, um sich nach seinem Befinden zu erkundigen. Die Nachricht von der Ermordung eines weiteren Mitglieds der Religionsgemeinschaft hatte sie an diesem Abend erreicht. Der Hauptgrund für ihr Kommen war, den Scheich von der Notwendigkeit zu überzeugen, die Stadt und vor allem dieses Viertel zu verlassen, und zwar so schnell wie möglich.

„Verehrter Scheich, sie werden dich töten."
„Keiner wird mich töten. Ihre eigenen Scheichs werden sie daran hindern."
„Ihre Scheichs? Wer sagt dir das? Sie töten jeden, der sich ihnen in den Weg stellt, selbst ihre eigenen Leute. Es trifft sogar ihre nächsten Angehörigen. Keiner kann sie daran hindern, dir dasselbe anzutun."
„…"

Im Morgengrauen erwachte der Scheich aus seinem Schlaf.
Der Schall des Gebetsrufs von den Minaretten der Stadt verwandelte die Ruhe in eine traurige Melodie. Er lief ans Ende des Hofes, wo sich die Toilette befand. Es war noch etwas dunkel, und die Augustfeuchtigkeit legte sich wie erdrückender Nebel auf die Stadt. Als wäre sie nicht Teil dieses Sommermorgens, blies eine kleine, erfrischende Brise vom Meer herauf. Der Scheich verharrte auf der Toilette und genoss sein Lieblingswetter. Er schloss die Augen, als würde er noch schlafen. Plötzlich knallte ein Schuss durch die Zinkscheibe, die als Toilettendach diente. Vor seinen Augen, nur wenige Zentimeter von seinem Kopf entfernt, schoss er herab, schlug hart auf die Erde auf, prallte dort ab und durchbohrte die Holztür. Er hinterließ ein schwarzes Loch, das wie ein Sinnbild des Todes erschien. Es folgte ein weiterer Schuss und dann noch einer. Der Scheich floh und schrie wie von Sinnen. Seine Schlafanzughose hing an seinen Kniekehlen. Er schrie fürchterlich, woraufhin Um Ibrahim, die gerade erst verschreckt aufgewacht war, zu ihm rannte, wobei ihr das pechschwarze Haar über den Rücken

fiel. Auch Angela war geweckt worden und rieb sich, in der Zimmertür stehend, die Augen. Es war das erste Mal, dass sie den Scheich in Unterwäsche sah und sein entblößtes Geschlecht erblickte.
Der Scheich schrie aus vollem Halse, dass der Tod nicht mehr als sechs Fingerbreit von ihm entfernt gewesen war. Unterdessen versammelten sich fast alle Männer und Frauen des Viertels im Innenhof des Hauses und ein ängstliches Raunen setzte ein.
Dieses Ereignis gab den entscheidenden Ausschlag für den Beschluss des Scheichs. Kaum waren die letzten Anwohner gegangen, die sich um sein Wohl gesorgt hatten, befahl er seiner Frau, die Taschen zu packen.

In jener Nacht herrschte Dunkelheit im Keller von Sanaa. Allein lag sie auf dem hohen Metallbett, das bei der kleinsten Bewegung quietschte. Sie sah Phantasiebilder im Zimmer herumschwirren, die ihr Angst einflößten und sie bedrängen. Sie hatte die Schritte der drei Scheichs gehört, wie sie bedächtig die Treppe hinuntergegangen waren. Feuchtigkeit und Hitze hüllten Sanaa ein, obwohl die Nacht schon angebrochen war. Das einzige Fenster mit seiner engen Öffnung ließ nur wenig von der Meeresbrise eindringen. Eigentlich waren es nur Staub und Lärm, die vom Platz herein fanden.
Immer wieder drängte sich ihr die Frage auf, die sie jeden Augenblick quälte: Was kommt danach?
Wird ihre Geheimorganisation mit all ihren verzweigten Zellen, ihren Labyrinthen und dem Einsatz jungen Blutes fähig sein, etwas zu verändern oder gar einen Lichtstrahl in das vernebelte Leben senden

können? Vielleicht glaubten sie, sie wären wie der junge Gott Marduk im babylonischen Schöpfungsepos Enuma Elisch und würden das Alte zerstören. So wie Marduk einst die Herrschaft von Tiamat, der Urmutter aller Götter, zerstört und daraus einen neuen Himmel und eine neue Erde erschaffen hatte. Was veranlasst ein Volk, von dem uns mehr als fünftausend Jahre trennen, fähiger zu sein als wir, diese Stärke hervorzubringen? Was veranlasst es, mutiger das auszusprechen, was wir wissen und verschweigen? Sie lag da wie eine Maus, die sich nicht traute, aus ihrem Loch herauszukommen, um dem sicheren Tod zu entgehen. Doch bliebe sie hier, würde sie ersticken. Es gab keinen anderen Weg. Sie hatten alle, von der ersten Sekunde an, als sie diesen finsteren Weg betraten, diesen Wettkampf akzeptiert. Der Weg zurück ist immer schwieriger und gefährlicher als vorwärts zu gehen. Viele wichtige Dinge würden auf dem Weg zerstört und könnten nicht mehr rückgängig gemacht werden. Merkwürdig, wie die Blätter des Wandkalenders so schnell weniger wurden. Außerhalb des Kellers vergingen ganze Tage rasend schnell, während sich hier unten die Stunden unendlich in die Länge zogen. Wie konnte das sein?

Nachdenklich strich sie sich mit den Händen über das Gesicht, das ihr immer trockener, langweiliger und hölzerner zu werden schien. Sie wusste nicht, weshalb sie sich gerade jetzt an die Abende mit den Genossen erinnerte? Ein Tisch, voll gestellt mit Schnaps, Weingläsern und einigen wenigen Tellern mit dürftigen Happen darauf. Aghid saß neben ihr, und das Lied des Scheich Imam erhitzte ihre unter dem Tisch verflochtenen Hände. Der Duft ihrer beider Begierde verbreitete sich im ganzen Raum. „Ich liebe dich nicht mehr, entfernt von dir geht es mir gut"

Sobald sie sich an die Worte dieses Lieds erinnerte, nahm sie den Duft von Aghid war und erinnerte sich an den angenehmen Geschmack seines Schweißes, der sich am Kragen des verwaschenen, roten Hemds abgesetzt hatte. Das war seine sensibelste Stelle. Von dort aus vermochte sie, seine Begierde mit ihrer spielerischen Zungenspitze zu entfachen. Ob er wohl noch immer so schmeckte? Oder hatte er sich nach den Stromsitzungen, dem Bügeln und … den anderen Foltermethoden geändert? Vielleicht roch seine Haut heute nach Rost. Auch sie hatte den Charme ihrer Weiblichkeit verloren. Sie war nicht mehr wie jenes junge Mädchen, das ihrem Geliebten erlaubt hatte, die letzten Spuren der Röte ihrer Lippen und den Puder auf ihren Wangen abzulecken, um damit ihre Seele zu liebkosen. Sie trug keinen Puder mehr auf. Es gab gar keinen mehr in ihrem Zimmer. Vielleicht war da noch irgendwo ein roter Stift, dessen Inhalt die Hitze zerstört haben musste und der nur noch ein kaputtes Rohr war. Auch die Büstenhalter, die sie genüsslich ausgewählt hatte, trug sie nicht mehr. Sie waren sehr reizvoll, sanft und gepolstert, so dass ihre kleinen Brüste gut zur Geltung kamen. Aber sie konnte sie nicht mehr ertragen. In diesem vergessenen Zimmer gab es auch gar keinen Anlass, ihre Brüste zu zeigen. Der klebrige Schweiß würde ihr die engen Gummibügel des Büstenhalters unerträglich machen. Vielleicht war sie schon zu einer alten Frau geworden. Auch ihr kastanienbraunes Haar war von grauen Haaren durchsetzt.

Immer wenn sie das Lied „Ich höre auf dich zu lieben“ vor sich hin summen wollte, damit in der Erinnerung das Staunen jener Tage wieder aufleben würde, kam ihr auch an ein anderes Lied in den Sinn. Sie konnte sich an nichts anderes als an das Geschrei der Genossen erinnern, die ihre Fäuste reckten und das Lied sangen von Scheich Imam „Errichte deine Schlösser auf den Ländereien.” Ahmad Fuad Nagm hatte 1973 während seiner Haft im Kanater Gefängnis das Lied geschrieben, das von Schein Imam gesungen wurde.

„Lass die Hunde auf die Straße laufen … und schließe uns ein in deine Gefängniszellen.“

Tatsächlich, die Straßen waren in dieser Nacht voll von Hunden und Gefängniszellen. Das spürte sie in diesem Augenblick.

Es verging eine geraume Zeit, in der sie wie eine Tote auf dem Bett lag. Völlig entkräftet drehten sich ihre Gedanken im Kreis. Ein brachliegender Leib mit ekelerregenden Gerüchen. Sie musste sich aus dieser Lage befreien, sonst würde sie tatsächlich verwesen, dachte Sanaa, ohne sich zu bewegen.

„Nein, ich bin keine alte Frau.“

Plötzlich sprang sie schreiend von ihrem Bett auf. Sie schaltete die gelbe Deckenlampe an, um mit dem schimmernden Licht die Dunkelheit zu vertreiben. Sie durfte es einfach nicht zulassen, so leicht kaputt zu gehen. Noch hatte sie einige Jahre

und sicher noch viele schwierige Situationen vor sich. Das Ende war ja noch nicht gekommen, dachte sie bei sich und versuchte sich selbst Mut zu machen.
Heute früh hatte sie einige Zettel an die Wand geheftet, als sie etwas über den pharaonischen Todesepos gelesen hatte. Sie wollte sich einfach von den politischen Streitigkeiten und Meinungen ablenken, die sie in letzter Zeit so sehr beansprucht hatten. Es würde einige Zeit vergehen, bevor sich die Zettel von der feuchten Wand ablösten. Sie setzte sich und las sie voller Hingebung.

Oh mein Herz, stehe nicht wie ein Zeuge vor mir.
Arbeite nicht gegen mich gemeinsam mit den Göttern.
Sei nicht mein Feind in der Gegenwart von Anubis, dem Wächter der Waage.

...

Sie hatten das Herz gegenüber der Feder des Rechts idealisiert.

Vor dem Thron des Osiris wurde die mächtige Waage errichtet
Denn das Herz ist der Ort des Denkens, der Gefühle und des Lebens selbst.

...

(Du mumifizierst eine Mumie, indem du all ihr Inneres entfernst.
Allein das Herz bleibt,
denn wenn die Seele wieder geschickt wird,
kann sie ohne Herz nicht leben!!)

...

Wie gerne würde sie jetzt Fayruz hören und durch deren Stimme ihrem Herzen lauschen. Im Radio war kein einziger Kanal, der eine Stimme wie die ihre ausstrahlte, deshalb ließ sie diesen Gedanken fallen. Die Nachrichten beherrschten alle Sendungen. Es langweilte sie aber, sich ständig die Wiederholungen von Nachrichten, Diskussionen und Meinungen anzuhören, die in einem einzigen, lauten Dröhnen endeten. Über die Iranische Revolution und das Schicksal des Schahs, über Camp David und die Frage, was aus der palästinensischen Sache geworden war, über die Zeltlager und das Schicksal des flüchtenden Volkes, das einzig und allein einen hohen Preis zu zahlen hatte.

Auf dem kleinen Tisch lagen einige Zeitungen der Organisation, ein paar vergilbte Seiten und neue Flugblätter, die ihr Ahmad vor einigen Tagen gebrachte hatte. Sie las sie immer wieder und kannte den Inhalt schon fast auswendig. Diese Woche verteilten sie die Flugblätter ohne ihre Hilfe. Sie, die für ihre ausgezeichnete Fähigkeit auf diesem Gebiet bekannt war. Wegen ihrer schmalen Gestalt hatte sie immer wieder schwierige Aufgaben übernommen, welche die anderen nicht erledigen konnten. So war es ihre Aufgabe, wenn es zum Beispiel darum ging, über Mauern zu springen, Flugblätter unter den Türen hindurch zu stecken, um dann durch die Gassen zu rennen oder sich wie eine geschmeidige Katze zwischen den engsten Häuserreihen davonzustehlen. Bei der Verteilung von Flugblättern und sonstiger Bekanntmachungen war sie die Beste gewesen. Inzwischen waren schon etliche Tage vergangen, seit sie dieses Loch verlassen hatte. In der Stadt waren heftige Kampagnen gegen die Organisation im

Gange, was sie zur Untätigkeit verdammte, obwohl sie starken Tatendrang verspürte.
Also blieb ihr nichts anderes übrig, als alles, was sie besaß, zu waschen. Sie nahm sogar die blau-weiß gepunktete Gardine vom Fenster ab. Sie sammelte alles ein, nicht mehr als ein Häufchen Wäsche kam dabei zusammen, und wusch es in ihrem Zimmer. Als sie beim Auswringen der Kleidung verschnaufte und ihren Gedanken nachhing, befand sie, dass der neue Weg, den die linke Opposition in diesem Jahr eingeschlagen hatte, gut sei. Dazu gehörte die Bildung einer Union aus den Oppositionsparteien, die sie Nationale Demokratische Union nennen wollten. Sie sollte fünf Parteien vereinen, nur fünf. Das bedeutete, dass andere Oppositionsparteien außen vor bleiben mussten. Sie hatte vor, unbedingt mit Ahmad, gleich nach seiner Ankunft, über dieses Thema zu sprechen. Sie wollte mehr über die Union und die Reaktionen dazu erfahren.
Am Abend musste Ahmad sehr lange in der Gegend herum laufen, weil die blau-weiß gepunktete Gardine nicht an dem vereinbarten Platz hing. Da er keine Gefahr witterte, lief er nicht weg, sondern ging eine Weile im Viertel herum. Sein ausgeprägter Spürsinn sagte ihm, dass ihr ein Fehler unterlaufen sein musste.
Kurz darauf hing die Gardine wieder an ihrem Platz und bedeckte das niedrige Fenster. Seine aufkommende Unruhe legte sich. Sanaa hatte sich erinnert, das vereinbarte Zeichen wieder anzubringen.
Vor dem Einschlafen wollte Sanaa einen Zettel über Gerüche schreiben. Sie schrieb eine Zeile, dann noch eine und wieder eine und schlief erst ein, als

sie eine ganze Seite gefüllt hatte. Die Gerüche führten sie zu der Erkenntnis:

Napoleon schrieb einst an Josephine folgende Zeilen: „Josephine, bitte nimm kein Bad. Ich komme in drei Tagen", und schickte den Brief eiligst an sie.
Einige Tage später kehrte er wie gewohnt siegreich und liebeshungrig zurück. Er ließ das Gerassel der Waffen und die Stimmen des Todes hinter sich und warf sich von Schweiß gebadet der ebenfalls verschwitzten Josephine in die Arme.
Dann jedoch kam der Tag, an dem er beschloss, ihre wiederholte Untreue auf demselben Bett zu besiegen, auf dem sie ihrer Liebeslust gefrönt hatte. Er kam mit einer frischen, neuen Geliebten an und wollte sich mit ihr an Josephine rächen. Josephine war ihm jedoch zuvorgekommen, hatte ihren Duft in allen Winkeln des Zimmers verteilt, so dass er ihrem Zauber verfalle, ihn einfange, beherrsche und daran hindere, einen anderen Körper als den ihren zu nehmen.
Angeblich soll Josephines Duft nach über zweihundert Jahren und noch bis heute in allen Ecken des Zimmers wahrnehmbar sein.
Eines Tages hatte mir Angela erzählt, dass ihre Mutter sie abends zu sich zu rufen pflegte. In ihrem Nachthemd aus zartem Satin lag sie auf dem Bett und forderte Angela auf, den Duft ihres Haares einzuatmen und ihr ganz ehrlich zu sagen, wie es roch.
Ich stellte mir vor, wie die Augen Mariams erwartungsvoll an den Lippen ihrer Tochter hingen. Wenn die Antwort unangenehm ausfiele, würde sich ihr Gesichtsausdruck verfinstern und sie würde Parfüm über ihre langen Strähnen schütten. Bei einer positiven

Antwort würde sie sich lächelnd hinlegen und ihr müdes Gesicht würde vor Stolz aufblühen. Sie würde auf Hazem warten, der sich nicht vor Sonnenaufgang neben sie legen würde. Die nächtlichen Stunden verbrachte er in der Regel an seinem Schreibtisch.
Mariam hatte das Geheimnis des Geruchs nicht herausgefunden!!
Die Arme konnte ja nicht ahnen, dass Mariams Mann ihren Körperduft als sehr wohlriechend empfand. Er liebte den Geruch ihrer Weiblichkeit, den echten Geruch ihres Körpers, noch bevor ihn irgendein Parfüm verfälschen konnte.
Gerüche steuern unser Erinnerungsvermögen und versetzen uns schlagartig dorthin, wohin uns unsere Schritte einst lenkten. Gerüche vermögen, uns Türen zur Vergangenheit zu öffnen oder aber sie uns in eben diesem einen Augenblick zu verschließen. Als wären es die Gerüche, die den Menschen in bestimmten Momenten steuern.

Kapitel 11

„Es ist einfach absurd, dass ich mich wie eine verängstigte Maus in meiner Wohnung verstecke!"

„Es ist aber auch absurd, sich ihnen in die Arme zu werfen. Sie sind da draußen und werden dich töten", schrie Mariam mit Tränen in den Augen.

Ein weißes, sechstüriges Auto wartete an der Kreuzung gegenüber dem Gebäude, über dessen Eingang ihr Zimmer einen Teil der ersten Etage ausmachte. Angela klammerte sich eingeschüchtert und verunsichert an ihren Vater. Sie wollte nicht, dass er in diese Hölle hinausginge, wo ihn die weißen Teufel erwarteten. Sie wollte aber auch nicht, dass er sich wie eine verängstigte Maus im Mauseloch versteckt. Mit ihren fünfzehn Jahren begriff sie doch bereits ziemlich viel von dem, was sich hier abspielte. Schon seit einigen Tagen observierten sie das Haus aus nächster Nähe. Sie hatte die Leute bemerkt, morgens wenn sie zur Schule ging und auch wenn sie zurückkam. Sie warteten die ganze Zeit und scheinbar ohne müde zu werden.

„Sei nicht dumm! Sie werden mich nicht umbringen. Sie beobachten nur …oder sagen wir, sie zeigen mir ihre Muskeln."

„…"

Mariam bestand aber darauf, dass er im Haus blieb. Sie machte sich große Sorgen, und das übertrug sich auch auf Angela, die schon befürchtete, dass die Sicherheitskräfte jeden Moment das Haus stürmen würden. Hazem machte aber weiterhin seine ironischen Bemerkungen, als wäre nichts. Nur ein schwaches Zittern in seiner Stimme verriet den beiden

Frauen, was sich tatsächlich in ihm abspielte. Doch plötzlich hob er die Arme und bildete aus seinem Körper ein Kreuz, das aussah wie das Kreuz von Al Hallag. Dann lachte er und rief, wie wohl einst Al Hallag an seinem Kreuz geschrien hatte, „Das ist der Sinn der Schönheit." Angela bat ihn, ihr diesen Satz zu erklären. Er machte einfach unbeirrt weiter mit seinen Späßen, die ihr in Anbetracht der Situation ganz unpassend vorkamen: „Wer unsere Zeichen nicht wahrnimmt, den werden unsere Worte nicht erreichen."

Er tut einfach so, als wäre ich gar nicht da, dachte Angela enttäuscht und ließ sein Hemd los, an das sie sich eben noch geklammert hatte. Kurz darauf sah es so aus, als hätte sich Hazem schließlich doch überzeugen lassen. Er setzte sich an seinen Tisch und tat so, als ob er schreiben würde.

Nie würde Mariam dieses kleine Zimmer an der Stadtgrenze, in dem sie und Hazem geheiratet und jahrelang gelebt hatten, vergessen können. Das Zimmer tauchte häufig in ihren sonderbaren Träumen auf und löste eine Sehnsucht nach einer bestimmten Erinnerung aus, einer ambivalenten Erinnerung, die mal schmerzhaft und dann wieder voller Freude war. Die dreijährige Trennung vom Vater war nicht das Schlimmste, woran sie sich erinnerte, obwohl er ihr damals verboten hatte, auch nur den Duft des Hauses einzuatmen, in dem sie zwanzig Jahre lang – in einer Mischung aus Tabak, Rosen und anderen Dingen – gelebt hatte.

In diesem kleinen Zimmer nahmen die bewaffneten Sicherheitskräfte Hazem fest, nachdem sie ihn bereits tagelang beobachtet hatten. Vor einiger Zeit hatte er in der Zeitschrift Al Wehda einen Artikel veröffentlicht, einen scharfen und leichtsinnigen Artikel wie Mariam meinte. Dann, an einem Freitagmorgen, klopfte es plötzlich heftig an der Tür. Mehrere bewaffnete Soldaten stürmten ins Zimmer, als wollten sie in einen Weltkrieg ziehen. Sie durchwühlten das Zimmer und stellten alles auf den Kopf. Sie warfen Hazems Papiere allesamt auf den Fußboden, zerwühlten die Betten und Decken, rissen dann alle Bilder und Zettel von den Wänden, um zu sehen, ob dahinter vielleicht etwas versteckt wäre.

Das Zimmer sah danach aus, als hätte eine Teufelsbande darin gewütet und es nach ihrer Flucht mit einem Fluch belegt.

An jenem Tag hatte der Anführer der Truppe Hazem noch eine schallende Ohrfeige versetzt, bevor sie ihn auf brutale Weise abführten. Es war ein Schlag, der aus dem netten Hazem eine wilde Bestie werden ließ, die wie von Sinnen schrie und wild um sich schlug.

Angela hatte sich kreidebleich und mit weit geöffnetem Mund in eine Ecke gedrückt. Hazems Geschrei entfernte sich unter den ständigen Beschimpfungen der Soldaten, als ob sie sich für etwas Vergangenes rächen wollten. Es war eine Szene, die ihr Gedächtnis nie würde einordnen können, eine Szene, die all die Jahre, die sie in diesem Zimmer verbracht hatte, in ein völlig anderes Licht tauchte und alles, was sich vor diesem Vorfall ereignet hatte, auslöschte.

Nach diesem Vorfall konnte Mariam nicht eine Nacht länger in diesem Zimmer bleiben. Sie hatte das Gefühl, von etwas Bösem heimgesucht worden zu sein. Noch in derselben Nacht verließ sie zusammen mit Angela das Zimmer und suchte nach einer neuen Unterkunft.

Damals waren Verhaftungen an der Tagesordnung. Jeder junge Mann, der auch nur den geringsten Verdacht erweckte, wurde vorgeladen. Hazem hatte sich schon früher vorgestellt, dass der Tag kommen würde, an dem er zum Verhör zitiert würde. Er hatte aber überhaupt nicht damit gerechnet, ins Gefängnis zu kommen. Er war fest davon überzeugt, ein freier Mann zu bleiben, wo er doch stets zu allen oppositionellen Parteien gleichen Abstand gewahrt hatte und auch in keiner dieser Parteien Mitglied geworden war.

Schon viele Monate waren vergangen, ohne ihn. Die Sorgen trieben Mariam und Angela um und die Angst hatte nahezu alle Bereiche ihres Lebens erfasst. Es war eine sehr harte Zeit und die Angst war ihr ständiger Begleiter, auch noch nachdem Hazem aus dem Gefängnis entlassen worden war. Trotz allem, was vorgefallen war, und trotz aller Warnungen, dass man ihn beobachtete und belagerte, hörte er nicht auf, seine Kommentare zu veröffentlichen. Das geschah in irgendwelchen Zeitschriften oder Magazinen, die bereit waren, solche Sprengsätze, wie es seine Artikel waren, zu platzieren.

Es blieb die Erinnerung an ein kleines, warmes Zimmer, das den Geruch von Hazems Zigaretten und den des wenigen Mobiliars verströmte; ein Mobiliar bestehend aus einem Tisch, dessen Beine sich an einen Berg von Büchern lehnten, aus einem Metallbett, das, kaum dass man es bestieg, schmerzhaft quietschte und aus einer ranzigen Matratze, die

- obwohl Mariam sie stundenlang in die Sonne stellte - stank als würde die Fäulnis in ihr nisten. Außerdem gab es einige Bücher und Zeitschriften, die auf den durchgebogenen Regalen des Schranks aufeinander gestapelt waren. Hazems Tisch nahm die letzte Ecke des Zimmers ein. Darauf war mit blauem Stift ein Vers des arabischen Dichters Al Mutanabbi aus dem zehnten Jahrhundert geschrieben, den er als sein Lebensmotto ansah: „Bis ich erkannte und mein Stift mir sagte, der Ruhm gilt dem Schwert und nicht dem Stift."
„Welchen Ruhm kann ein Stift und der, den ihn führt, schon erreichen, wenn dieser noch nicht einmal Geld für das Papier hat, um darauf zu schreiben!" pflegte Mariam zu sagen.
Neben dem erwähnten Satz ritzte Hazem auch noch einen vermeintlichen Satz von Goethe ein, dem zufolge ein Autor das Leben durch eine Glasscheibe hindurch beobachtet. Immer wenn Hazem zu schreiben begann, grübelte er über diesen Satz nach. Durch eine Glasscheibe? Worüber sollte er denn dann schreiben?

Doch wohl über ein anderes Leben als dieses. Wenn du im Treiben des Lebens eintauchst, wann sollst du dann noch schreiben? Wenn du dich aber für das Mittelmaß entscheidest, bleibt am Ende nichts als ein fader, langweiliger Geschmack.
Die Wände waren über und über mit Bildern bedeckt und kaschierten die Stellen, an denen die Farbe bereits abgeblättert war. Es sah aus, als ob in dem Zimmer eine Fotoausstellung stattfände. Das Bild von Marx mit seinem weißen Bart nahm den

größten Platz an der Wand ein. Es gab Fotos aus alten Zeitungen, die fest angeklebt waren: eine Fotographie von den Schwarzen Panthern, deren Farben bereits verblasst waren und mehrere Fotos von zwei weißen Offizieren, die auf einen schwarzen Jungen einprügeln, darunter stand in Handschrift ‚Angola'. Dann war da noch ein großes, gemaltes Schwarzweißportrait von Martin Luther King, der gerade herzhaft lacht.
Hazem hatte eines Tages auf der braunen Holztür die Landkarte Palästinas eingeritzt und grün ausgemalt, die Farbe war inzwischen ziemlich verblasst, nur noch einige Flecken waren übrig geblieben. Direkt über dem Bett lächelte Che Guevara von einem gepressten Stück Papier herab. Auch ein Bild, das sie damals vergessen hatten, als sie Ende der 70er Jahre ausgezogen waren, und das zurückgeblieben war. Auch das Bett blieb, wie es war, im Zimmer zurück. Es war viel zu schäbig, um es noch mitzunehmen. Ein aufgeklebtes Foto von Mahmoud Darwisch mit großer Brille und die Reste vom Gesicht von Mahdi Aamel mit seinem rötlichen Bart waren noch zu sehen.
Als Mariam gekommen war, um mit Hazem die Wohnung zu teilen, hatte sie der Fotosammlung noch ein Foto von Fayruz hinzugefügt, die wie eine Märchenkönigin aussah. Dann kam noch ein weiteres Papier hinzu, das schon bald vergilbt und zerknittert war, worauf sie das Gedicht „Ein Brief aus den Tiefen des Wassers" des modernen arabischen Dichters Nizar Qabbani geschrieben hatte. Obwohl Hazem entschieden dagegen war, hatte sie darauf bestanden, einen durchsichtigen, blauen Stein mitten

im Zimmer aufzuhängen. Sie war davon überzeugt, dass so der böse Blick mit Sicherheit abgewendet würde. Sie hatte dann noch weitere Wünsche und wollte noch einen kleinen Schuh aufhängen. Dieser war in ein Stückchen grünen Stoff eingewickelt, der von den Gewändern des Heiligen Al Khader, aus der Grabstätte des Dorfes stammte. Dieses Mal war Hazem jedoch strikt dagegen. Den blauen Stein ließ er gerade noch als eine Art Folklore durchgehen, was er jedoch für den Schuh und den schäbigen Fetzen Stoff auf keinen Fall gelten ließ.
Es war ein kleines, faszinierendes Zimmer. Der Tabakrauch hatte einen bräunlichen Rand hinterlassen, der sich oben an der Wand abzeichnete.

Trotz allem war Mariam überaus glücklich gewesen an diesem beengten Ort, der - wenn er Freunde empfing und sich mit Diskussionen und Auseinandersetzungen füllte - noch enger wurde. Wie oft hatte Hazem seinen Freunden laut aus der Zeitung Al-Kalb vorgelesen. Und wie oft hatten sie zwischen dem einen und anderen Vers lange und schallend gelacht.

Hier, in jenem Zimmer, war er über die Artikel aus der Zeitschriften Al Tariq, Arabische Studien und Al Taliaa vertieft gewesen. Hier, in jenem Zimmer, hatten sie die Folgen des Junikrieges von 1967 erlebt. Angela wurde hier, sieben Monate nach ihrer Hochzeit, geboren. Dann kam der Krieg von 1973, den sie hier zitternd mitverfolgten, währenddessen sie sich weigerten, dieses Zimmer zu verlassen. In diesem Zimmer hatte es Nächte gegeben, in denen

sie nichts als Brot und Tee zu sich nahmen. Es gab nichts anderes zu essen.
Es war eine heimliche Erinnerung, die der Ort mit ihnen teilte. Sehr oft spitzten sich die Diskussionen zu, da die meisten von Hazems Freunden, die inzwischen verschiedenen Organisationen und linken oppositionellen Parteien beigetreten waren, ihre Meinung leidenschaftlich verteidigten. Er blieb aber bei seiner Einstellung, ein Freund und Verfechter von organisierten Parteien zu sein, aber niemals einer Partei, gleichgültig welcher, beizutreten, auch wenn Marx höchstpersönlich Generalsekretär wäre. Und mit einem Lächeln fügte er noch hinzu, dass selbst Marx keine Partei gegründet hätte.
„Du wirst ohne eine Partei nichts erreichen, allein kannst du gar nichts machen!“

„Ich bin Schriftsteller … ein Schriftsteller. Und ein Schriftsteller befindet sich stets außerhalb jeglicher Richtlinien. Mag sein, dass ich einer bestimmten Seite eher zugeneigt bin. Ich werde aber nie ein Instrument zu deren Durchführung. Ich bin es, der die Entscheidung fällt, auf meinem Papier.“
„Der Mensch kann alleine nichts bewirken. Ohne politische, religiöse oder gesellschaftliche Zugehörigkeit, ohne dass man einer Gruppe angehört, steht man auf der Verliererseite. Das Schreiben allein formt kein Volk.“
„Ich bin mit meinem Stift verbunden. Das genügt mir. Außerdem, wer sagt denn, dass das Wort keine Wunder vollbringt. Jeder übt auf seine Art einen Einfluss aus. Die großen sowjetischen Revolutionäre rebellierten auf dem Papier. Sie führten die

Veränderungen von ihren Schreibtischen aus an. Ihr habt ein nutzloses Parteienverständnis."

„..."

„Ihr werdet nicht über die Barrieren springen oder unbefangen das betrachten können, was euch vorgefertigt eingehämmert wird. Und dann will ich noch etwas sagen. Meiner Meinung nach hat es leider keine einzige oppositionelle Gruppierung geschafft, eine wahre Opposition zu bilden und eine Partei zu gründen, die fähig ist, für ihre Positionen zu kämpfen und sie auch durchzusetzen.

„ ..."

Mariam wurde jedes Mal rasend, wenn die Diskussion an diesem Punkt anlangte. Die wenigen Male, wo das passierte, war sie nicht wiederzuerkennen. Sie spottete über seinen Beinamen, der Karmate, und argumentierte lautstark damit, dass ein Wort lediglich ein Wort bleibe und sich nicht in einen Schuss oder in ein Fladenbrot verwandeln könne. Trotz dieser Aussage kam kein Buch und kein Flugblatt ins Haus, ohne dass sie es nicht vorher gelesen hätte. Sie ließ sich auch keineswegs von ihrer Überzeugung abbringen, dass das, was Hazem an Missachtung und Bedrohung erfuhr, das Ergebnis seines Schreibens war. Dies überstieg bei weitem das Normalmaß dessen, womit ein Kämpfer oder Märtyrer konfrontiert wird. Und das war ja schon öfters geschehen. Sie erinnerte sich noch ganz genau, was passiert war, nachdem er und eine Gruppe seiner Freunde eine gemeinschaftliche Erklärung syrischer Intellektueller unterschrieben hatten, die das unfassbare und schreckliche Massaker von Tel al Zaatar verurteilte. Es war eine furchtbare Zeit.

So eine Diskussion endete zumeist im Streit. Merkwürdig, dass eine Frau wie Mariam Nationalkriege und Parteien verteidigte. Ausgerechnet sie, die stets verträumt durchs Leben ging, wurde mit einem Mal hellwach, wenn Parteidisziplin oder die Politik von Abdel Nasser in die Kritik gerieten.

In der Nacht kehrte alles wieder in seine gewohnte Bahn zurück, und das alte Bett wurde Zeuge, wie die beiden jungen Körper begierig zusammenrückten. Ihre Liebe existierte stets jenseits von Parteien, Glaubensrichtungen oder vorgegebenen Rahmenbedingungen und nichts konnte sie beeinträchtigen. Mariam konnte sich noch immer lebhaft an das Zimmer und alle seine Einzelheiten erinnern. Selbst dann noch, als sie in eine andere Wohnung gezogen waren, wo die Sonne hinein schien, wo man sehen konnte, was draußen vor sich ging, wo es keine Feuchtigkeit und keinen Fäulnisgeruch gab. Es waren jene Gerüche, die sich einst in ihre Seele eingenistet hatten, an die sie sich erinnerte, und die plötzlich an ihr vorüber ziehen konnten, wie ein schnell ablaufender Filmstreifen.

Kapitel 12

Sumaya war damals noch kein Jahr alt, als sie im Haus ihrer Großmutter Um Riema lebte, während sich ihre Mutter weit weg in einem Lehmhaus am Ende des Dorfs aufhielt, im Haus von Allousch Al Khwaita. Wochen vergingen, ohne dass sich Riema dem Haus ihrer Mutter näherte, um ihre Tochter zu besuchen. Sie zeigte tatsächlich kein großes Verlangen danach, sie zu sehen. Die Großmutter aber trug ihre arme, kleine Enkeltochter alle paar Tage zu ihrer Mutter.

„Hast du denn keine Sehnsucht nach ihr?" fragte Um Riema sie mit zitternder Stimme.

Riema sagte kein Wort, während Allousch Al Khwaita mit dem kleinen, lachenden Mädchen spielte, als wäre er sein Vater. Nachdem einige Zeit vergangen war, und Riema die Kleine weiterhin nur von weitem betrachtete, ohne sich ihr auch nur zu nähern oder wenigstens ihr braunes Gesichtchen zu berühren, trug die Großmutter sie schließlich fort und ließ Riema zurück. Sie bat Gott um Gnade und war sich sicher, dass die Stunde der Wahrheit nahte.

Was sich dann jedoch eines Tages vor der Hütte von Al Khwaita abspielte, hatte sich Riema selbst in ihrer wildesten Phantasie nicht vorstellen können! Es war ihr, als würde ein lang gehegter Traum von Engeln erfüllt. Auch wenn der Traum den wahren Ort verfehlt zu haben schien, als er sich verwirklichte. Es geschah nicht am Ufer einer Wasserquelle, sondern vor der schäbigen Hütte, wo Riema an besagtem Morgen saß.

Sie war gerade dabei, einen Teig zu kneten. Die Hosenbeine hatte sie an ihren weißen Beinen hochgekrempelt und ihr Haar, das weithin sichtbar rote Strahlen aussandte, fiel lose herab. Sie hatte vor, eine Pastete mit Paprika und Zwiebeln zu machen, als er ihr einen Gruß zuwarf. Er stieg von seinem weißen Pferd herab und sagte, während seine Augen tief in ihre Gazellenaugen eintauchten: „Ich sah die Sonnenstrahlen untergehen und kam, um sie zu pflücken." Dann sog er mit einem tiefen Atemzug den Nelkenduft ein.

Der Reiter war Shaker Agha, der Sohn von Attia Agha, dem all diese Felder gehörten. Riema erkannte ihn sofort. Wie oft hatte sie ihn am Rande der Felder wie einen Schweif wahrgenommen, der den Duft eines alten Traumes hinter sich herzog. Und dieser Traum holte sie nun ein. Er besaß ein weißes, wundervolles Pferd und ein helles, gütiges Gesicht.

Shaker wusste kaum, wie ihm geschah! War es der Zauber des roten Haares? Oder die strahlende Haut, die durchschimmern ließ, was sich darunter befand? Oder jenes Feuer, das ihn peinigte, sobald er mit unbändiger Lust in sie eindrang? Vielleicht war es die geheimnisvolle Furchtlosigkeit ihrer Augen, die begierig und besitzergreifend strahlten. Ihr Körper zog ihn an wie ein verführerischer Strudel, in dem er zu ertrinken drohte. Er sah aus wie jemand, der nicht schwimmen kann und nur hilflos mit den Armen fuchtelt. Sobald er in Ekstase geriet, wurde die schäbige Hütte von Allousch Al Khwaita in ein Licht getaucht, als würden die Sterne zu

Tausenden vom Himmel fallen. Riemas verlockender Körper brachte ihn schließlich dazu, die abendlichen Feierlichkeiten im Palast, die Jagdausflüge, die Gesellschaft und den Frohsinn zu meiden und dem Duft der Nelken, wo immer er auch aufkam, hinterher zu laufen. Wo immer sich die Möglichkeit bot, versuchte er mit ihr intim zu sein - am Rand eines Feldes oder im tiefsten Gestrüpp der Wasserquelle oder sogar in der schäbigen Lehmhütte auf der Strohmatte. Er genoss es, ihre samtenen Brüste zu liebkosen und ihren weichen, feurigen Körper zu berühren.

Es fing alles damit an, als Shaker am darauf folgenden Morgen zur Hütte des Khwaita zurückkehrte, um Riema das erste Mal wiederzusehen. Sie war beschäftigt mit dem Kneten des Teiges und saß dabei mit entblößten Beinen. Ihr Haar hatte sie so belassen, wie sie es gestern trug, als sie ihn zum ersten Mal traf. Sie erwartete ihn bereits, denn sie war sich sicher, dass er kommen würde. Als sie sein weißes Pferd von weitem sah, lief ihr Gesicht blutrot an, so dass die Farbe ihrer Haut der ihres Haares glich. Er stieg von seinem Pferd ab. Seine Gesichtszüge waren ernst und geheimnisvoll. Wortlos zog er sie an ihrer teigverklebten Hand in das Innere der Hütte, wo sie sich - wie nach Paarung hungernde Katzen - auf der Strohmatte wälzten.

Wie von einer Wolke getragen überließ sich Riema dem Liebesspiel, während Shaker in sie eindrang und er seine Männlichkeit überschäumend über ihren Körper ergoss. Immer heftiger bebte ihr Körper und immer weiter entfernte sich ihre Seele, als sie zum ersten Mal die Lust kennenlernte. Und

Shaker sog den Duft der Nelken und des Teigs in sich auf.
Wenige Wochen später ritt Shaker im Dunkel der Nacht auf seinem weißen Pferd davon, ohne sich auch nur umzudrehen. Er hielt Riema fest umschlungen, die vor Angst keuchend und kreidebleich vor ihm saß. Mit der anderen Hand umklammerte er eine Truhe, in der seine Mutter einige Goldstücke und Schmuck gesammelt und sein Vater eine nicht unbedeutende Anzahl von Geldstücken angehäuft hatte. Kurz vor seinem Aufbruch hatte er sie aus dem Schrank des Vaters entwendet und das Haus verlassen, ohne sich von seiner Mutter zu verabschieden oder ihr auch nur einen letzten Blick zu schenken. Auch von seinem Vater hatte er sich nicht verabschiedet. Hätte er das getan, wäre er vom Agha mit Gewalt zurück gehalten worden. Er wäre niemals mit seiner Heirat einverstanden gewesen. Doch Shaker hatte nur einen einzigen Wunsch, mit Riema zusammen zu bleiben.
Riema hatte ihr Haar zu einem langen Zopf geflochten und ihr schönstes Kleid, ein blaues mit gelben und violetten Blumen, angezogen. Um ihre Taille, die ein klein wenig fülliger geworden war als früher, band sie ein mit roten Bäumen bemaltes Tuch. Der dicke Strich des Kohlestifts um ihre Augen ließ ihr Gesicht noch weißer erscheinen, als es tatsächlich war.
Riema hatte sich ebenfalls von niemandem verabschiedet. An jenem Morgen ging sie allerdings zum Haus ihrer Mutter. Die kleine Sumaya spielte gerade vor der Tür im Sand. Ihr Gesicht wirkte unter dem Staub, der es bedeckte, noch dunkler. Lange

schaute sie ihr aus einiger Entfernung zu, dann zog sie sich zurück. Sie hatte keinerlei Bedürfnis, sich von ihrer Mutter zu verabschieden, machte sich dann auf den Heimweg und wartete darauf, dass Al Khwaita das Haus verließ. Immer seltener kam er nach Hause, die meiste Zeit verbrachte er damit, über die Felder zu ziehen.
Riema war sich sicher, dass keiner nach ihr suchen würde.
Das weiße Pferd trabte los und trug sie über eine weite Ebene, ein verlassenes Gebiet, das von Feigenbäumen und Kakteen übersät war. Riema flüsterte Shaker zu, dass dieses Land von Dämonen bewohnt sei und bat ihn, es zu meiden. Shaker lachte aus vollem Herzen und trat in die Flanken des Pferdes, um es anzutreiben. Die Gegend war menschenleer, öde und furchterregend.
Ständig warnten die Scheichs, unterstützt von einigen der Dorfoberen, die Bauern vor den gefährlichen Ebenen, wo sich allabendlich Dämonen und Teufel bis zum Sonnenaufgang zusammenfänden. Halluzinationszustände wären noch das Geringste, was einem widerfahren würde, wenn man deren Gesängen lauschte oder gar ihren lüsternen Feiern beiwohnte.

Shaker hätte ihr gerne gezeigt, warum man sich erzählte, dass die Ebene bewohnt sei, doch das war jetzt nicht der richtige Zeitpunkt dafür. Vielleicht hatte der Agha inzwischen von seiner Flucht erfahren und bereits seine Leute ausgeschickt, um sie zu verfolgen. Außerdem waren die Männer seines Vaters erpicht darauf, eben diese Gegend aufzusuchen. Während sein Pferd davonjagte, erzählte er Riema, wie es ihm schon mehrmals gelungen war, das Geheimnis zu lüften. Einige Männer aus dem Dorf trieben es hinter dem Dickicht der Kakteen nächtelang mit einer Frau aus dem Dorf, wobei ihre lustvollen Schreie in der gesamten Gegend zu hören waren. Jeder wartete ungeduldig darauf, bis er an die Reihe kam. Shaker hatte sich köstlich darüber amüsiert, wenn sie, durch ihn aufgeschreckt, nackt hinter dem Gestrüpp herausliefen. Leider hatte er nie erfahren, wer diese Nutte war.

„Hab keine Angst, wenn du bei mir bist", beschwichtigte er sie und drückte sie noch fester an seine Brust, um wie betrunken den Nelkenduft einzuatmen.

„Du weißt, dass ich mich nur vor deinem Vater und seinen Männern fürchte."

Dann zögerte sie, das Gespräch weiterzuführen. Eigentlich wollte sie ihn fragen, ob der Agha ihn wohl töten würde, wenn er sie heiratete. Nein, selbstverständlich nicht. Es war besser, nichts zu sagen.

„Sei unbesorgt. Wir werden weit weg von diesem verkommenen Dorf glücklich zusammen leben. Wir werden ein wenig Land kaufen und heiraten."

Sie lächelte und lehnte ihren Kopf an seine Schulter. Sie war völlig verrückt nach ihm. An der Grenze seiner Felder ließ sie alles zurück, ihre Tochter, ihre Mutter und auch ihren Ruf, über den sich nun noch mehr Leute das Maul zerreißen würden. Indessen saß sie auf dem Rücken eines weißen Pferdes, das mit dem Wind um die Wette rannte, auf der Jagd nach dem Unbekannten. Sie wunderte sich auch, dass Shaker seinen Palast, sein Geld und

sämtliche Frauen des Ortes, die ihm zur Verfügung standen, hinter sich gelassen und ausgerechnet die Frau von Allousch Al Khwaita auserwählt hatte. Vielleicht war das die Liebe.
Stunden später, vom langen Ritt auf dem Rücken des Pferdes durchgeschüttelt, hielten sie kurz an. Shaker holte ein zusammengerolltes Stück Stoff aus seinem Gürtel und entnahm ihm einen kleinen Ring aus Silber. Er ergriff Riemas Hand und steckte ihn an ihren Ringfinger. Mit dem Glanz des verführerischen Silbers an ihrem Finger glich sie einer Prinzessin.

Noch vor Anbruch des Morgens hatte sich die Nachricht von der Flucht der beiden in ganz Alia verbreitet. Als Al Khwaita Um Riema darüber informierte, schlug sie verzweifelt ihren Kopf an die Wand, dass zu befürchten war, er müsse zerbersten. Die weißen Kalkstücke, die sich aus der Wand gelöst hatten, bedeckten ihr kurzes Haar. Wieder hatte ihre herumtreibende Tochter sie mit Schande bedeckt. Sie zerstörte alles, was sie in die Hände bekam. Um Riema schrie sich die Seele aus dem Leib, während sich die kleine Sumaya in eine Ecke des Hauses verzog und weinte.
An diesem Morgen verschwand Allousch Al Khwaita aus dem Dorf Alia, ohne jemals wieder zurückzukehren.
Für Riema begann jedoch ein neues Leben in einem anderen Bergdorf. Ein neues Leben, voller Überraschungen und voller Liebe. Eine Liebe, die sie in ihrer freien Zeit dazu beflügelte, unendlich viele Luftschlösser zu bauen. Eine Liebe, die sie

befähigte, außerhalb ihres Körpers zu schweben, um alles, was um sie herum war, aus größerer Nähe zu beobachten. Als würde der Geliebte in allem, dem sie begegnete seine Spuren hinterlassen. Gleich nachdem sie in einem sicheren Dorf angekommen waren, das Mansiyya genannt wurde, hatte Shaker eine geeignete Unterkunft gefunden. Erst nach Tagen kamen sie wieder heraus. Sie hatten versucht, etwas von der Hitze der Begierde zu stillen, die sie fast umbrachte.

Shaker kaufte wie geplant ein Stück Land, bearbeitete es wie ein Bauer und ging täglich hinaus auf seine Felder. Wenn er abends von der Arbeit nach Hause kam, ließ ihn die Sehnsucht nach Riemas Körper alle Anstrengungen des Tages vergessen. Ihr Duft überbrückte die Zeit bis zum Wiedersehen.

Riema glaubte, dass nun all die erbärmlichen Jahre der Vergangenheit angehörten und sie endlich das, was ihr stets untersagt war, genießen konnte. Er war ihr stolzer Ritter, obwohl seine Erscheinung in keiner Weise mehr dem entsprach. Seinen prachtvollen Umhang und seine elegante Hose hatte er abgelegt, stattdessen war er gekleidet wie ein gewöhnlicher Bauer, mit schwarzer Hose und darüber eine zerbeulte Weste. Seine Augen strahlten jedoch immer noch etwas zauberhaft Geheimnisvolles und den Stolz eines Ritters aus.

Die Männer des Aghas hatten es allerdings noch nicht aufgegeben, nach ihm zu suchen. Nach dem Befehl des Aghas durften sie erst wieder nach Alia zurückkehren, wenn sie Shaker gefunden hatten. Und so durchstreiften sie alle Dörfer der Gegend, Haus um Haus und die gesamte Bergregion, Hütte um Hütte, bis sie schließlich in das Dorf Mansiyya gelangten und eine alte Frau befragten, die ihnen berichtete, dass vor Monaten ein Fremder mit seiner Braut hier angekommen sei.

Es waren vier Männer, die da bei Sonnenuntergang eintrafen. Shaker war gerade erschöpft und müde vom Feld zurückgekommen. Kaum hatte Riema seine angeschwollenen Füße, die trotz monatelanger Arbeit auf den Feldern immer noch zart und weiß waren, in warmes Wasser gesetzt, sagte er:
„Langsam verliere ich meine Geduld."
Sie antwortete nicht. Stumm massierte sie ihm die Füße und eine vage Angst beschlich ihr verliebtes Herz.
Als die Männer eintrafen, fanden sie ihn erschöpft auf dem Strohstuhl sitzend vor. Sie setzten sich zu seinen Füßen und küssten übereifrig, flehend und glücklich seine Hände. Sie sahen aus, als hätten sie – stets auf der Suche nach ihm - qualvolle Monate hinter sich gebracht. Riema wich einen Schritt zur Seite. Intuitiv ahnte sie, dass ein Unglück drohte, obwohl sie von der Liebe Shakers überzeugt war. Eine Tragödie schien sich anzubahnen.
Sein Gesicht strahlte und seine Augen leuchteten wieder, wie sie es seit jener Nacht, in der sie geflohen waren, nicht mehr bemerkt hatte. Shaker Agha war wieder zu dem geworden, der einst an einem Sommertag zu ihr gekommen war, um die Sonnenstrahlen aus ihrem feurigen Haar zu pflücken.
Die vier Männer setzten sich vor das Haus zu Shaker und tranken Tee. Alle redeten gleichzeitig und einer fiel dem anderen ins Wort, als sie ihm die

Nachricht seines Vaters überbrachten, der ihn voller Sehnsucht wiedersehen wollte. Sie sagten, er habe ihm aus tiefsten Herzen vergeben. Das Erbe würde nur ihm gehören, denn er sei sein einziger Sohn. Der Palast, das Land, die Frauen des Diesseits seien sein Eigentum, alles gehöre ihm. Er verlange nur von ihm, dass er wieder mit ihnen zurückkehre. Er müsse jedoch allein kommen, ohne diese Frau mit dem schlechten Ruf, die mit seinem Geist und seinem gutmütigen Herz gespielt und ihn dazu gebracht hatte, Ruhm, Geld und eine goldene Zukunft hinter sich zu lassen. Stattdessen sei er den eingerissenen Füßen einer schäbigen Bäuerin gefolgt. Die ersten Nachtstunden blieb Shaker auf der Terrasse sitzen und schwieg. Riema versuchte mehrmals, die ihr so vertraute Liebe zu entfachen. Sie versuchte ihn zu verführen und seine Erinnerungen zu erwecken. Er erschien ihr wie ein Vogel, der sich unzufrieden in seinem engen und kargen Käfig hin und her wälzte. Sie zog ein Nachtgewand an, das er ihr vor unendlich langer Zeit von einem fliegenden Händler erstanden hatte. Shaker hatte ihn damals gebeten, dieses Gewand ungeachtet des Preises bei seiner nächsten Reise mitzubringen. Das Gewand war tatsächlich sehr teuer, dafür aber wunderschön. Es war fliederfarben, schulterfrei und tief ausgeschnitten und ließ ihre weiße Haut oberhalb von Schleife und Brüsten besonders zur Geltung kommen.

Die Septembernacht mit ihrer erfrischenden Kühle hatte Shaker bereits eingehüllt, als sie ihn von drinnen zu sich rief. Hinter der Tür umschlang sie verführerisch seinen Hals und versuchte, ihn mit dem berauschenden Duft ihrer Nelken in den Bann zu ziehen. Im allerletzten Moment gelang es Shaker, den Duft abzuschütteln und ihren begehrenden Körper beiseite zu schieben. Dann ging er wieder nach draußen. Stundenlang blieb er regungslos auf seinem Stuhl sitzen. Selbst als die Herbstkälte langsam in seine Glieder kroch, blieb er fröstelnd an seinem Platz, ohne sich zu rühren. Riema hatte sich in ihrem dünnen, fliederfarbenen Gewand an den Rand ihres Steinbettes gesetzt, ohne die Kälte zu spüren oder zu merken, dass sie am ganzen Körper eine Gänsehaut hatte. Sie bemerkte auch nicht, dass das Öl in der Lampe versiegt und die Flamme verloschen war. Ihre Augen waren starr auf die Tür geheftet. Die Umrisse des Zimmers nahm sie nicht mehr wahr, ihre Augen sahen nur noch die Tür. Mit Mühe kämpfte sie gegen die Tränen an.

Vor Sonnenaufgang öffnete sich die Tür, ganz langsam. Shakers Schatten war völlig schwarz, das Zimmer stockdunkel. Er riecht wie der feuchte Herbst, dachte Riema, als er sich ihr näherte. Er flüsterte, er sei zu ihr zurückgekehrt. Sie flog vor Freude zu den Sternen. Shaker fuhr fort: „Wie schön der Flieder dir steht. Du siehst darin aus wie eine Fee mit rotem Haar."

Er vergrub seinen Kopf in ihren Zöpfen und flüsterte immer wieder, dass er sie liebte, dabei weinte er. Es war das erste Mal, dass sie ihn weinen sah. Seine Tränen benetzten Riemas Haar und ihr zartes Nachtgewand. Sie versuchte, seinen Kopf mit ihren Händen zu fassen und an sich zu ziehen, er aber drehte seinen Kopf schnell zur Seite, bevor er sie in

heißer Begierde auf das Bett warf. Er schlief mit ihr, wie er es nie zuvor getan hatte, das fliederfarbene Nachthemd fiel dabei zerrissen zu Boden.
Riema dachte bei sich, während sie sich unbeschwert und offenherzig seiner inbrünstigen Leidenschaft hingab, dass keine Frau in Alia und auch keine in den umliegenden Dörfern von ihrem Mann so innig geliebt wird. Keine außer ihr hatte jemals den Orgasmus kennen gelernt, denn die Männer behandelten ihre Frauen eher wie Kühe. Glücklich umarmte sie seine nackten Schultern.

Die ersten Morgenstrahlen fielen auf das Bett und auf die beiden von der Liebe befriedigten Körper. Ein blasser Sonnenstrahl glitzerte auf Riemas ruhig schlafendem Körper, der vom Morgentau benetzt und allein von der fliederfarbenen Schleife bedeckt war. Am Morgen kam Shaker zu ihr und weckte sie mit einem Kuss. Riema war überrascht, dass er angezogen vor ihr stand, wo sie beide doch eben noch völlig nackt gewesen waren. Er war gekleidet wie der Sohn eines Aghas, er trug den samtenen, mit Gold- und Silberfäden gewirkten Umhang, der in der Mitte von einem goldenen Gürtel zusammen gehalten wurde. Zu ihrer Verwunderung küsste er sie nochmals lächelnd auf die Stirn und sagte, dass er wirklich sehr traurig sei, sie verlassen zu müssen, es jedoch keinen anderen Ausweg gäbe, da sein Vater es strikt ablehnte, dass sie ihn begleitete.
„Weißt du, meine Liebe, wir hätten auf diese Weise nicht lange leben können. Wir hätten genauer darüber nachdenken müssen, bevor wir diesen Schritt gemacht haben. Du verdienst das

beste Leben, das eine Frau nur leben kann."
Er flüsterte ihr ins Ohr, dass er sie ewig lieben würde und er sie geradezu vergöttere. Er küsste sie innig auf die Stirn, während sich seine Augen mit Tränen füllten. Riema erstarrte zu Stein.
Bevor er sie verließ, übergab er ihr seine kostbare Truhe mit den wenigen Dingen, die noch übrig waren. Er überließ ihr auch sein weißes Pferd, damit sie erhobenen Hauptes und voller Stolz nach Alia zurückkehren könnte. Er nahm das Pferd von einem der Männer. Dann brachen sie wie vom Wind getragen nach Alia auf. Shakers Augen blickten zurück, bis das Dorf nur noch als Fata Morgana erschien. Der Schatten Riemas verblieb dort, eingehüllt in das bestickte Bettlaken, auf dem sie noch vor wenigen Stunden ihre Liebe ausgelebt hatten.
Aus der unendlichen Weite, die Riema umgab, tauchten zwei verschwommene Schattenbilder auf, zwei ineinander verschmolzene Körper. Ihr Stöhnen klang wie eine Begierde, die sich in Ekstase gesteigert hatte. Ihr Geschrei erfüllte die Luft und vermischte sich mit dem Hufschlag der sich entfernenden Pferde, der immer leiser wurde.
Kaum war der letzte Schatten von Shaker verschwunden, hatten sich auch seine Gerüche völlig verflüchtigt, und Riema ging hinein. Die Hütte kam ihr kahl, weiß und kalt vor, als ob der Tod darin hauste. Nichts war geblieben vom Geruch ihrer eben erst erfüllten Begierde. Das hingeworfene, fliederfarbene Nachtgewand sah aus wie die verwelkte Haut einer blau angelaufenen Leiche. Sie warf das Laken von sich und stand jetzt aufrecht und nackt mitten im Zimmer. Mit einem Satz

stürzte sie sich auf die Lampe, die in einer Ecke des Zimmers von der Decke hing, öffnete sie, sah aber, dass sie völlig leer war. Ihr fiel ein, dass in der anderen, dunklen Ecke des Hauses noch ein Ölkanister stand. Sie ging hin, hob ihn mühsam hoch und entleerte seinen gesamten Inhalt über ihren Körper. Sie atmete den beißenden Ölgeruch ein, dann warf sie ein brennendes Streichholz auf ihren Kopf und im Nu rollte das Feuer wie eine rote Walze über sie hinweg.

Viele Monate mussten noch vergehen, bevor ein armseliger Stoffbeutel in Alia und schließlich bei Um Riema eintraf.
Sie nahm ihn in die Hand und noch im selben Moment füllten sich ihre Lungen mit einem Geruch von Brand und Tod, der sie erschaudern ließ. Beklommen fragte sie den alten Mann, der ihr den Beutel überreicht hatte, was darin sei, und warum er ihn ihr gebracht hatte?! Ihr stockte der Atem, als der Alte bedächtig und bewegt Auskunft gab. Er überreichte ihr auch einen kleinen, silbernen Ring, der mit einem Häufchen Asche in einen Stofffetzen eingewickelt war.
Dieses Häufchen war die Asche ihrer Tochter.
Um Riema schrie hysterisch auf, fiel daraufhin in Ohnmacht und wachte erst Stunden später wieder auf. Ihr Augenlicht hatte sie nun ganz verloren.

Kapitel 13

Am Tag der Abreise musste sich Um Ibrahim ständig die Tränen wegwischen, um Angelas Frage auszuweichen, die sich nach dem Grund ihres qualvollen Weinens erkundigte. Ihre platt gedrückte Nase schwoll so sehr an, dass sie schließlich wie eine Clownsnase aussah.

In die erste Tasche, die mehrere Außentaschen besaß, packte sie die religiösen Bücher des Scheichs, die er zuvor in mehreren Stapeln angeordnet hatte. Er bestand darauf, alle mitzunehmen, aber zumindest diejenigen, die ihm ans Herz gewachsen waren. Es handelte sich dabei um Auslegungen des Koran, die Bücher von Al Sharif Al Radi, „Die Methode der Redegewandtheit", „Die Sammlung des Muntagab Al Aani", außerdem um ein altes, vergilbtes Buch, auf das der Scheich besonders stolz war. 1924 hatte er nämlich die erste Druckausgabe dieses Buches in Latakia erworben. Er nannte es „Die Geschichte der Alawiten". In die zweite Tasche, die der ersten ähnelte, jedoch kleiner war, packte Um Ibrahim die wenigen Kleidungsstücke und Decken, denen der Duft von Nelken und Lorbeerblättern entströmte. Dann stellte sie die Taschen an der Tür ab und war jetzt, nachdem sie ihre wichtigen Mittelchen eingesammelt hatte, bereit für den Aufbruch.

Ein wenig Trost fand sie beim Gedanken daran, dass sie all diese Kräuter auch im Dorf finden würde. Die Glasgefäße für das Mehl und den kegelförmigen Mahlstein aus Granit legte sie sorgsam in ihren Stoffbeutel. Dann kamen noch die Gefäße für Kampfer- und Pfefferminzöl, die Nelkenessenz und die Flaschen mit Rizinus, Kokosnuss- und Mandelöl hinein. Ganz unten in den Beutel hatte sie einige der schwarzen Badesteine sowie Schachteln mit verschiedenen Gewürzen und ein großes Bündel Süßkraut gelegt. Die mit Muscheln besetzte Ebenholztruhe gedachte sie jedoch hier zurückzulassen. Das Familienerbe sollte im Haus bleiben, um somit die Hoffnung aufrecht zu erhalten, eines Tages wieder hierher zurückzukehren.

Um Ibrahim begann, überall im Haus umher zu wandern. Sie wandte sich hierhin und dorthin. Sie küsste die feuchten Wände und bedeckte sie mit ihren selbstlosen Tränen. Sie verabschiedete sich von den Türschwellen und vom Holz der alten Fenster, dabei atmete sie die hoch gewachsenen Flechten und den Duft der Pflanzen ein, die sie noch ein letztes Mal mit Zuckerwasser gegossen hatte. Zum Schluss bat sie Angela, die ihr die ganze Zeit wie ein Schatten gefolgt war, diese Töpfe zusammen mit ihr ins Haus der Nachbarin Georgette zu tragen. Nur dort, bei dieser netten Frau, würde es ihren Pflanzen gut gehen. Nach ihrer Rückkehr würde sie diese so vorfinden, wie sie sie hinterlassen hatte, in bestem Zustand. Nur die Pfefferminze, die jedem Bedürftigen zugedacht war, blieb in ihrem Topf vor dem Eingang stehen, wie ein grüner Wächter.

Als sie die Töpfe hinüber trugen, bedauerte Um Ibrahim, dass sie die diesjährige Saison und die bezaubernde Nachtblüte der Pflanzen nicht erleben würde. Es würde ihr nicht möglich sein, ihre liebreizende Schüchternheit zu betrachten, die sie dazu veranlasst, sich erst bei Sonnenuntergang zu öffnen, um schon am frühen Morgen wieder zu sterben. Unvermittelt verspürte sie den Wunsch, sich von der Tabakfabrik zu verabschieden und an der West-Promenade entlang zu gehen. Aus Zeitmangel war sie schon seit Jahren nicht mehr dort gewesen. Sie wollte auch über den Hanano Markt, den Annabah Markt und dann noch über die Al-Quatli Strasse gehen, um sich bei ihren Freundinnen und Nachbarinnen, eine nach der anderen, ein letztes Mal zu verabschieden und jede zu küssen, sogar die freche Khalida. Sie ahnte schon, dass ihr die lüsternen Gespräche und die pikanten Bettgeschichten der Frauen fehlen würden. Sie würde sich nach dem Hammam und der steinigen Gasthofmauer sehnen. Sogar nach dem Schnapsgeruch, den Khalil Al Khangi im Abstand von mehreren Metern verbreitete, wenn er an ihr vorüber lief. Sie würde sich auch nach seinem einen Auge sehnen… sie würde sich wirklich danach sehnen.

Angela konnte den Trennungsschmerz nicht ertragen. Sie schluchzte herzzerreißend im verdunkelten Zimmer von Sanaa, die sie zu trösten suchte und ihr versicherte, dass die Jahre schnell vergehen würden, schneller als Angela es sich vorstellen könne. Angela würde sie dann ganz alleine besuchen kommen, dann wäre sie ja schon alt genug und niemand könnte ihr Vorschriften machen. Sanaa liebkoste die kleine Rothaarige und hockte sich nieder, um sie ganz fest und innig zu umarmen.

Bevor Angela wieder nach oben ging, um beim Tragen der Taschen zu helfen, schenkte ihr Sanaa ein Buch ohne Titel. Es war in vergilbtes Zeitungspapier eingewickelt, das ein wenig von der Feuchtigkeit angegriffen war. Auf der ersten Seite waren einige Sätze eingetragen. Als sie sich von Angela verabschiedete, dachte sie zwar, dass die Kleine das Buch irgendwo verlieren und, was darin geschrieben stand, vielleicht vergessen würde. Sie wollte ihr aber unbedingt etwas schenken, und das war das Einzige, was sie besaß.

Der Scheich wanderte ebenfalls in seinem Zimmer umher. Er befürchtete, seinen Verstand zu verlieren, wenn er das Viertel wirklich verlassen musste. Wie würde er seine Abende ohne die Zusammenkünfte mit den Scheichs und Freunden verbringen? Die Männer hatten das Dorf bereits verlassen, waren in die Städte gezogen und lebten dort in deren Randbezirken. Nur die Alten waren in Alia zurückgeblieben. Wie leer seine Stunden sein würden, ohne seine Schüler und Anhänger und ohne deren Blicke, die doch voller Ehrfurcht waren! Er dachte an die Trauerfeiern, wo man seine angenehme Anwesenheit nun entbehren musste, an die Opferzeremonien und die rituellen Weihgaben und Gebete, die ihnen nun vorenthalten blieben. Die Hochzeiten würden ohne seine Gebete und Segnungen freudlos verlaufen. Dort, in Alia, wird seine Macht mit jedem Sonnenuntergang schwächer und schwächer werden und schließlich völlig schwinden.
Schon seit langer Zeit war er nicht mehr so unruhig gewesen wie in jenen Tagen. Einmal, noch bevor er das Morgengebet begonnen hatte, erschallten zu ungewohnter Zeit die Gebetsrufe von den Minaretten. Aus allen Moscheen drangen die Gebete der

Prediger, die um das Seelenheil für den verstorbenen Gamal Abdel Nasser beteten. An jenem Tag aber konnte er trotz des ganzen Durcheinanders an Aufruhr und Sorge, welche die Stadt erfasst hatte, an nichts anderes denken als an Mariam, die schon vor Monaten das Haus verlassen hatte. Sicher weinte sie in diesem Augenblick im Haus ihres Ehemannes wie damals im Jahr 1973, als der Oktober-Krieg ausbrach und der Libanon nach und nach in Stücke zerfiel. Über seinen Schwiegersohn und seine Tochter hatte er damals aufmerksam diese Nachrichten verfolgt, obwohl ihn die Politik und ihre Unzulänglichkeiten nicht im Geringsten interessierten.

Um Ibrahim hatte beschlossen, einige Ableger ihrer Pflanzen in einem weißen feuchten Taschentuch aufzubewahren. Sie würde sie dann gleich nach ihrer Ankunft in Alia einpflanzen. Eingewickelt in eine Plastiktüte stopfte sie diese zwischen die Kleidung. Als sie das letzte Mal die Treppe hinunter gingen, liefen alle hinter dem Scheich her. Vor der Eingangstür hatten sich bereits die Nachbarn versammelt, um sich von ihnen zu verabschieden. Der Scheich, der Händler, stand an vorderster Stelle in seinem braunen Umhang. Abu Ibrahim verspürte Genugtuung, wogegen seine Frau herzzerreißend weinte und ihre Nase mit dem Zipfel ihrer weißen Kopfbedeckung abtupfte. Die Nachbarinnen fingen ebenfalls an zu weinen, und Khalida umarmte Um Ibrahim immer wieder von neuem, sobald diese sich von ihr verabschiedet hatte.

Nur Angela war damit beschäftigt, den betrunkenen Khalil Al Khangi zu beobachten, der sich torkelnd an den Wänden abstützte, um die Ansammlung aus nächster Nähe zu beobachten. Auch er schien traurig zu sein, vielleicht wünschte sie sich auch nur, dass dies so wäre. Er benahm sich jedenfalls ganz anders als sonst.

Der Scheich, der Händler, raunte Abu Ibrahim ins Ohr, dass sie so schnell wie möglich wiederkommen sollten, sobald dieses Chaos vorbei wäre, da alle auf sie warteten. Dann legte er die Hand auf seine Schulter und lächelte ihn traurig an.
Auch Sanaa warf sich Um Ibrahim um den Hals. „Vor Jahren habe ich meine Mutter verloren und jetzt verliere ich dich. Wer wird mir bleiben?"
Die alte Frau klopfte ihr sanft und milde lächelnd auf die Schulter: „Wir werden uns nicht länger aufhalten als unbedingt nötig. Wir werden bald wieder zurückkommen." Sie riet ihr noch, unbedingt auf ihre Gesundheit zu achten, die ihr jetzt viel schlechter schien als früher.
Die Familie war im Begriff, sich von einem Lebensabschnitt zu verabschieden und stieg in einen Mietwagen, der sie in das entlegene Dorf Alia bringen sollte, wo ihr erster Sohn Ibrahim wohnte.

Nach der Abreise der beiden alten Leute mit ihrer Enkelin an jenem Sommermittag im August ging Sanaa jegliches Gefühl an Sicherheit verloren. Der Schall der Schritte über ihr verwandelte sich in das Pfeifen des Windes, der über das verlassene Treppenhaus wehte. Im Zimmer roch es nicht mehr nach den Düften der Gewürze. Allein die Feuchtigkeit überzog mit ihrer Fäulnis die Wände und verfremdete ihr Erscheinen so stark, dass der Raum unheimlich wirkte.

Am besten würde sie den Keller noch in der gleichen Nacht verlassen, sie sah keinen Grund mehr, länger zu bleiben, nachdem alle fortgegangen waren. Sie fing schon an die Minuten zu zählen, die sie von der Ankunft Ahmads trennten. Diese wurden jedoch immer länger und zogen sich hin, während das Ticken der Uhr wie ein lautes Trommeln lärmte.

In letzter Zeit war Sanaa jegliche Fähigkeit abhanden gekommen, etwas zu schreiben, zu lesen oder auch nur ihre Gedanken schweifen zu lassen. Sie verharrte lediglich in der Hoffnung, dass Ahmad eine Aufgabe für sie hätte, die sie draußen übernehmen könnte. Die Texte der Organisation, ihre Zeitschriften, die Flugblätter und alles andere interessierten sie nicht mehr. Die dünnen Seiten verschlang sie innerhalb von Sekunden, einige von ihnen versteckte sie, andere zerriss sie. Die Erzählungen über die sowjetische Revolution und über die Revolutionen in Lateinamerika, die theoretischen Bücher über öffentliche und geheime Erfahrungen der Linken in der Welt lösten eine eigenartige Langeweile bei ihr aus. Die einzige Lösung sah sie in einer neuen Aufgabe, die sie spüren ließ, dass sie immer noch aktiv war.

Unmittelbar nachdem Ahmad zu ihr gekommen war, stellte sie ihm eine merkwürdige Frage. Sie wollte wissen, wie es ihrer Familie ging. Vielleicht war es ein unbestimmtes Gefühl, das sie dazu bewegte, eine solche Frage zu stellen. Ihre Intuition war jedenfalls richtig. Ihr Bruder war vor dem Eingang der Universität als Geisel genommen worden und würde so lange festgehalten, bis sie sich freiwillig der Obrigkeit stellte. Sanaa schrie auf und schlug sich die Hände vor das Gesicht. Sie weinte herzzerreißend und untröstlich, als wollte sie all das loswerden, was sich seit Monaten in ihr aufgestaut hatte. Sie weinte auch über sich selbst. Ahmad schaute sie hilflos an. Am liebsten hätte er mit ihr geweint. Das durfte er jedoch auf keinen Fall zulassen, es würde alles nur verschlimmern. Er näherte sich ihr, nahm ihr Gesicht in die Hände und versuchte sie zu trösten.

„Bitte, Maysaa, lass dich nicht so gehen. Es liegen noch Jahre voller Anstrengungen, des Versteckens und der Entbehrungen vor uns. Viele Jahre, bis wir unser Ziel verwirklichen können... die Revolution."

Sanaa konnte sich nicht zurückhalten. Sie schluchzte und weinte weiter.

Das Zimmer war klein und beengte sie. Sie, die sich so sehr nach Freiheit sehnte. Unter Tränen schrie sie: „Was denn noch? Was denn? Ich fühle mich in diesem Loch wie eine Maus. Ist es der Opposition vorgeschrieben, in solchen Kellern zu hausen? Manchmal möchte ich einfach raus hier. Soll mich doch festnehmen, wer will! Sollen sie doch mit all ihren Sicherheitsleuten hinter mir her rennen! Soll mich die Obrigkeit doch erhängen! Das ist jedenfalls besser, als hier wie eine Maus still zu sitzen. Ist es wirklich das, was ich angestrebt habe? Ist es das, wovon ich geträumt hatte? Ich möchte, dass wir endlich das verwirklichen, wovon wir gemeinsam geträumt haben und worüber wir in unseren Diskussionen und Zusammenkünften und in unseren Zeitungen und Flugblätter geredet haben."

Ahmad redete lange auf sie ein und versuchte sie umzustimmen. Sie hingegen beschloss, sich auf der Stelle den Behörden zu übergeben.
„Bist du verrückt geworden?“
„Soll ich denn meinen Bruder in ihren Händen lassen?.. . Sie werden ihn vernichten.”
Es war eine schwierige Entscheidung, doch die Anordnungen der Organisation waren eindeutig. Sie durfte sich auf gar keinen Fall ergeben.
Zwei Tage später verließ Sanaa den Keller, um ein nahe am Meer gelegenes Zimmer anzumieten. Fortan hieß sie Munna und war Studentin in der Abteilung für englische Sprache an der Universität. Ihr langes, kastanienfarbenes Haar verwandelte sich in ein kurzes Blond.

Kapitel 14

In all den Monaten, die sie im Dorf wohnten, wurde Um Ibrahim nicht müde, ihrer Tochter bei jedem Besuch den gleichen Satz ins Ohr zu flüstern: „Bring mich zurück nach Hause. Ich habe das Gefühl, ich ersticke hier."

Sie wurde zusehends blasser und magerer. Auf ihrem Gesicht war nicht der geringste Anflug von Freude zu entdecken, als Großmutter Um Riema sie in Begleitung von Mariam besuchte. Ihr gealtertes Gesicht war hartnäckig von Falten gezeichnet. Im Laufe der Zeit waren sich die Gesichter von Enkelin und Großmutter immer ähnlicher geworden. Entgegen ihrer sonstigen Gepflogenheit machte sich Um Ibrahim nicht einmal mehr daran, für die Großmutter eine ihrer besonderen Speisen zuzubereiten. Sie betrachtete Um Riemas dünne Gestalt und verzog nur traurig das Gesicht.

„Bring mich nach Hause, Mariam."

„Wohin willst du denn zurückgehen, Mutter? Die Lage in der Stadt ist nicht stabil. Hier ist es viel besser. Außerdem, schau dich doch um, ihr wohnt hier wie im Paradies."

„Aber es ist nicht mein Zuhause."

Die Zeit kam ihr öde und leer vor, das Leben sinnlos, weit entfernt von dem, was das Leben lebenswert macht.

„Aber Mutter, du wirst nicht mehr zur Tabakfabrik zurückkehren können. Du hast das Rentenalter erreicht, außerdem ist das Haus hier schöner und viel freundlicher. Was würdest du denn in Latakia machen wollen?"

„..."

Mariam ging auf ihre Mutter zu. Sie setzte sich vor sie auf den Boden, umfasste ihre Taille und vergrub, wie sie es früher getan hatte, ihr Gesicht in ihrem Schoß. Sie atmete tief ein, um den vertrauten Geruch wiederzufinden. Aber etwas war anders, der Geruch von Tabak, vermischt mit dem Schweiß von Um Ibrahim, war nicht mehr vorhanden. Der Geruch, den sie wahrnahm, war ohne Identität - fremd und nichtssagend.

In der Ecke des Zimmers, das für die beiden Alten hergerichtet war, standen die Gerätschaften zum Mahlen und ihre verschiedenen Mittelchen noch immer unangerührt im Stoffbeutel verpackt. Es hatte sich bereits eine Staubschicht darüber gelegt. Die Ableger in der Plastiktüte hinter der Tür sahen inzwischen aus wie verbrannte Streichhölzer, sie waren vergilbt und vertrocknet. Sie kümmerte sich nicht mehr darum, irgendwelche Sachen zuzubereiten wie damals und auch nicht mehr darum, die Speisen mit Gewürzen und Kräutern anzureichern. Hier hatte sie nie wieder zu ihren Kochtöpfen zurückgefunden. Und die Unruhe des Scheichs, von der er angenommen hatte, dass sie, sobald er den Boden von Alia beträte, verschwinden würde, nahm mehr und mehr zu. Aber hier musste er ohne Um Ibrahims Kräuter und magische Mittel auskommen. Seine Frau befand sich jetzt in einer anderen Welt, weit weg von ihm.

In den darauf folgenden Wochen traten bei Um Ibrahim verschiedene Krankheiten auf. Zusehends und ohne erkennbaren Anlass erhöhte sich ihr Blutdruck. Rheuma, das sie früher nie gekannt hatte, griff ihre Gelenke in aggressiver Form an. Erstaunlicherweise unternahm sie jedoch nie etwas, um sich selbst zu behandeln. Ihre magischen Mittel blieben weiterhin unbeachtet in der Ecke liegen, während scharenweise Ärzte kamen und ihr ständig jede Menge Medikamente verschrieben, die allerdings ohne Wirkung blieben. Um Ibrahim saß tagein und tagaus auf dem Balkon, ihre kleinen Augen auf den gegenüber liegenden Abhang gerichtet.

Ihre Gestalten hoben sich von der Hauswand ab. Schweigend und schwarz gekleidet hatten sie sich in eine lange Schlange eingereiht. Ihre dichten Schleier ließen keinen Blick auf ihre Gesichter zu. Die Schlange verhüllter Gestalten zog sich an der gesamten Fassade entlang und ließ das Haus im Kontrast zu ihrer Dunkelheit noch nackter und weißer erscheinen. Sie setzten sich, hielten die Hände vor der Brust gekreuzt und lauschten der Stimme des Korans, die von irgendwoher zu ihnen vordrang.
Misstrauisch lief Mariam den Platz entlang und beäugte die schwarzen Gestalten, bis plötzlich eine der Frauen ihr leicht auf ihren Rücken klopfte und ihr mit einer Kopfbewegung zu verstehen gab, ihr in das Zimmer nebenan zu folgen.
Es war Mariams Zimmer, obwohl es diesem überhaupt nicht ähnlich sah. Es war weiß und bis auf ein Bett, das einsam in der Mitte stand, völlig leer.
Die Fremde zog unter dem Bett einen schwarzen Beutel hervor und öffnete ihn. Mariam sah ein weiß-grünes Leichentuch darin liegen. Die Frau flüsterte: „Das ist meines." Sie nahm den schwarzen Schleier vom Gesicht - es war Um Ibrahim!

Sie steckte den Beutel unter ihren Arm, lächelte ihrer Tochter einen Abschiedsgruß zu und verschwand.

Mariams Schrei zerriss die nächtliche Stille.
Hazem wachte erschrocken auf und nahm sie in den Arm. Weder seine beruhigenden Worte, dass es nur ein Traum gewesen sei, noch die Wasserspritzer, die er auf ihr Gesicht sprenkelte, konnten etwas ausrichten. Sie weinte haltlos und schrie weiter, während ihre Mutter aus dem Traum weiter auf sie einredete.
Kaum war der Morgen angebrochen, fuhren Mariam und ihr Mann mit einem Bus zum Dorf. Den ganzen Weg über konnte sie sich nicht beruhigen. Sie erinnerte sich an die letzten Worte ihrer Mutter. Hazem hingegen saß verstimmt und abwesend neben ihr. Die Zeit hatte ihn inzwischen gelehrt, dass er Mariams Intuitionen und ihrer Deutung der Zeichen Glauben schenken sollte, auch wenn diese noch so sehr der Welt des Verborgenen – wie er es nannte - angehörten.
Als sie in Alia ankamen, lag Um Ibrahim auf dem Bett, bekleidet mit einem ihrer hübschen Dorfkleider. Es war ein rosarotes Kleid, mit großen, weißen Rosen und grünen Zweigen bestickt. Der Scheich saß neben ihr auf einem kleinen Korbstuhl und stieß Lobpreisungen Gottes aus, während er seinen Rosenkranz aus Smaragdsteinen durch seine Finger gleiten ließ. Sein Gesicht war dem ihren zugewandt. Flüsternd flehte er Gott an, er möge ihre Seele in Frieden zu sich zu nehmen und ihr vergeben. Sein Gesicht war bleich wie der Tod. Blicke des Abschieds streiften ruhig über ihren ausgestreckten

Körper. Sie hinterließ eine leblose Hülle, der es um das Leben, das ihr nichts mehr bedeutet hatte, nicht leid tat.
Um Ibrahim wurde unter der Eiche begraben, die sie so sehr liebte, und die am oberen Ende des Dorfes stand, das dem weit entfernten Hügel zugewandt war. Dort, wo auch Abu Riema begraben lag. Heute war sein Grab kaum mehr zu erkennen. Der Grabhügel hatte sich im Laufe der Zeit dem Erdboden angeglichen und die Grabsteine waren fast nicht mehr zu sehen.
Das Grab von Um Ibrahim bestand aus einem Haufen von Steinen und Erde, worauf ein weißer, behauener Marmorstein gesetzt wurde mit der Aufschrift: Hier ruht die Frau des Scheichs Salim Al-Dayem. Sumaya Allousch (Um Ibrahim).

Mehr als ein Monat war seit der ersten Trauerwoche vergangen, als Um Ibrahim den Scheich zum ersten Mal in seinen Träumen besuchte. Sie brachte ihm ein kleines Mädchen, so wie damals vor etlichen Jahren, als sie mit Angela zu ihm kam. Er aber beachtete das Kind nicht weiter, sondern folgte ihr.

An diesem Morgen war er früher als sonst aufgewacht. Die Farbe der Abendröte hatte die Geburt eines verspäteten, winterlichen Morgens angekündigt. Die Berggipfel waren von Wolken umgeben, und der Schnee fiel seit dem Vortag ohne Unterlass. Es waren fast fünf Monate vergangen, seitdem sie das Haus verlassen hatten. Um Ibrahim hatte nicht noch mehr ertragen können, dachte er bei sich, während er sich mit den Waschungen auf das

Gebet vorbereitete. Ohne sie kam ihm das Leben sehr kalt vor. Neben der Glut des Holzofens, der mitten im Zimmer stand, wechselte er seine Kleidung und stapelte neue Kleidungsstücke darauf: einen mit Wolle gefütterten Umhang, einen strahlend weißen Gilbab und einen Turban, sauberer noch als die auf dem Fensterbrett angehäuften Schneeflocken. Er setzte sich auf sein Bett und sprach seine persönlichen Gebete, während er die Berge betrachtete. Die frische Brise des Morgens ließ ihn an ein Gedicht von As-Suhrawardi denken. Es hieß „Scheich des Illuminismus", das jener spontan dichtete, bevor Saladin ihn töten ließ. Dem Scheich gefiel sein letztes Gedicht. Und wie schon so oft verspürte er einen Hass auf Saladin, der neben seinen zermürbenden Kriegen an der Küste auch für den Tod eines Sufi, wie As-Suhrawardi, verantwortlich war.

„So reißt doch die Seelen aus ihren Körpern,
dann werdet ihr deutlich das Rechte sehen.
Fürchtet nicht das Sterben,
es ist nichts weiter als der Übergang zum Jenseits."

Der Scheich legte sich lächelnd auf sein Bett. Er dachte an sein neues Leben und an Um Ibrahim. Er hatte wirklich Sehnsucht nach ihr…

Der Trauerzug für den Scheich bestand aus einer nicht enden wollenden Flut von Autos und Menschen, die den Dorfplatz wie ein Erdbeben erschütterten. Es war eine wahrhaft würdevolle Beerdigung. Der Scheich wurde in der Familiengruft beigesetzt, dort, wo sich um die Grabstätte des Heiligen eine

Reihe schwarzer, marmorbedeckter Gräber befand. Der Marmor war von glänzend silbernen Fäden überzogen und mit goldener Tinte beschrieben. Es hieß, dass seine Familie und der ehrwürdige Heilige Al Khader derselben gesegneten Nachkommenschaft angehörten.

Mitte der 80er Jahre leitete die Regierung ein Projekt in die Wege und begann, einen gewaltigen Staudamm zu bauen, der die meisten Küstengebiete mit Wasser versorgen sollte. Das führte dazu, dass der Großteil der Ländereien von Alia unter den Fluten des Wassers unterzugehen drohte. Das bedeutete aber auch, dass die Grabstätte des Heiligen Al Khader und der gesegnete Friedhof der Scheichs der Unbarmherzigkeit des Wassers ausgesetzt würden. Sie würden zu einer bedeutungslosen Spur auf dem Grunde des Sees, wo sich schwammige Algen festsetzen und Fische nagen würden.

Keine einzige Beschwerde, welche die Dorfbevölkerung bei den Verantwortlichen eingereicht hatte, um die Grabungsarbeiten zu stoppen und den Heiligenschrein zu schützen, führte zum Erfolg. Ihre Bemühungen waren zwecklos und nur von Misserfolg gekrönt. Die Bagger machten sich bereits daran, die Gegend neu zu formen, um das Wasser des Staudammes aufzufangen. Letzten Endes hatte die Bevölkerung keine andere Wahl, als sich bei den Heiligen selbst zu beschweren. Sie waren sich sicher, dass es nur einem von ihnen gelingen könnte, Rache zu nehmen. Nur einer von ihnen könnte den Maschinen verbieten, die kostbaren Steine zu zerstören.

Die Heiligen würden jeden Arbeiter mit einer Katastrophe heimsuchen, wenn er ihnen Schlechtes zufügte.
Mit der dann einsetzenden Verzögerung der Bauarbeiten dachten alle, dass man nun vom Projekt abgekommen sei, und ihr schönes Dorf nicht mehr unter Wasser begraben würde. Man kam also von der Idee ab, in den marmorbedeckten Gräbern zu graben und die Überreste ihrer Scheichs zu bergen. Die Situation beruhigte sich und die Auseinandersetzungen darüber, wohin die Gebeine der Scheichs umgebettet werden sollten, flauten ab. Einige wollten sie an der höchsten Stelle des Dorfes begraben. Andere waren dagegen, weil es in der Nähe des unglücksseligen Eichenbaums wäre, wo der lüsterne Abu Riema einst beerdigt worden war. Ein äußerst ungeeigneter Ort für die Gebeine der Scheichs. Besser wäre es, sie auf dem Friedhof der Zitadelle in Latakia zu begraben. Dieser war zwar nicht für die Landbevölkerung vorgesehen, wäre aber die ehrenvollste Stätte gewesen.
Es dauerte jedoch nicht lange, bis weite Teile von Alia von Wasser überflutet waren, darunter die flachen Häuser, der Wald und das Grabmal von Al Khader, das an den Friedhof der Scheichs angrenzte. Die verhärteten Kronen der langlebigen Eichen, die mehr als zwanzig Meter hoch standen, schauten nun lebendig aus dem Wasser heraus. Vor allem in den Sommermonaten, wenn der Wasserpegel des Stausees fiel, erinnerten die Baumkronen daran, dass es hier, mitten im Wasser, einmal einen Wald gegeben hatte, der hunderte von Jahren alt war.
Ganz oben auf dem Hügel, der einst dem Dorf Alia

zugewandt war, war am Fuße der Eiche ein einziges Grab übrig geblieben, ein Haufen aus Erde und Steinen. Das Grab von Um Ibrahim blickte nun auf den Stausee. Das Wasser vor dem Grab spiegelte die Schönheit dessen wider, was vom Dorf Alia und den umgebenden Hügeln übrig geblieben war. Das Grab von Scheich Abu Ibrahim hingegen war vollkommen vom Wasser überflutet worden, noch bevor seine Angehörigen seine Gebeine wegtragen konnten. Seine Seele schwebte fortan in der Gegend umher und suchte sie immer wieder bei ihren abendlichen Zusammenkünften heim, unruhig, aufgeregt und traurig. Sie machte ihnen Vorwürfe, dass sie seine Gebeine dem Zugriff des Wassers überlassen hatten. Manchmal, wenn in den Sommernächten der Mond sichtbar war und die Sicht klar, konnte man seine Seele sehen, wie sie blass über den stillen See hinweg schwebte.

Am selben Tag, als Scheich Abu Ibrahim verstarb, kamen nach Mitternacht zwei Männer in das alte Viertel. Es waren Fremde. Ihre Gesichter waren von ihren Umhängen verhüllt, was sie noch unheimlicher erscheinen ließ. Die tiefe Finsternis und die nächtliche Ausgangssperre, die der ganzen Stadt auferlegt war, veranlasste einen jeden dazu, nach Sonnenuntergang in seiner Wohnung zu bleiben. Deshalb sah auch keiner, wie die beiden Männer alleine durch das Viertel zogen. An der letzten Tür der Gasse klopften sie an. Es war die Tür von Scheich Mohamad, dem Händler. Wieder klopften sie an, daraufhin erkundigte sich der Scheich mit seiner rauen Stimme, wer an der Tür sei. Keiner antwortete ihm. Noch einmal fragte er, und als wieder niemand antwortete, öffnete er einen Flügel der Tür gerade so weit, dass nur sein Kopf in die absolute Dunkelheit blicken konnte. Im selben Moment und innerhalb von nur wenigen Sekunden entleerte einer der Männer den Inhalt seines schallgedämpften Revolvers in den Kopf des Scheichs, dem Händler. Dann verschwanden sie im Dunkel der Nacht.

Kapitel 15

Es könnte noch Tage dauern, bis alle Papiere für Angelas Studium in Damaskus eintreffen würden. Sie war wegen dieser Verzögerung wirklich sehr verärgert und konnte es kaum erwarten, dass dieser Zustand ein Ende nehmen würde. Latakia war für sie und ihren Seelenzustand eine große Belastung. Die Situation wurde ihr unerträglich, und es fiel ihr schwer, die nötige Geduld aufzubringen.

An jenem Herbstabend hatte sie das Gefühl, das alte Viertel besuchen zu müssen. Das Viertel ihrer Kindheit und das der langen Sommertage, das Viertel von Scheich Dahir. Nachdem ihr Mariam immer wieder anschaulich geschildert hatte, wie sehr sich die Häuser und die Gasse verwandelt hatten und dass dort Abrissarbeiten stattfanden, war sie schon seit fast zehn Jahren nicht mehr dort gewesen. Sie wollte das einst lebhafte Viertel nicht als verfallenen Leichnam sehen. Sie wollte ihre schönen Erinnerungen und Träume aus Kindertagen nicht zerstören, und das Viertel genauso im Gedächtnis behalten.

Irgendetwas zwang sie heute jedoch dazu, dorthin zu gehen. Irgendetwas hatte eine Sehnsucht in ihr erweckt, die plötzlich wie ein Geist aus seiner Flasche entflohen war.

Zunächst konnte sie das vermeintliche Viertel nicht finden. Sie verlief sich in den Konturen der modernen Stadt und verlor sich in den neuen, fremden Straßenzügen. Sie befragte Passanten und bemühte sich vergeblich, ihre Erinnerungen wachzurufen. Das Gasthaus des Khangi war verschwunden und mit

ihm auch die mit Fliesen gepflasterte Gasse und die Haustür von Scheich Abu Ibrahim, dem Heiligen. Alles war verschwunden. Selbst die Ajjan Moschee hatte ihr Aussehen verändert und keine Ähnlichkeit mehr mit der alten, schlichten Moschee von damals. Die neue wirkte abgehoben und anmaßend. So kam es Angela vor, als sie an der pompösen Tür mit dem glänzenden Holz vorbeiging.
Als sie sich allmählich sicher war, dass sie tatsächlich den Wohnort ihres Großvaters erreicht hatte, kam ihr die Gegend vertraut vor. Es war genau so, wie Mariam es ihr beschrieben hatte. Ein Schnellimbiss, dessen flackernde Lichter schon von weitem zu sehen waren, mit vielen Kunden und dem köstlichen Duft gebratenen Fleisches. Schon von weitem konnte man das Gasthaus des Khangi sehen, inzwischen ein gewaltiger Turm, der über einen großen Teil der Stadt und sogar des Meeres hinweg blickte. Etliche Monate nachdem Scheich Mohamad, der Händler, ermordet worden war, hatten sich zahlreiche Maschinen in Richtung des alten Viertels aufgemacht und die sich eng aneinander geschmiegten Häuser in Schutt und Asche gelegt. Die Bewohner des Viertels, die zuvor über den Abriss informiert worden waren, standen damals um die Abbruchstellen herum. Sie beweinten den Verlust ihrer Erinnerungen, die zwischen den Wänden nisteten. Laut klagten sie darüber, dass ihnen die vergangenen Jahre mit jedem Schlag der Maschinen genommen wurden. Der aufwirbelnde Staub verwandelte alles um sie herum in Nebel und legte sich auf ihre Seelen.

Mariam hatte Angela von Khalida erzählt, die ihr Gesicht mit Erde beschmiert und auch ihr Haar damit bestrichen hatte. Als sie dann Zeuge wurde, wie der Wandschrank ihres Hauses einstürzte, fiel sie in den Armen ihres Mannes in Ohnmacht. Sie hatte ihr auch erzählt, wie die Wandverzierungen unter dem Schlag der massiven Stöße langsam zerbröckelten. Wie oft hatte sich Angela ihre Khalida von damals vorgestellt - nackt, nass und zwischen ihren Schenkeln ein Dreieck voll glänzendem Schwarz. In ihrem Gedächtnis lebte sie als schöne Ikone, als Nixe, die gerade aus einem Bach emporsteigt. Auf gar keinen Fall konnte sie sich Khalida in jenem entsetzlichen Zustand vorstellen, völlig fassungslos, während die Maschinen ihr die Seele entrissen.

Die blonde Georgette warf sich an jenem Tag auf einen Haufen Steine. Sie jammerte lauthals und wedelte mit ihrem schwarzen Taschentuch herum. Alle spürten an diesem Tag, dass etwas ganz Persönliches, etwas liebevoll Intimes mit seinem geheimnisvollen Duft gewaltsam ihren Herzen entrissen wurde. Damit war sie der schönsten Momente ihres Lebens beraubt worden, als hätte man die Negativrolle einer Kamera plötzlich den Sonnenstrahlen ausgesetzt.

Und Khalil al Khangi? Er wurde unter dem Schutt seines Gasthauses begraben. Er hatte es vorgezogen, mit seiner lebendigen Erinnerung ins Jenseits zu gehen, anstatt das Haus zu verlassen und alleine und wie ein Fremder fortzuziehen. Er hatte sich in einem der Zimmer des Gasthauses versteckt, als die Maschinen die Wände einrissen. Seine zermalmte

Leiche wurde erst Wochen später entdeckt, als man die Überreste des Viertels auf riesigen Lastern vor den Toren der Stadt ablud. Dann erst fiel seine vom Schutt bedeckte, staubige Leiche wie eine blutige und schäbige Puppe auf die Erde.
Angela dachte an den Gasthofbesitzer, als sie vor dem pompösen Eingang des Turmes stand. Sie dachte an seine Gier und den Bann, der sie noch während ihrer Pubertät etliche Jahre gefesselt hielt. Er erschien ihr stets in der Gestalt eines gierigen und geilen Mannes, der mit seinem gewaltig erigierten Glied hinter den beleibten Mutterschafen und Eselinnen her war. Sie musste lange lachen, als sie sich an die Zeit des Hinterherspionierens erinnerte. Sie lachte, bis ihr die Tränen kamen.
Mariam konnte nur einen einzigen Gegenstand aus dem Haus ihrer Eltern retten. Es war die schwarze, mit Muscheln und Silberfäden besetzte Ebenholztruhe, das Erbe für die weiblichen Familienmitglieder. Um Ibrahim hatte sie einst im Haus zurück gelassen, weil sie glaubte, dass sie damit ihre Rückkehr ins Haus beschleunigen könnte. Ihre prächtigen Kleider lagen darin wie damals, unberührt, zusammengefaltet und in Plastik eingewickelt.

Es war Mariams letzter Besuch in diesem Haus, das sie damals zusammen mit Hazem und der Truhe verließ. Sie ließ ihren Blick über alle Winkel des Hauses schweifen und brannte sich jede Einzelheit in ihr Gedächtnis ein, als würde sie in all den kommenden Jahren davon zehren müssen. Sie versuchte vergeblich eine Träne zurückzuhalten, die ihr ungewollt über die Wange lief. Es war Mariams letzter

Besuch im Viertel, sie wollte es nicht mehr sehen in seinem neuen Kleid und konnte es auch nicht. Sie war davon überzeugt, dass ihr Herz stehen bleiben würde, sobald sie es erblickte, oder sie sich erbrechen müsste.

Sie stellte die Truhe in eine Ecke des Zimmers direkt neben das Bett. In all dem Chaos wirkte die Truhe wie ein störender Fremdkörper. Mariam ließ die Kleider ihrer Mutter auf dem Boden der Truhe weilen und legte eine mit Briefen von Hazem gefüllte Plastiktüte dazu, ebenso Papiere in unterschiedlichen Größen und Farben, unter anderem einen sorgfältig gefalteten Ein-Pfund-Schein. Es war einmal ihr Brautgeld von Hazem gewesen, auf dem jeder von ihnen ein paar Worte geschrieben hatte. Auch einige Fotos waren dabei und eine kurze Kette aus verbrannten Holzstückchen und bunten Olivenkernen, sowie das Taschentuch von Um Ibrahim, das Mariam an dem Tag, als sie aus dem Haus geflohen war und Hazem geheiratet hatte, mitgenommen hatte. Noch immer und bis zu diesem Moment haftete dem Taschentuch ein Geruch von Tabak an, und die vertrockneten Weihrauchkörner lagen unberührt darin.

Was Ibrahim betraf, so bemächtigte er sich in seiner Eigenschaft als ältester Sohn des Bettes, das dem Scheich aus den Zeiten von Muhamad Ali Pascha vererbt worden war.

Als Angela durch die Strassen der Stadt lief, dachte sie ständig darüber nach, was sie einmal in die Ebenholztruhe legen würde, wenn sie eines Tages ihr gehörte. Sie kam aber zu keinem befriedigenden Schluss. Die Truhe würde mitsamt den eingewickelten Kleidern von Um Ibrahim, dem Beutel von

Mariam und dem Geruch aller Großmütter zu ihr kommen, mit all jenen, die sich in das Gedächtnis der Truhe eingegraben hatten. Ihr eigener Geruch und ihre Berührung würden sich nun in die Abfolge der nachkommenden Frauen einreihen. Was würde sie wohl einmal in diesem historischen Prachtstück hinterlassen?
Ihre Füße führten sie zur Al-Maghreb-Al-Arabi Strasse und von dort aus zur westlichen Meerespromenade. Die Cafeteria Asafiri, direkt vor Angelas Augen, lag nun weit vom Meer entfernt. Die Stelle war ausgetrocknet und verkommen, nachdem das Projekt des neuen Hafens sie weit vom Meer entrückt hatte.

Anstelle der Brandung waren nun die Lastwagen zu hören, die unter dem Gewicht der aufgetürmten Kisten stöhnten, welchen von den Handelsschiffen auf ihnen abgeladen wurden.
Was hätte Mariam wohl empfunden, hätte sie die Cafeteria Asafiri in ihrer neuen Erscheinung gesehen?

Vielleicht hätte sie weinen oder eher über jene Vergangenheit lachen müssen. Vielleicht hätte sie auch gar nichts verspürt. Hier, in dieser heruntergekommenen Cafeteria, hatte ihre Liebesgeschichte begonnen, und hier hatten sie ihre Liebe mit einer schönen, romantischen Rebellion gekrönt. Angela musste lachen, als sie sich ihre Eltern vorstellte, wie sie damals an ihrem Hochzeitstag unbedarft auf einem der Caféstühle diskutierten und dabei immer lauter geworden waren. Es war sicher eine schöne Zeit gewesen, dachte sie, oder

vielleicht auch nicht, überlegte sie dann.
Sie musste jetzt die Stadt verlassen. Sie hatte das Gefühl, als legte sich eine schwere Kette in engen Fesseln um ihren Hals. Doch plötzlich wurden ihre Gedanken unterbrochen. Sie war im Viertel Martakla angekommen und lief die Bezirksstrasse hinunter, die am Ende auf das Meer trifft. Dort war die frühere Arbeitsstelle ihres Vaters Hazem und daneben ihre Grundschule. Während sie sich den hohen Holzfenstern der Schule näherte, tauchten die Ereignisse von damals vor ihrem geistigen Auge vor, wie einander überlagernde Schichten. Die Erinnerung an die Schule war rein und frisch, obwohl die Zeit vieles vernichtet hatte. Die Holzbänke und der kleine Schulhof, dem der Geruch von Erbrochenem und Urin sowie von sauren Quarkbroten anhaftete, hier hatte sie ihre Kindheit verbracht. In der Klasse dort, deren Fenster von hier aus zu sehen waren, hatte sie, keine elf Jahre alt, gesessen. An jenem Tag, der für immer in ihrer Erinnerung eingebrannt sein würde, hörte man den lauten Knall einer Explosion. Die Fensterscheiben fielen auf die Bänke und auf die Körper ihrer Mitschüler herab. Es fühlte sich an, als würde ihr das Herz aus dem Leib gerissen, während die Lehrerin die Kinder anschrie, dass sie sich unter den Bänken verstecken und ihre Köpfe mit den Händen schützen sollten. Es folgten immer stärkere Explosionen, und die Klassen, die Gänge und die Strassen der Umgebung füllten sich mit lautem, panischem Geschrei. Als die Lehrer alle Schüler in dem engen Saal, der im Gebäudeinneren für den Sportunterricht vorgesehen war, zusammengeführt hatten, merkte Angela, dass ihre Hose

nass geworden und die Nässe bis zu ihrer dunkelfarbenen Schulweste vorgedrungen war. Sie kümmerte sich jedoch nicht darum, vielmehr sperrte sie ihre Ohren weit auf, um den ängstlichen und sichtlich beunruhigten Lehrerinnen zuzuhören, die es erst gar nicht versucht hatten, irgendetwas vor den Schülern zu verheimlichen. Anhand der Gesprächsfetzen erfuhr sie, dass sich die Explosion in der Nähe der Arbeitsstelle ihres Vaters ereignet hatte. Vielleicht sogar genau an seinem Arbeitsplatz. Sie schrie plötzlich hysterisch auf und lief los, um aus dem Saal nach draußen zu gelangen. Die schallende Ohrfeige von einer aufgebrachten Lehrerin ließ sie sich jedoch neben den anderen Schülern hinfallen, wo sie dann stumm vor sich hinweinte. Die Explosion hatte sich tatsächlich im Keller des Gebäudes ereignet, in dem Hazem arbeitete. Die Obrigkeit hatte dort einen Versammlungsort der Muslimbrüderschaft aufgedeckt, woraufhin es zu gewalttätigen Auseinandersetzungen kam.

Bis sich die Lage beruhigt hatte und den Schülern endlich erlaubt wurde, nach Hause zu gehen, zeichnete sich schon langsam der Sonnenuntergang am Himmel von Latakia ab. Die Straßen waren wie leergefegt und den Geistern überlassen. Und dennoch sah Angela ihren Vater nicht dort vor dem Schuleingang auf sie warten, wie sie gehofft hatte. In der kurzen Zeit, die dann verstrich und in der sie nach Hause rannte, sah sie nichts – weder von ihm noch von ihrer Mutter. Brennende Tränen liefen ihr über das Gesicht. Ein Gefühl der Lähmung und der Angst befiel ihren Körper. Sie spürte, dass ihre

Beine nicht mehr in der Lage waren, sie zu tragen. Sie wäre fast gestürzt, als sie plötzlich sah, wie Hazem ihr von weitem entgegen lief.
Angela lächelte jetzt sogar, als sie ihre Schule hinter sich ließ. Sie lächelte, und ihre Augen waren voller Tränen. Sie dachte an die Erinnerungen, die sie aus jenen Tagen mit sich trug. Sie dachte an ihre Kindheit und an die 80er Jahre. An vieles konnte sie sich nicht mehr erinnern. Ihr Gedächtnis hielt eigentlich nur einige wenige Sekunden verwahrt, nicht viel mehr. Es gab nur diese wellenförmige und gleichmäßige Wolke die es darauf abgesehen zu haben schien, alles, was sie schmerzte, zu beherrschen. Es kam ihr jetzt so vor, als hätte sie das Leben einer anderen gelebt, als hätte sie jemand über einen schmalen Landgrat inmitten zweier Meere getragen. Es war ein Leben, in dem ihr nichts gehörte. Sie lebte es wie eine Schlafwandlerin, fremdbestimmt und willenlos.
Vergeblich versuchte Angela, weitere Erinnerungen zusammenzutragen. Vielleicht würde sie sich ein deutlicheres Bild von dem verschaffen können, was einmal war… doch vergeblich. Sie erinnerte sich, dass sie vor den Konsumgenossenschaften stundenlang in einer endlos scheinenden Schlange anstand. Wie Gefangene, die ungeduldig auf eine Essensration warteten, um ihren Hunger zu stillen. Eine neblige und verzerrte Erinnerung. Es gab eine Schlange für Frauen, eine für Kinder und eine weitere für Männer. Sie musste standhaft bleiben, damit ihr niemand den Platz wegnehmen konnte. Wenn der Platz in der Schlange verloren ging, bedeutete dies, dass die eigene Familie einen ganzen Monat ohne Zucker

und Reis auskommen musste. Die Stunden verrannen, in denen sie auf einen Karton Taschentücher oder eine Tüte Zucker wartete. Dabei umklammerte sie das wenige Geld und die Coupons, als wäre ihre kleine Faust aus Stein.

Die morgendliche Zeremonie beim Aufstehen hatte sie noch heute im Blut. Aufstehen um Punkt sieben Uhr. Das Gekreische des Radiosenders Monte Carlo und das von Hikmat Wehbeh vergifteten ihr jeden Morgen aufs Neue und hinterließen immer wieder denselben unangenehmen Beigeschmack. Ihre Mutter hatte das Radio ständig eingeschaltet, während sie in der Küche das Frühstück vorbereitete. Das Gerät war alt und lilafarben. Die frühen Nachrichten legten sich bedrückend auf den Morgen. Da sie anschließend in die Schule gehen musste, wirkten sie noch bedrückender. Die Stimme des Radiosprechers klang in ihrem Gedächtnis immer so, als wollte er ein folgenschweres Ereignis vorhersagen.

Dieses Radiogerät würde Angela mehrere Jahre später mit sich tragen, wenn sie ihre Stadt verlassen und sich Richtung Damaskus aufmachen würde. Sie würde mit dem Radio alle Morgenstunden Mariams mit sich tragen, den Duft ihres mit Kardamom stark gewürzten Kaffees, die Stimmen der Radiosprecher und die Lieder von Heyam, und Hikmat Wehbeh.

Angela pflegte ihrer alten Großmutter Um Riema gleich nach dem Aufstehen einen Kuss zu geben, hielt sich dabei aber die Nase wegen des starken Tabakgeruchs zu, der von ihr ausging. Dann erzählte sie ihrer Mutter, was sie die letzte Nacht geträumt hatte, damit Mariam ihr den Traum deutete. Während einer der frühen Nachrichtensendungen brüllte eine Stimme im Radio, dass sein starker Hass den Arabern gegenüber bei ihm psychische Verwirrung ausgelöst hätte. Bevor Angela sich verabschiedete, fragte sie ihre Mutter: „ Wer ist das, Mutter?“

„Das ist der israelische Kriegsminister.“

„Und wie heißt er?“

„Ariel Scharon“

„…“

Sie wollte fragen, was psychische Verwirrung bedeutet. Mariam aber war aufgebracht, vielleicht war es wegen eines Traumes, der sie beunruhigte, und weil sie es wie immer eilig hatte, die allmorgendlich anfallenden Arbeiten vor dem Gang zur Arbeit hinter sich zu bringen.

Am Meer angekommen stellte sich Angela auf eine hohe Klippe. Die Sonne war gerade dabei, voll und ganz in das Wasser abzutauchen. Die Sonnenscheibe sah aus wie ein reifer Apfel oder riesiges Bonbon. Sie dachte daran, dass sie Latakia jetzt bald verlassen musste. All diese Geschehnisse und Erinnerungen mussten von ihr weichen, um ihr die Möglichkeit zum Atmen zu geben, weit weg von dieser abscheulichen Fessel, die sie Liebe nennen.

„Ich möchte mich von der Liebe befreien“, rief sie mit lauter Stimme, was die Passanten zu einem spöttischen Lächeln veranlasste. Vielleicht hielten sie sie für eine junge Frau, die sich gerade aus

einer erfolglosen Beziehung gelöst hatte.
Angela befand sich auf dem Nachhauseweg, als der Schatten von Großmutter Um Riema vor ihr auftauchte und eine Kette von Gedanken in ihr auslöste. Sie erschien in ihrer ganzen Gestalt, schon weitgehend aufgefressen von der Zuckerkrankheit, die sie – zusammen mit den in Kette gerauchten Tabakstängeln - beinahe vernichtet hatte. Viele Jahre waren vergangen, seitdem die Großmutter in Mariams Haus gezogen war. Damals, als das Wasser des Staudammes ihr Haus in Alia zudeckte und mit ihm ihr gesamtes vorheriges Leben. Heute war sie eine erschöpfte, alte Frau, mehr als hundert Jahre alt. Bis heute liebte sie alle Arten von Süßigkeiten und alle Formen von Zucker mit seinen unterschiedlichen Geschmacksrichtungen. Mariam, wie vor ihr Um Ibrahim, konnte diese Sucht einfach nicht in den Griff bekommen. Im Unterschied zu ihr, hatte Mariam nie besondere, den Blutzucker senkende Speisen für Um Riema zubereitet. Ebenso wenig braute sie der Großmutter spezielle Getränke, die ihren unerträglichen, Tag und Nacht anhaltenden Husten hätten mildern können.
„Ich weiß nicht, warum du darauf bestehst, ihr den Zucker zu verbieten. Sie ist eine der ältesten Frauen im Ort und du machst dir noch Sorgen um ihre Gesundheit… lass sie doch essen, was sie will. Es wird ihr schon nichts passieren!“ rief Angela und entfernte sich, denn sonst würde Mariam sicherlich anfangen, ihr Vorwürfe zu machen, weil sie sich der Großmutter gegenüber verletzend geäußert hatte.
Um Riema trug noch immer ihre bunten Kleider, ihre lange Unterwäsche und auf dem Kopf den kurzen

roten Fes, um den sie ein Seidentuch geschlungen hatte. In den Falten ihrer langen Unterwäsche bewahrte sie stets eine Haarpinzette aus Metall auf. Was die Anzahl der Tabakstängel betraf, so hatte sich diese bereits verdoppelt. Genüsslich drehte sie diese zwischen ihren Fingern, damit sie gleichmäßig und glatt wurden, als hätte sie ein Sehender gedreht, um daraufhin mit umso größerem Genuss schmatzend daran zu ziehen. Ihr eingefallenes Gesicht und ihre raue Stimme würde Angela nie vergessen. Eines Tages hatte Angela sie gefragt: „Stimmt es, dass sich die Seelen der ehrenwerten Scheichs über meinen Großvater Abu Riema erzürnte hatten, weil er ihre ruhige Jenseitsreise in die auserwählten Körper gestört hatte mit seinen ewigen Beschimpfungen und wüsten Flüchen?!!"

„Was ist das denn für eine Lüge!!"

„In Alia erzählten sie mir, dass die Seelen der Scheichs Gott angefleht hatten, seine Seele schnell zu sich zu holen und ihn als Strafe für seine Gotteslästerungen im nächsten Leben in eine Frau oder in ein Tier zu verwandeln".

„Gott bewahre uns vor diesem leeren Geschwätz..."
Um Riema erklärte Angela aufgebracht, das sei alles nur leeres Geschwätz. Gott sei groß und stehe über dem Gerede der alten Leute, die vorgaben, Gott nahe zu sein und die Religion zu verstehen."

Ein noch schlimmeres Gerücht, das sich später unter den Bewohnern von Alia verbreitete, brachte Um Riema jedoch ernsthaft zum Nachzudenken. Es war die Rede davon, dass Abu Riema ein altes Zauberbuch gefunden habe. In einer kalten Nacht und im Schein des Lagerfeuers hatte er geheimnisvolle

Worte gemurmelt und Koranverse aufgesagt. Abu Riema hatte im Namen Gottes gesprochen und das, obwohl er nie an die Zauberei von Dämonen geglaubt hatte. Der Schnaps, den er in jener Nacht geschlürft hatte, schien jedoch sein Gehirn völlig umnebelt zu haben.
Als die Dämoninnen des Buches sich unterwürfig in seine Hände begaben, um seine Befehle auszuführen, lähmte Furcht seine Zunge. Vielleicht war es aber auch ihre hinreißende Schönheit, die ihn verstummen ließ. Sie wurden so zornig, dass der Unglückliche ihre kostbare Zeit vergeudete, dass sie ihn mit ungeheurem Geschrei verfolgten.
Am Morgen lag seine Leiche außerhalb des Dorfes unter einem großen Eichenbaum. Seine Haare waren vollends ergraut.
Um Riema flüsterte Angela eines Tages zu, dass sie im Besitz des Zauberbuches sei. Angela dürfe jedoch niemandem von dieser Geschichte erzählen und dieses vertrauliche Gespräch müsse ein Geheimnis zwischen ihnen beiden bleiben. Damals fastete Um Riema zurückgezogen vierzig Tage und Nächte, so wie es ihr das Buch befohlen hatte. Außer Gerstenbrot und schwarzen Rosinen, die sie alle vierundzwanzig Stunden zu sich nahm, aß sie nichts. Dann folgten die Beschwörungen, und sie bestellte sich die Diener. Der erste Diener sollte dem Buch entsprechend ein schwarzer Sklave sein, der einen roten Stein in der Hand hielt. Um ihn heraufzubeschwören, sollte sie hundertmal den Zauberspruch wiederholen: „Abrakadabra Hokuspokus Fidibus, dreimal schwarzer Kater, Hexenkraut und Teufelsnuss, gute Geister, Hexenmeister,

es ist Zeit, seid bereit!" Doch beim neunzigsten Mal hielt sie inne. Sie hatte keine Kraft mehr weiterzumachen. Ihr war plötzlich angst und bange geworden, der herbeigerufene Dämon könnte tatsächlich vor ihr erscheinen, und ihr würde das gleiche Schicksal zuteil wie Abu Riema. Und das obwohl sie, wie sie Angela gegenüber immer wieder beteuerte, angeblich doch davon überzeugt war, dass ihr treuloser Ehemann den Versuchungen einer blonden Dämonin erlegen war, als er mit ihr schlief. Das berüchtigte Zauberbuch stünde aber in gar keiner Weise mit diesen Ereignissen in Zusammenhang.

Um Riemas ständiges Gezeter war bis in den letzten Winkel zu hören. Mit oder ohne Grund begann sie mit ihrer alten Leier: „Die Stunde naht. Alle Zeichen sprechen dafür. Wenn die Männer ihre Ritterlichkeit verlieren und die Gesichter der Frauen ihre Scham. Wenn das Eisen spricht und das Ferne sich nähert. Wenn die Männer sich kleiden wie Frauen und die Frauen sich kleiden wie Männer, dann wendet sich das Blatt zum Bösen." Für sie waren die Zeichen der Stunde überdeutlich, sie waren unausweichlich.

Während Angela planlos und gedankenverloren umherlief, erinnerte sie sich plötzlich an Sanaa Mohamed. Vielleicht hatte der Duft des Meeres die Erinnerung an sie wachgerufen. Was war wohl mit ihr geschehen?

Womöglich war sie wie viele ihrer Genossen verhaftet worden. Das war sehr wahrscheinlich. Angela verspürte ein überwältigendes Bedürfnis, sie und ihr freundliches Lächeln zu sehen. Auch den Anblick

der abgetragenen, verwaschenen Jeanshose, in der ihr schlanker Körper steckte, vermisste sie. Vielleicht war Sanaa damals so alt gewesen wie sie heute, gefangen in einem dunklen Keller, aus dem der Geruch von Fäulnis aufstieg. Angela konnte sich nicht vorstellen, wie eine Gefangene in einem Kellerloch zu hausen, während das Leben über ihr tobte. Diese Vorstellung war mehr als sie hätte ertragen können. Sie dachte oft an Sanaa, nicht nur in diesem Augenblick. Diese Erinnerung hatte sie in all den Jahren begleitet. Sie erinnerte sich auch an die wenigen Gespräche, die in jenem weit zurückliegenden Sommer zwischen ihnen stattgefunden hatten.
Angela dachte an die Generation von Sanaa und was heute aus ihr geworden war. Sie dachte auch an ihre eigene Generation, die zwischen den Zeiten stand. Sie konnte sich nicht mit den Überzeugungen von Hazem identifizieren, die inzwischen zu leeren Phrasen verkümmert waren; aber auch nicht mit den Träumen von Mariam, die Hazem als naiv betrachtete. Er war nicht bereit den Preis für Veränderungen zu zahlen, er schaute einfach tatenlos zu. Angelas Generation war nichtssagend, farblos, verloren und orientierungslos, eine Generation, die nur das wiederholen wird, was man ihr eingeimpft hatte.
Es sollte einige Zeit vergehen, bevor Angela erfuhr, dass Sanaa Mohamed Anfang der achtziger Jahre unmittelbar, nachdem sie das Viertel verlassen und einen neuen Namen angenommen hatte, verhaftet wurde. Sie wurde auf dubiose und unerwartete Weise verhaftet, als sie an einer Bushaltestelle in der

Nähe des Manschiya Parks auf einen Genossen wartete, den sie vorher noch nie gesehen hatte. Dieser Genosse sollte ihr eine mündliche oder schriftliche Eilnachricht überbringen und auf der Stelle verschwinden. Das Geheimwort lautete Busverspätung. Sanaa sah in ihrer Verkleidung tatsächlich wie eine einfache Frau aus, so wie sie ihre Habseligkeiten, eingewickelt in einem farbenfrohen Laken mit Bäumen darauf, so unter die Achselhöhle geklemmt hatte. Sie trug ihr Rüschenkleid, in dem ihre schmale Gestalt noch unscheinbarer aussah. Der unbekannte Genosse erschien einige Minuten später als vereinbart. Das bedeutete, dass sie sofort gehen musste. Misstrauen kam in ihr auf. Drei Männer in Zivilkleidung waren jedoch schneller als sie. Binnen weniger Sekunden wurde sie an der Bushaltestelle umzingelt und vor den Augen der erschrockenen Wartenden auf brutale Weise abgeführt. Die Wohnung, die als Versteck gedient hatte, war währenddessen von den Sicherheitskräften entdeckt worden, und die beiden jungen Frauen, die sich die Wohnung mit Sanaa teilten, wurden festgenommen und unverzüglich abgeführt. Sie trugen ihre sommerlichen Nachthemden, eine von ihnen war barfuss und mit ungekämmtem Haar. Die Sicherheitskräfte erlaubten ihnen nicht einmal, sich umzuziehen. Allein der Umstand, dass sie seit Jahren die Wohnung mit der Gesuchten teilten, reichte aus, um sie am Ende zu verurteilen.

Genau das Gleiche geschah mit Ahmad, wenn auch auf andere Art und Weise. Es waren Monate vergangen, seitdem sie ihn zur Vernehmung vorgeladen hatten. Seitdem war er äußerst vorsichtig geworden. Am Morgen seiner Festnahme hatten er und eine Gruppe von Genossen ihr Versteck verlassen. In einem der nahe gelegenen Felder nördlich der Stadt wollten sie sich auf einem kleinen Feuer Zimttee zubereiten. Ahmad war davon überzeugt, dass seine Aufmachung als alter, erschöpfter Bauer gut gelungen war und dass ihn mit seiner fleckigen Kopfbedeckung, die seinen Kopf und fast sein ganzes Gesicht bedeckte, bestimmt keiner erkennen würde. Deshalb erschrak er auch nicht, als mehrere Bauern auf dem Feld zu sehen waren. Als diese jedoch immer näher kamen und anfingen sich miteinander zu verständigen, war der Ort plötzlich von mehreren Dutzend Sicherheitsleuten umzingelt. Keiner hatte das Spiel durchschaut. Erst als sie aus allen Richtungen eingekreist waren, wie von Teufeln umgeben, die urplötzlich aus dem Erdboden hervorgeschossen waren, ging es ihnen auf. Mit verbundenen Augen wurden sie stolpernden Schrittes zu den hinter engen Baumreihen verborgenen weißen Transportern abgeführt.

Es sollte nicht viel Zeit vergehen, bis Angela im Durcheinander ihrer Papiere auf das eigenartige Buch stieß. Ein kleines Buch, eingeschlagen in zerfleddertes, altes Zeitungspapier, dem ein fauliger Geruch entströmte. Es war das Buch, das ihr Sanaa Mohamad vor Jahren geschenkt hatte, als sie sich an der Kellertür unter dem Haus ihres Großvaters, dem Scheich, ein letztes Mal von ihr verabschiedet hatte.
Vielleicht glaubte Sanaa, schon damals in der Dunkelheit eines dieser Gefängnisse, dass Angela inzwischen

dieses Buch verloren hatte. Vielleicht dachte sie überhaupt nicht an sie. Vielleicht hatte sie alles, was sie und ihre gesamte Familie betraf, vergessen. Selbst die bitteren Nächte, die sie in diesem verlassenen, feuchten Keller verbracht hatte.

Es standen ein paar vereinzelte Sätze auf der ersten Seite, die Sanaa mit eleganter Schrift geschrieben hatte, als wäre es ein Brief. Vielleicht war sie sich sicher, dass die kleine Angela sie eines Tages lesen würde. Angela begann sich die Zeilen laut vorzulesen. Sie wollte, dass jemand an diesem Brief teilhabe, und seien es die Seelen in ihrem Zimmer. Die Worte von Sanaa trugen sie wieder zurück in das Haus von Scheich Abu Ibrahim und zu weit zurückliegenden, nebligen Tagen und dem Geruch des Meeres. Angela glaubte, dass der wichtigere Teil des Briefes am Ende stünde. Das folgerte sie aus den aufeinander folgenden Zeilen und dem Vorwort. Aber es schien, als ob Zeit und Feuchtigkeit ihr zuvor gekommen waren. Sie hatten in besonderem Maße dazu beigetragen, die letzten Zeilen zu verlängern und Sanaas Schrift durch die verschwommene Tinte zu einer dicken, welligen Wolke verwandelt.

Erläuterungen:

Doria Shafik: (1908 – 1975)
Eine führende Frauenrechtlerin. Höhepunkt ihres Kampfes war die Durchsetzung des passiven und aktiven Wahlrechts für Frauen Anfang der 50er Jahre in Ägypten. Sie gründete literarische Zirkel und Periodika; war Wissenschaftlerin und Freiheitskämpferin gegen die britische Besatzung in Ägypten. Nach 18jährigem Hausarrest unter Gamal Abdel Nasser beging sie schließlich Selbstmord.

Farash-Fest:
Erinnert an die Übernachtung von Ali auf dem Bett des Propheten Mohamed.

Fünfziger des Winters:
Diese Saison dauert etwa fünfzig Tage und beginnt Mitte Januar; es ist die kälteste Zeit des Jahres.

Gilbab:
Ein langes Männergewand.

Kharidjiten:
Anhänger einer der drei ursprünglichen Glaubensrichtungen des Islam.

Karmaten:
Eine Bewegung, die im neunten Jahrhundert entstand und sich politisch und religiös gegen die Herrschaft positionierte. Für die übrigen Muslime galten die Karmaten – unter anderem aufgrund ihres Mahdi-Glaubens, der an ismailitische Traditionen anknüpfte – als Ungläubige. Die Bewegung erhielt große Unterstützung vor allem durch Bauern, kleine Handwerker und das städtische Proletariat.

Mansur Al Hallag:
Ein islamischer Mystiker des 10. Jahrhunderts, war den Autoritäten aufgrund seiner ketzerischen Aussprüche ein Dorn im Auge und wurde schließlich öffentlich gekreuzigt.

Mu'tazila (auch Mutaziliten):
Eine rationalistisch ausgerichtete Schule innerhalb der islamischen Theologie des Kalam, die im 8. bis 9. Jh. äußerst einflussreich war.

Qawzala:
Ein aramäisches Wort und bedeutet Anfang.
Hier ist der Jahresanfang gemeint.

Qiblah:
Vom Koran vorgeschriebene Gebetsrichtung der Muslime zur Kaaba in Mekka, dem höchsten Heiligtum des Islam, wo immer sich der Gläubige auch befinden mag. Ein Muslim wird auch mit dem Kopf in Richtung Qiblah begraben.

Umayyaden:
Eine Dynastie von Kalifen, die von 661 bis 750 die Oberhäupter des sunnitischen Islam bildeten.

Zulfiqar:
Der islamischen Überlieferung zufolge das Schwert des Propheten Mohammed, das er in der Schlacht von Badr als Beute erhalten hat. Später ging es in den Besitz von Ali, dem Schwiegersohn Mohammeds, über. Das zweischneidige Krummschwert mit zwei Spitzen ist eines der ältesten und bekanntesten Symbole des Islam.

Anmerkung:

Im arabischen Original werden keine Fundstellen für Zitate angegeben.
In der vorliegenden deutschen Ausgabe stammt die Übertragung von der Übersetzerin.

Stammbaum

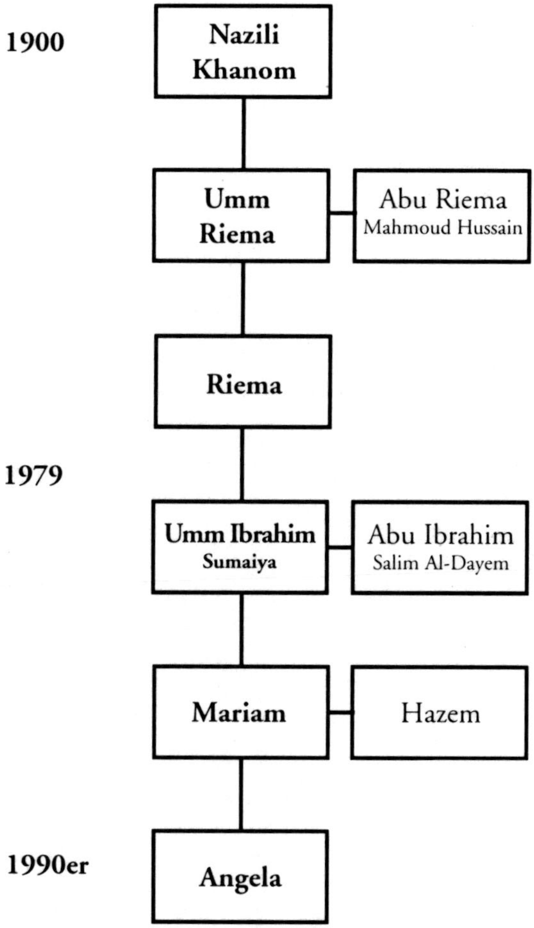
1900
Nazili Khanom
Umm Riema
Abu Riema
Mahmoud Hussain
Riema
1979
Umm Ibrahim
Sumaiya
Abu Ibrahim
Salim Al-Dayem
Mariam
Hazem
1990er
Angela

Bereits erschienen im Alawi Verlag

Rosa Yassin Hassan (Syrien)

Wächter der Lüfte, Roman

Aus dem arabischen von Stephan Milich
und Christine Battermann
Leineneinband mit Prägung, fadengeheftet mit Lesebändchen
342 Seiten
ISBN: 978-3-941822-10-8

Samiha Khrais (Jordanien)

Deine Augen - Mein Duft, Roman

Aus dem Arabischen von Marei Grundhöfer Leineneinband mit Prägung, fadengeheftet mit Lesebändchen
170 Seiten
ISBN: 978-3-941822-09-2

Amira Al-Qahtani, (Vereinigte Arabische Emirate)

Fitna, Roman

Aus dem Arabischen von Christine Battermann Leineneinband mit Prägung, fadengeheftet mit Lesebändchen
200 Seiten
ISBN: 978-3-941822-08-5

Badreya El-Beshr (Saudi-Arabien)

Der Duft von

Kaffee und Kardamom, Roman

Aus dem Arabischen von Nuha Sarraf-Forst Leineneinband mit Prägung, fadengeheftet mit Lesebändchen,
272 Seiten
ISBN: 978-3-941822-07-8

Auch als Taschenbuchausgabe
ISBN 978-3-941822-32-0

Mai Khaled (Ägypten)

Zauber des Türkis, Roman

Aus dem Arabischen von Christine Battermann
Leineneinband mit Prägung, fadengeheftet mit Lesebändchen, 168 Seiten

ISBN: 978-3-941822-06-1

Samiha Khrais (Jordanien)

Bücher der Flut, Roman

Aus dem Arabischen von Fouad El-Auwad Leineneinband mit Prägung, fadengeheftet mit Lesebändchen
360 Seiten

ISBN 978-3-941822-03-0

Abeer Esber (Syrien)

Lulu, Roman

Aus dem Arabischen von Marianne Wagdi
Leineneinband mit Prägung, fadengeheftet mit Lesebändchen
108 Seiten

ISBN: 978-3-941822-01-6

Nemat Khaled (Palästina)

Hennanacht, Roman

Aus dem Arabischen von Nuha Sarraf-Forst
und Angelika Rahmer
Leineneinband mit Prägung, fadengeheftet mit Lesebändchen
160 Seiten

ISBN: 978-3-941822-00-9